文春文庫

鵜頭川村事件

うずかわむらじけん

櫛木理宇

文藝春秋

目次

人物相関図

岩森明・愛子（いわもり・あきら・あいこ）
亡き妻・**節子**の故郷である鵜頭川村を三年ぶりに訪れる。**愛子**は電子機器製造会社に勤める岩森と節子の一人娘（六歳）。

親族

自警団

降谷辰樹（ふるたに・たつき）
元優等生で若者の憧れ。矢萩工業の社員で自警団のリーダー。**直樹**は叔父。

白鳥和巳（しらとり・かずみ）
自警団の幹部。

タカシ・ノブオ・ヒロユキ
辰樹の取りまき。

矢萩家

矢萩元市（やはぎ・もといち）
節子の伯父で、吉朗の実弟。長男・**隆也**とその嫁・**有美**と同居中。岩森と愛子を離れに泊めている。

矢萩吉朗（やはぎ・きちろう）
村長不在の鵜頭川村における、支配者。矢萩工業の社長。

矢萩大助（やはぎ・だいすけ）
吉朗の息子であり、評判の乱暴者。

西尾健治（にしお・けんじ）
辰樹の同級生で自警団の幹部。

矢萩伸平・康平・光恵（やはぎ・しんぺい・こうへい・みつえ）
矢萩工業の幹部一族。

降谷港人（ふるたに・みなと）
煙草屋の息子、野球部員。父は**清作**。村から出て行った兄・**敦人**は辰樹の親友だった。**忠司**、**小百合**は従兄妹。

親友

矢萩廉太郎（やはぎ・れんたろう）
野球部員。確執を超え、港人と親友関係を築いている。父は**勝利**。

降谷敬一・邦枝（ふるたに・けいいち・くにえ）
殺された青年。邦枝は敬一の母で村の託児所を営む。

鵜頭川村の住人たち

吉見（よしみ）
村で唯一の診療所の町医者。節子は吉見の元で働いていた。

田所エツ子（たどころ・えつこ）
ピアノ教室の先生。通称「ピアノさん」。

山の向ふは濁ってくらく
もう恐慌（パニック）が春といっしょにやってゐる
——宮沢賢治

鵜頭川村事件

第一章

1

【暮戸連続惨殺事件　凶手逮捕か】

十七日午後六時二十分ごろ暮戸町大字亀川の用水路脇で、同町小寺中学二年原島キヨイさん（一三）が殴殺されているのを発見。また犯行に使われたとみられる大工用金づち（直径三センチ目方四百匁）が、現場から約四百メートルの草むらから発見された。

周辺の目撃証言から、暮戸署は十八日午後二時、大字瑞東の工員桐田栄吉（二八）を緊急逮捕した。桐田は同日中に犯行を自供。また三月四日に大字瑞北の本保山から発見された三体の変死体についても殺害を自供した。

同署では関係者の供述をとり容疑を固めるとともに、近日中に桐田を殺人容疑で身柄送検する見通し。

――昭和二十六年五月十九日　越信新聞朝刊

2

岩森明は、山間のちいさな寒村に生まれ育った。

村では子供が愚図ると、

「そんげ悪ぁり子でいっど、山からエイキチが来ておまえを捕まえてしまうんがぁ」

と大人たちが脅してくるのが習いであった。

エイキチの名を聞くなり、子供たちは震えあがって身を縮めた。岩森もまた、その中の一人であった。

当時の岩森は、エイキチこと桐田栄吉が何者であるか知らなかった。

彼が同じ村の生まれであったことも、四人の女性を殺した罪で死刑を宣告されたことも、その半年後に監房で縊死したことも知らなかった。

親たちはけして、エイキチについてくわしく語らなかった。人相や背格好はおろか、若いのか年寄りかすら子供に教えたことはなかった。

そうして彼らがエイキチの名を出すのは、決まって夜だった。

陽が高いうちは、桐田栄吉の存在は「なかったこと」として扱われた。この村で生まれ育った男が乱暴目的で三人の女を殺し、子供同然の少女まで撲殺するなど、あってはならないことだった。栄吉は、村の汚点であった。

だが太陽が西の空に沈み、村が夜のとばりに包まれると、親たちは子供の耳に口をつけてささやくのだ。

――そっつら事(がん)してると、エイキチが来るて。

――おまえを捕まえて、さらっていってしまうて。

――ああ、おっがねぇこと。

幼い岩森が泥鰌(どじょう)獲りに夢中で家の手伝いを忘れたとき。寝呆けて襖を蹴破ったとき。兄の咳止めシロップをこっそり全部舐めてしまったとき。母は彼の首根っこを摑まえ、耳もとでそう言った。

「おまえなんぞ、エイキチの餌にしてしまうからな」

と怒鳴ることすらあった。

そのたび岩森は母の脚にすがり、「もうしねえ」と泣いて詫びた。エイキチにさらわれる以上に恐ろしいことは、当時の彼には存在しなかった。

岩森の頭の中に棲むエイキチは、遠目には父親や村の男たちとさほど変わらなかった。だが近づくと、右の目玉だけが眼窩から飛びだしそうに膨れあがっていた。黒っぽいヤッケを着込み、後ろ手によく研いだ手斧を隠し持っていた。

しかし岩森が恐れたのは、膨れた眼球でも手斧でもなかった。一番怖いのは、エイキチが背負ってくるもの——死と暴力の影だった。

岩森が中学を卒業するまでに、何人かの級友が「エイキチのもの」になった。ある子供は高熱が何日もさがらず、親が朝目覚めると冷たくなっていた。ある子供は屋根からなだれ落ちた雪に埋もれ、窒息死した。ある子供は薪割り（まきわ）で負った傷が膿（う）んで、苦しんで苦しんで死んだ。

また二軒隣の次男坊は、大酒飲みの父親に毎晩殴られ、幼い頃から酒の味を覚えさせられた。彼は十歳でしばしば舌がもつれ、空笑いするようになった。酒気のないときでも、歩みがふらついていた。

次男坊は十六の秋、酔って殴りかかる父親を逆に押さえつけた。そして父親の腹を出刃で抉ると、そのまま出奔した。次男坊の行方は以後、杳（よう）として知れない。

そんな彼らを横目に、岩森は生き延びた。

気づけば十五歳になっていた。

岩森は小学校、中学校を通してクラス一の優等生だった。しかし両親の頭に〝進学〟の二文字は最初（はな）からなかった。

頃は昭和四十年。貧農の三男坊にひらかれていた道は、都会への集団就職のみであった。「金の卵」と体のいい言葉で飾られて、岩森は上野行きの列車に乗り、故郷を離れた。

就職先は自動車整備工場だった。はじめて給金をもらった日の感激を、岩森はいまも鮮明に覚えている。

彼はこう思ったのだ。

――ああ、おれはついにエイキチの手から逃げおおせた。

もう子供ではない。自分の腕一本で稼げる大人になった。病気にもならず、雪にも押しつぶされず、脳をやられて他人を殺めることもなく、「死」の手から逃れ得た。ようやく一人前になれたのだ――と。

その日から、岩森はエイキチの悪夢をみなくなった。

整備工場の社長は人使いの荒い男だった。ときには、顔に痣が残るほど岩森をぶん殴った。だがけして悪人ではなかった。

給金を毎月滞りなく払ってくれたし、働きながら夜学へ通う彼を黙認した。結婚すると報告したときは、給料に祝儀袋まで添えてくれた。

やがて月日が経ち、岩森は親になった。

わが娘に「エイキチが来るぞ」とささやく側になったのだ。

「ほら愛子。いい子で早くねんねしないと、山からエイキチが来るんだぞ」

「エイキチが来て、愛子の可愛いお手々をかじっちゃうぞ」

効き目はあらたかだった。忌まわしいエイキチの名を聞くたび、娘の愛子は涙ぐんで「いやあ」と岩森の首にかじりついた。

そのたび岩森は娘の背中を愛情こめて叩き、耳もとで言ってやった。

「よしよし、大丈夫だぞ。いい子の愛子はお父さんが守ってやる。お父さんがこうして守っているから、安心して寝ちゃいなさい」

妻の節子が彼を真似て叱ることもあった。しかし、なぜか効かなかった。

「駄目よ愛ちゃん。おいたをするとエイキチが来るんだからね！」

と声を荒げても、愛子は「やぁだ、やぁだ！」と走りまわるだけだった。「こら！」「駄目っ！」と大声で叱るほうが、まだしも効果があった。

「どうして愛子はあなたの言うことばっかり聞くのかしら」とむくれる妻に、

「そりゃおまえは夜勤ばかりで、おれが寝かしつけ当番することが多いからだろ。看護婦をつづける限り、夜勤は付きものなんだからしょうがないさ」

と岩森は笑ってみせた。

とはいえ、内心ではわかっていた。

妻の言葉に愛子が怯えないのは当然だ。だって妻はエイキチを知らない。エイキチの影に、恐れおののいて育った子供ではない。

——妻が発する「エイキチ」の響きに、死と狂気の匂いはない。

だがそれを節子に説明するつもりはなかった。どう話そうと、完全にわかってもらえることはあるまい。理屈ではないのだった。

岩森と節子は、東京で出会った。

整備工場で何度か顔を合わせるうち、お互い同県の生まれだとわかって親しくなったのだ。岩森が働きながら夜学へ通えたのも、節子のおかげだ。彼女は腕のいい看護婦だった。その稼ぎで、彼の大学進学を支援してくれた。

岩森と同じく、節子も貧しい農村の出である。しかし節子の所作や性格には、育ちの良さが漂っていた。人の善意を信じており、底抜けに明るかった。そんな節子は、岩森にとって光そのものだった。

節子が病に倒れたのは、三年前だ。

膵臓癌だった。

癌と診断されてからは、あっという間であった。わずか半年で節子は別人のように痩せほそり、眼球が濁って、泥のような顔いろになった。

死はさらに突然にやって来た。岩森が会社に行っている間に、容態が急変したのだ。病院から電話を受けるやいなや、彼は早退して車を飛ばした。ハンドルを握りながら歯嚙みした。

——エイキチだ。

おれの代わりに、あいつは節子を捕まえやがった。あいつはまだおれをつけ狙っていたんだ、甘かった。すまん節子。すまん。おれのせいだ。おれがおとなしく、あいつに捕まってやっていれば——。

病室の扉を開けた。顔見知りの医師や看護婦たちが、ベッドを取り囲んでいた。

節子はすでに息絶えていた。顔いろでわかった。

岩森は、よろめきながら妻へ歩み寄った。そして雷に打たれたように、「違う」と悟った。

違う。エイキチの仕業ではない。だって妻は、こんなにも安らかな顔をしている。あいつに捕まったのではない。節子は、病と闘った末に楽になった――。

ベッドのかたわらには、わずか三歳の愛子がいた。

母親の死を理解できず、顔をしかめて戸惑っていた。岩森は娘を抱きしめ、嗚咽を嚙み殺すことしかできなかった。

その日以来、岩森は「いい子にしないとエイキチが来るぞ」の台詞を封印した。この三年間は一度たりとも口にしていないし、これからもする気はない。

だからその日も岩森は、長い道行に飽きたらしい愛子に「おとなしくしていなさい」とだけ言った。

「足をぶらぶらさせちゃ駄目。手はお膝。電車では、じっとしてるって約束しただろ?」

「したけど」

六歳になった愛子が、口をとがらせる。

「だろ、約束したよな? 約束は破っちゃ駄目だ」

「でも、疲れたの」

「だろうな。お父さんだって疲れてる。でももうちょっとの我慢だ」

「やぁだ。だって愛子、お尻痛い。お喉かわいた。おなか減っ――……」

ふいに愛子が口をつぐんだ。

「お父さん」歳にそぐわぬおずおずとした仕草で、父親をうかがう。

「ん？」

「――ごめんなさい。あれ、来るの？　愛子がわがまましたから、来る？」

一瞬、岩森の背がひやりとした。

だが表情には出さずに済んだ。強張りかけた頰で、岩森は笑みをつくった。

「なんにも来やしないさ」

隣に座る愛子の髪を、やさしく撫でる。

「もし来たって、いい子の愛子はちゃんとお父さんが守ってやる。……ほら、次の次の駅で降りるぞ。駅前のお店で花を買って、お母さんに会いに行こう。一年ぶりの、大きくなった愛子を見てもらおうな」

3

墓所へつづく山道は、ひどい急坂だった。

ここしばらくの長雨のせいだろう、ずるずるにぬかるんでいる。粘性の高い赤土が、ズボンの裾に泥撥ねの水玉模様をつくる。革靴の底に、石が食いこんで痛い。

――運動靴を履いてくるんだったな。

愛子の手を引いて歩きつつ、岩森は思った。

雨が小止みになったのだけがさいわいだ。とはいえ雲の厚さと黒さからして、またじきに降りだしそうな気配である。

岩森は片手に仏花を提げ、もう一方の肩には重たい業務かばんを掛けていた。

——まったく、この大荷物さえなけりゃ愛子をおぶってやれるのに。

と内心で愚痴る。愚痴らずにはいられないほどの重さだった。ちょっとでも不用意に体をひねったなら、背中も腰も痛めてしまいそうだ。

かばんの中身は、同僚が強引に押しつけてきた試作機であった。

「おい岩森、墓参りで嫁さんの田舎に行くんだって？　そりゃあいい。是非こいつを持っていって、試してこいよ」

「無理だよ」言下に岩森は断った。

「並みの田舎ならまだしも、どの付くど田舎なんだぜ。いまだに電話より、電報を信用する住民のほうが多いような村だ。おまけに四方は山だから、ラジオの電波すらろくに入りゃしない」

「いやあ、いくらど田舎といったって、一人くらいは金持ちがいるだろう。自動車電話付きの車を、好んで乗りまわしていそうな俗物がさ」

「それは、まあ……いなくもないな」

岩森はしぶしぶ認めた。

「でもそんなのは、もと地主の村長くらいのもんだぜ」

「一人いりゃ充分さ。自動車電話が使える区域でさえあれば、こいつはモノになるんだ。とにかく持っていって、試すだけ試してみろよ。『試用報告書なら何百枚あったってかまわん。とにかくあらゆる場所からこいつを使ってみろ』ってのが、本社からの正式なお達しなんだからな」

同僚に押し切られ、しかたなく岩森はくだんの〝試作品〟を受けとった。

そのときの彼は忘れていたのだ。鵜頭川村(うずかわむら)へは、最寄りの駅からバスで四十分以上かかる――ということを。

そして駅なしの村には当然、コインロッカーなどないことも。

おかげで彼は肩に食いこむストラップの痛みに耐え、ふうふうと荒い息を吐きながら山道を登る羽目になっている。来年で三十になる体にはいささか――いや、かなりこたえる重みだ。

対する愛子はアニメ『魔女っ子チックル』のキャラクター入りリュックサックに、蠟燭(ろうそく)やマッチの入った手提げ袋を持つのみだ。ともすれば幼い愛子のほうが、父を先導するかのように何度も振りかえる。

「お父さん、遅ぉい」

「うん、すまん」

「お疲れなのね。駄目ねえ」

近ごろ愛子はとみに、こまっしゃくれた口を利くようになった。苦笑しつつ、岩森は一歩、また一歩と足を進めた。

細い山道の左右は鬱蒼と木々が生い茂り、昼間だというのにひどく暗い。かろうじて枝葉の隙間から、糸のような陽が射しこんでいる。剝きだしの岩肌が険しい。どこかで黄鶲がさかんに鳴いている。

「あとちょっとだ」

自分に言い聞かすようにそう言った刹那、木立が切れて視界がひらけた。急激に浴びせられた日光に、目がくらむ。眼球の奥が沁みるように痛む。

目の前に、墓所があった。

全部で二十あるかないかの墓石が、山間のわずかな平地に雑然と立ち並んでいる。墓石のすぐ後ろは、切り立った崖だった。

ここ鵜頭川村は尾長山の、五合目ほどで節子は眠っていた。

永眠の地に、この墓所を選んだのは彼女自身だ。尾長山から望める村の景色を、節子は生涯通して愛していた。

「故郷へ帰りたい」

愛子を産んですぐ、節子はそう繰りかえすようになった。

「この子をスモッグまみれの東京で育てるのはいやだわ。きれいな水と、きれいな空のあるところで大きくなって欲しいの。あなたはどう思う?」

「うーん、そりゃ確かに、空気の澄んだ土地で子育てするのは理想だよ。でも戻ったところで、仕事があるかどうか」

「そうよね。わたしには村の診療所があるけど、あなたがねえ……」

節子はため息をつき、毎回そこで会話を打ち切った。

だが同様の会話は、幾度も幾度もむしかえされた。十数回目で岩森はついに折れた。もとより節子との関係において、彼が我を張りとおせた例しはなかった。

岩森は働きながら転職活動に励んだ。さいわい東京で得た学歴と職歴が、有効な武器となった。愛子が一歳の誕生日を迎える直前に、彼は県庁所在地に建つ電子機器製造会社に職を得た。

鵜頭川村からは、なんとか車で通える距離だった。おりしも田中角栄首相の「道路は文化だ」の言葉により、故郷の道路事情は急速に改善されつつあった。

出勤するには新聞配達員並みに早起きする必要があったが、文句は言えなかった。節子のほうがよほど激務だったからだ。彼女は村の診療所で、昼夜の区別なく働きづめに働いていた。

――まさかその仕事熱心さが、あだになるとは。

墓石の前に立ち、岩森は悔恨を嚙みしめる。

節子自身、体調の悪化には気づいていたのだ。体重が異様な速さで落ちていることも、背中の不自然な痛みも自覚していた。しかし節子は、

「県立病院なら隣の鷺見市にあるもの。いつでも行けるわ」

と繰りかえすだけだった。

診療所の医師もまた、「いま節っちゃんにいなくなられると困る」と、診療所唯一の看護婦に休暇を許可しなかった。

「先生の言うとおりよ。検査となると丸一日休まなきゃならないもの。そんなことしてる暇はないの。中窪のおばあちゃんも、三つ角のおじいちゃんも毎日診なきゃならないし、水元のおじいちゃんだって心配だしね」

そう節子は笑い、自分の容態は後まわしにしつづけた。岩森が引きずるように病院へ連れていったときには、すでに手遅れだった。

――そうして残されたおれたちは、いま尾長山の墓所にいる。

「愛子、マッチ貸してくれるか」

岩森は掌を差しだした。もみじのような手で愛子が手提げ袋を探り、父にマッチを手渡す。

節子の墓には菊の花束と、まだ新鮮な瓜がいくつか供えてあった。誰かが先んじて手向けてくれたらしい。岩森は墓石に蠟燭を立て、掌で風よけをつくりながらマッチを擦った。蠟燭に火がともる。火をいただいて灯した線香を、香炉へ寝かせる。

「愛子、なむなむしなさい」

振りかえって言うと、娘が首をかしげた。

「チーンしなくていいの？」

家では仏壇の鈴を鳴らして掌を合わせるからだろう。岩森は微笑して、

「いいんだ。今日はチーンは持ってきてないからね。さあ、お母さんに元気な顔を見せて、なむなむって――……」

語尾が途切れた。

墓石に巻きつく青黒い蛇が見えたからだ。蛇は牙を剝いていた。口をかっと開け、供えものの瓜を狙っている。

反射的に、岩森は木の枝を拾った。迷いなく叩き落とす。湿った泥土に、蛇が音をたてて落下した。

よくよく見れば青大将であった。毒を持たぬ、無害な蛇である。安堵の吐息をつき、岩森は片手で愛子を抱き寄せた。

蛇はしゅうしゅうと低く威嚇音を吐きながら、茂みの奥へと消えていった。

尾長山を下りて、二人は再度バスに乗った。

山林と段々畑が面積のほとんどを占める鵜頭川村は、人口こそ多くないものの広大だ。重い荷物をかかえて、しかも子連れで歩いていては日が暮れてしまう。

バスに揺られること、十五分。

曲がりくねった道の向こうに、ようやく民家の屋根が見えてきた。冬は雪深い村ゆえ

瓦屋根が多いが、中には藁葺もちらほらと見える。

そういえばこの村には、屋根を葺く職人がまだ残っていたはずだ。同じ姓ばかりの村内で、確か「葺屋」と職業そのままに呼ばれていたと記憶している。節子が呼んでいた「中窪」や「三つ角」「水元」らも、同じく屋号だ。

料金を払ってバスを降りた。

停留所の標識は、村唯一のメインストリートに立っている。鵜頭川村の住民たちには「大通り」と呼ばれる一本道だ。村では数すくない、舗装された道であった。

角の煙草屋には『コカ・コーラ有リマス』と手書きの幟が揺れていた。古くからある、村でもっとも大きな煙草屋だ。

通りすぎざま、岩森は陳列棚を覗いた。煙草だけでなく、フーセンガムやソースせんべい等の駄菓子、果物、缶詰や缶ジュースなどが並んでいた。記憶のままだ。ほんのすこしも変わっていない。

――インベーダーゲームの波は、どうやらここには押し寄せていないようだな。

岩森はふっと笑った。

彼と愛子が住む街では、喫茶店でも待合室でも、あの筐体を目にしない日はない。子供だけでなく大人まで夢中ときている。だが今夜ばかりは、あのやかましい電子音を聞かずに済みそうだ。

煙草屋を通り過ぎ、二人は数分歩いた。

愛子が道路へ無造作に足を踏み出す。慌てて岩森は制した。

「待ちなさい愛子。ここには横断歩道や信号はないんだ。そのぶん自分で左右を見て、車が来ないか確かめてから――」

言いながら首をめぐらせた。

その視線が、ふと一点で止まる。

道の向こうを、大きな水甕をかかえて歩いていく青年がいた。見覚えがあった。長身で、鉛筆のような細身。日本人離れした高い鼻梁と、尖った顎の線。

重たげな水甕を抱いたまま、青年は長い黒板塀の屋敷へ入ろうとしていた。屋敷の門柱には『矢萩』と表札が掲げてある。

視線を感じたのか、青年が岩森を振りかえった。

目がまともに合う。青年が、わずかに口をあける。

岩森は愛子の手を引き、早足で歩み寄った。

「ひさしぶり。辰樹くん」

「……どうも。帰ってきてたんですね、岩森さん」

「女房の命日でね。墓参りだ」

岩森はうなずいて、

「去年は日帰りにしたがね。今年は元市さんが離れに泊めてくれると言うんで、甘えることにしたんだ。やはり子連れの道程はしんどいからな」

と言った。

三年ぶりに会う降谷辰樹は、ずいぶん変わったように見えた。いまどきの若者らしく、髪を肩まで伸ばして無精髭を生やしている。だが街の若者のような華やかさはなかった。両手に軍手をはめ、服は上下とも薄汚れた作業着だ。抱えた甕には、口まで水が入っていた。

「なんでこいつがまだここにいるんだ――、って顔つきですね」

辰樹がひらたい声で言う。

「ああ、いや」岩森は言葉を濁した。

彼が最後に見た辰樹は、十八歳の高校三年生だった。「指定校推薦をもらえることになりました。奨学金で東京へ進学します」と目を輝かせて語っていた。

その辰樹がいま、顔をそむけて言う。

「……おれに、兄がいたのはご存じですよね」

「ああ。四歳上のお兄さんだろう?」

「その兄貴は、岩森さんが村を出てすぐ死にました。現場作業中に、重機と壁の間に全身を挟まれたんです。即死でした」

岩森は息を呑んだ。

辰樹が頰を引き攣らせる。

「おかげで繰りあがりの――急ごしらえの〝跡取り息子〟のできあがりです。おれは結局、この村を出ていけませんでした。出ていけないまま、終わりそうです」

「それは、……あの、ご愁傷さま」

反射的に口走り、岩森はすぐに悔やんだ。

むろん兄の死に対してのお悔やみだ。だがこの場面では、辰樹が進学をあきらめたことへの皮肉にも聞こえかねない。

辰樹本人は彼の言葉をどう取ったのか、苦く笑っただけだった。

岩森は、あらためて彼を眺めた。以前は首すじですっきり刈られていた髪は、いまや脂じみた長髪だ。日焼けした肌がところどころ赤剝けになっていた。左胸に『矢萩工業』と刺繡の入った作業着から、汗と垢がぷんと臭う。

なにより変わったのは、辰樹の目つきであった。瞳の奥が荒んでいる。三年前にはなかった、冷えた色をたたえている。

「あの……残念だったな、推薦をもらえていたのに」

沈黙に耐えかね、岩森は言った。辰樹が抑揚なく答える。

「推薦は、敦人のものになりましたよ。こっちも同じく〝繰りあがり〟ですね。あいつだけが、無事に村を出て行った」

「──敦人くんが……。そうか」

かろうじて、短い相槌だけを押し出す。それしか言えなかった。

いま目の前に立つ辰樹には、どんな言葉も、どんな慰めも無用だろうと思えた。気まずい間が流れた。

静寂を破ったのは、愛子であった。

「お父さん、ねえ、雨降りそう」

辰樹が目をしばたたく。いまはじめて愛子の存在に気づいたように、

「ああ——愛子ちゃんか。ひさしぶり」と、毒気を抜かれたような声を出す。

愛子は父のズボンにしがみついたまま、素早く頭だけを下げて挨拶した。幼い視線が、辰樹の腰の一点をじっと見つめる。

「どうしたの？……あ、これが気になるのか」

辰樹はうなずいて、作業ズボンに引っかけていたキイホルダーを抜いた。数本の鍵とともに、プラスチック製のまるい装飾パーツが揺れている。

「ほら、愛子ちゃ……」

キイホルダーをはずして辰樹が差し出す。しかし愛子は、さっと父の陰に隠れた。

岩森は苦笑して娘の頭を撫でた。

「すまない。最近どうも人見知りが出てきたようでね」

言いながら、代わりにキイホルダーを覗く。

「へえ。『スター・ウォーズ』のムービー・キイホルダーか。このレンズを覗くと、映画のスチール写真が観えるってやつだろう？　あの映画、大流行したものな」

まるいパーツの上部に、覗き窓のようなレンズが付いている。その下にはさんざんテ

レビや雑誌で見た『STAR WARS』のロゴが白抜きで入っていた。

「観に行かれましたか」

「いや、仕事が忙しくてね。それにSFはどうもこむずかしいというか、ハードルが高い気がしてなあ。『2001年宇宙の旅』も途中で寝ちまったしさ」

「大丈夫です。『2001年』と違って、『スター・ウォーズ』はぜんぜん難解じゃありませんから」

「へえ、そうなのか」

「ええ。あれはじつに単純な冒険活劇でしてね。悪玉がいて、姫がいて、剣の師匠との出会いがあってと、基本の骨組みはチャンバラ映画と変わりないんです。しかしそれを見せる映画技術が、なんといっても最新の……」

辰樹が白い歯を見せて語りだす。

顔がほころぶと、急に幼く見えた。岩森は思わずほっとした。

変貌ぶりに戸惑ってしまったが、杞憂だったようだ。あれから三年経ち、環境が変わり、辰樹も成人した。でも笑顔は昔のままだ。かつてよく見知った、あの降谷辰樹にほかならない――。

だが、安堵したのも束の間だった。

「ちょっと辰っちゃん。お水まだなの。お昼の支度ができねぇでねぇの」

険しい声とともに、黒板塀の向こうから女の顔が覗いた。髪にきついパーマネントをあて、赤ん坊を背に負ぶった三十代なかばの女である。

　立ちすくんだ岩森に、女が怪訝な顔をした。数秒ののち、

「あらぁ、岩森さんじゃないのお」

と女は甲高い声をあげた。

「おひさしぶりです、どうも」

　女の名が思いだせず、岩森は愛想笑いでごまかした。

「辰樹くんを叱らないでやってください。彼は悪くないんです。ぼくがつい懐かしさに、彼を引きとめてしまいまして」

「あらあら、そんな、こっちこそごめんなさいね。まさか岩森さんがいらしてるとは、ついぞ思わなかったから」

　女は笑みをふりまいてから、辰樹に目くばせした。

　辰樹が一礼し、水甕を持ちあげる。よろけながら板塀の向こうへと運んでいく。

　ふたたび女が、岩森に向きなおった。

「やっぱりご飯を炊くには、井戸水じゃなきゃあねえ。蛇口さえひねれば水が出るようになったんはありがてぇども、水道水はどうしたってカルキくさいでしょ。お祖父ちゃんもうちの人も、そりゃあうるさいんですよ。『水道水で飯を炊くな。野菜を煮るな。水が違うと、食いものが全部薬くそうなる』って。ろくに味なんかわかりゃしないくせに、二人ともまあ威張っちゃって――」

そこで言葉を切り、女は辰樹を振りむいた。

「なにしてんさ辰っちゃん。水が済んだら、次は雨樋を見れって言ったねか」

そっけない口調だった。当たりまえのことを、ごく当たりまえに命じているといったふうだ。

「はい」低く応え、辰樹が屋敷の裏手へ去っていく。

――確かこの女の亭主は『矢萩工業』の事業部長をつとめていたはずだ。

岩森は記憶を掘り起こした。降谷辰樹の父も亡兄も、矢萩工業の社員である。そして作業着のネームを見るに、いまは辰樹自身も。

――夫の部下はわたしの部下も同然、ってことか。

田舎の中小企業にありがちな感覚ではある。しかし飯炊きのための水汲みまでやらせるとは、公私混同もいいところだ。召使い扱いではないか。

そんな岩森の心中には頓着なく、

「岩森さんは、ええっと、引っ越されてもう三年でしたっけ?」と女がつづける。

「そうですね、三年になります」

岩森は愛想笑いを貼りつけて答えた。この距離でも、女のパーマ液と化粧品の匂いが鼻を突いた。

「今日はどうなされましたん?　村になにかご用事でも?」

「ええ。用事というか……妻の墓参りです」

「あら」

女が大げさに掌で口を覆う。

「じゃあもう節子さんの命日か。一年って早いですねえ。あのひとがいなくなってから、ほんに診療所の空気が変わりましたよ。冷とうなったというか、事務的になったというか。ああこんなとき節子さんがいてくれたら、って思うことがしょっちゅう。吉見先生もねえ、村でたった一人のお医者なんだすけ、もっと親身になってくんねば困りますわ。そういえば最近は、街のお医者も——」

「あの、公衆電話はどこですか」

とめどない長広舌を、岩森はさえぎった。以前は煙草屋に赤電話があったはずだが、いま通ったときは見かけなかった。

女が鼻をつんと上げ、「鍵元さんの角にボックスがありますわ」と言った。おしゃべりを中断されて不愉快らしい。気づかぬふりで、岩森は問いかえした。

「ボックス？　電話ボックスができたんですか」

「まあ、馬鹿にして。田舎だって、いまどき二、三年も経てば進化しますわね。電話ボックスくらい建ちますてぇ」

「いや、そんな……はい。失礼しました」

岩森は頭を掻いた。

これ以上話していても、お互いいい気分にはなれないようだ。そういえば生前の節子も、ひそかにこの女を苦手にしていたっけ。

「では雨が降ってきそうなので、これで」

岩森は愛子をうながし、そそくさとその場を去った。

『鍵元さんの角』とやらは、確か二つ目の信号を過ぎた先である。鍵元も屋号で、茂った生垣の向こうに覗く表札は『降谷』だ。だが降谷辰樹の生家ではない。この村において降谷は、鈴木や佐藤よりはるかに多い姓なのだ。

――辰樹くん、か。

さきほど会った青年を、岩森は思いかえした。

みずからを「繰りあがりの、急ごしらえの跡取り息子」と形容した彼。「推薦は敦人のものになった」と語ったあの目つき。

敦人と辰樹は親友だったはずだ。彼はどんな思いで、故郷を出る敦人を見送ったのだろう――。

岩森はかぶりを振って、あの冷えた瞳を脳裏から追い払った。

電話ボックスの扉を押し開ける。

ボックスは旧式の丹頂型ではなく、最新のガラス張りタイプだった。ただし電話本体はプッシュ式でなくダイヤル式だ。

先に愛子を入らせ、次いで扉をくぐる。備えつけの電話帳をめくった。

鵜頭川村のページには現在、約三百世帯の姓名と番号が載っている。そのうち約一割が矢萩姓、そして四割が降谷姓であった。

たわむれに、代々の村長である大根田姓を引いてみた。二軒きりだ。とはいえこの二軒も村に住民票だけを残し、本人たち一家は隣の鷺見市に住んでいる。

同じ苗字ばかりがつづくページを指でたどり、岩森は『矢萩元市』の名を探した。

――あった。

公衆電話の受話器に手を伸ばしかけ、止める。肩から提げた重い荷物を、彼は電話ボックスの床へ置いた。業務かばんのファスナーをひらく。

あらわれた黒い機械は「田舎へ行くならこいつを試して来い」と同僚に押しつけられた、例の試作品だ。

仮名称を肩掛けフォン、もしくはショルダーフォンという。ショルダーバッグのごとく、肩に掛けて持ち歩けるのが売りらしい。

「お父さん、そっちのお電話使うの?」

「ああ。使えるかどうか、試してみなきゃな。そのために持ってきたんだ」

本体から受話器をはずした。受話器には押しボタン型のダイヤルが付いている。今年度から民間サービス開始予定の自動車電話と、ほぼ同じ形状だ。

しかし重かったな、と岩森は慨嘆した。二歳の頃の愛子より重かったかもしれない。

本社によると「最終的には本体を三キロ以下にする予定」だそうだ。

数年以内の実現は不可能だろう、と岩森は思っていた。なにしろこの重量の大部分は電池なのだ。つまりは電池の小型軽量化から開発をはじめねばならない。想像するだに、先は長い。

受話器を耳にあてた。かろうじて発信音はするようだ。

まずは、一一七の時報にかけてみる。予想どおりひどい雑音だった。たとえ繋がったとしても、まともに会話できるか大いにあやしい。

岩森はショルダーフォンをあきらめ、公衆電話に向きなおった。

硬貨を入れる。電話帳で見つけた番号をダイヤルでまわす。聞き慣れた呼び出し音が数回鳴った。

「もしもし、矢萩元市の家です」

若い女の声がした。

「ああ、もしもし、こちら岩森です。お待ちしておりました」

「ああ、岩森さん。お待ちしております。――有美さんですか?」

有美と呼ばれた女の声がやわらぐ。

「あつかましくご厄介になりに来ました。とはいえ一晩で帰りますから、どうぞお気遣いなくお願いします」

「いえいえ、そんなわけにいきません。義父も主人も、岩森さんと愛子ちゃんがいらっしゃるのを楽しみにしていますのよ」

「はは」

岩森は空笑いした。お世辞らしいお世辞である。とはいえ泊まると決めたのは、確かに「有美の義父」こと元市の勧めがゆえだった。

「あんたがよそに泊まったりしたら、おれの顔が立たねぇさ。節子の母親は、おれの妹だ。妹亡きあとは、おれが節子の親代わりになってきた。節子の婿であるあんたに不義理されたら、おれの面目が潰れるんてぇ」

と電話口でまくしたてた元市を思いだす。ほんとうに「面目が立たない」かどうかはさておき、体面を気にする元市らしい言い草ではあった。

「義父に替わりましょうか?」

「あ、いや。どうせすぐ着きますので、おかまいなく」

岩森は慌てて断った。

「それより、節子の墓に花が手向けてありました。有美さんですか」

「ええ。義父も夫も、行っていいと言ってくれましたもので」

「ありがとうございます」

彼女に見えないとは承知で、岩森は頭を下げた。愛子もつられてぺこりとする。岩森は笑って娘の頭を撫でた。

「では、いまから行きます」

そう告げて通話を切った。膝を突いて、業務かばんのファスナーを閉める。

目を上げると、電話ボックスのガラス面に水滴がぽつぽつと当たっていた。

「やっぱり降ってきたな。……愛子、リュックから折りたたみ傘を出しなさい。ひどくならないうちに、急いで有美おばちゃん家に行っちゃおう」

「うん」

愛子はうなずいて、赤いリュックを肩からずりおろした。

4

「おい、約束のブツだ」

押し殺した声で言い、目の前の矢萩廉太郎が紙袋を押しつけてくる。受けとった降谷港人は、紙袋の中をちらりと覗いた。

「確かに。契約成立だな」

後ろ手に隠していた紙袋を、港人は代わりのように廉太郎へ手渡した。顔がにやける。不覚にも笑いをこらえきれない。数秒置いて、ぷっと噴きだす。

「おっまえ、笑うなよ。台無しじゃんか」

そう言いつつ、廉太郎もげらげら笑いだした。

廉太郎が港人と約束したものとは、雑誌『月刊明星』の付録である。流行歌の歌詞を掲載した、通称「歌本」だ。そして港人があげた紙袋には、実家の商店で売っているHI-Cの缶ジュース二本が入っていた。

ところは廉太郎の自室だった。二段式を取りはずして一段にしたベッドに並んで腰かけている。白っぽい土壁には大場久美子のポスター二枚と、摩周湖のペナントが貼られていた。学習机の上を占めるのは『ドカベン』が表紙の『週刊少年チャンピオン』に、野球のグローブと硬球。教科書のたぐいは見あたらない。

港人はさっそく紙袋を探った。

「サザンオールスターズの、新曲の歌詞が見たかったんだ。桑田はなに言っとるかわからんからな。この歌本がないと困る」

袋の中身を抜きだす。途端に目をまるくする。

あらわれたのは、先月二十四日に発売したばかりの『明星』七月号本体だった。表紙は西城秀樹(さいじょうひでき)と石野真子(いしのまこ)の二人だ。ページの間に、付録の歌本が挟んである。

「おい廉太郎、中身間違えとるぞ」

「間違えてねえよ。おれはもう読んじまったからいいんだ。おまえに恵んでやる」

なんでもないふうを装い、廉太郎が言った。

「いいのか」

「いいさ。おまえ、真子好きだろ。おれは大場久美子(クーミン)ひとすじだからほかの女に浮気しねえんだ。それに毎回付録とジュース二本じゃ、おまえが割りに合わんさ」

廉太郎がにやりとする。

すこし逡巡したのち、港人は親友に笑いかえした。

「よし。じゃあありがたくもらっとく。この礼は、次の試合の打席で返すけぇな」

「あ？　よく言うぜ。今季一割打者が」

「そっちこそふざけんな。珍プレー最多発野手」

テンポよく言い交わしたのち、声を揃えて笑う。

港人は付録付きの『明星』を、紙袋へと丁寧にしまいなおした。ひと月千円の小遣いでやりくりする彼にとって、定価三百六十円の芸能雑誌は高嶺の花だ。いま廉太郎の横で『世良公則（せらまさのり）&ツイスト』の歌声を流している、アイワのカセットプレイヤーも同様であった。

港人の生家は、村で一番大きな煙草屋である。とはいえ稼ぎはたかが知れていた。長男の敦人を都会へ進学させ、港人に野球をつづけさせるだけで親は精一杯なのだ。小遣いの増額など、とても望めなかった。

「ツイストいいよな。後楽園ホール、行きたかったぜ」

廉太郎が吐息をつく。港人は膝を叩いて、

「おい、そういやおまえが可愛いって言ってた五組の山下、世良公則のファンらしいて」

「ほんとか」

廉太郎は港人の言葉にすこし考えこんでから、

「まあ、いいさ。原田真二（はらだしんじ）って素敵ー、なんて女より見る目あるでねか」

「んだ。原田真二はわがらねな。まるっきりオカマでねぇか、あれ」

港人も方言を隠さず、うなずきかえす。

隣市の高校に自転車通学する二人は、なるべく標準語で話すよう普段は気をつかっていた。ひとつには女子の目を意識したからで、もうひとつには自分たちが〝鵜頭川村の住人〟であると意識したくないせいだ。

親同士はどうあれ、友人間によけいな確執は持ちこみたくない。はっきりと口に出したことはないが、お互い同じ思いでいるはずだった。

――道路拡張工事推進派の矢萩家と、反対派の降谷家。

「お、もうこんな時間だ」

港人は時計を見上げ、腰を浮かした。

「帰るんか」

「ああ。おまえんとこの親父さん、そろそろ帰ってくるねっか。それに雨がひどくなりそうだすけな。……ほんとたまんねえな、今年の長雨は」

「まったくだ」

廉太郎が部屋の障子戸を開けた。

港人は玄関ではなく、いつも縁側からこの家に出入りしていた。かがんで長靴を履く彼に、廉太郎が手を振る。

「じゃまた明日、学校でな。あ、次はジュースじゃなく缶詰がいい。おれは白桃が好きだな。アイスクリームでもＯＫだ」

「あぁ？　あつかましい野郎だ、金払え」

笑いながら返し、港人はきびすを返した。

頭上を仰ぐ。空を覆う雲は、薄墨を流したような色になっていた。いつ降りだしてもおかしくない空模様だ。

家で一番大きな蝙蝠傘を持ってくるんだった——。いまさらながら悔やむ。こんなちゃちな傘では、大事な肩を冷やしてしまいそうだ。

近道するしかないな、と港人は走りだした。

左の家の生垣をくぐる。人目がないのを確認して、他家の庭を突っ切った。低い石塀をまたぎ、またも私有地を斜めに縦断して走る。

親類の家ならまだしも、矢萩姓の家に侵入するのは毎回肝が冷えた。だが正直言えば、すこし楽しくもあった。うまく逃げおおせるたび、なんとも言えぬスリルと爽快感が背を駆けぬける。盗塁が連続で成功したときのような高揚だ。

中には犬を飼っている庭もあった。しかし滅多に吠えられはしない。村に犬はすくないし、港人はペットたちの九割と顔見知りだ。通行料代わりの魚肉ソーセージを投げ与えると、どの犬も嬉しそうに尻尾を振った。

何軒目かの庭に踏み入る。足を止め、港人は舌打ちした。ついに降りはじめたのだ。

ぽつり、と滴(しずく)が落ちてきたと思いきや、またたく間に雨足が強くなる。地面が濡れ、庭石がみるみる黒ずんでいく。

慌てて港人は傘を広げた。だが傘をさしたままでは、狭い私有地は突っ切れない。あきらめて、公道へ出て走った。

畳屋の角を曲がったところで、あやうく誰かとぶつかりそうになる。

「あ、すみませ――」

傘で覆われた視界の隅で、杖の先を見とがめた。

「ピアノさん」港人は慌てて傘を上げた。

「あら、港人くん」

眼前に立っていたのは、見事な白髪の老婦人であった。

村のはずれに住む、通称「ピアノさん」こと田所(たどころ)エツ子だ。村唯一のピアノ教室を営んでいるため、屋号代わりにそう呼ばれている。

「あなたもお出かけだったのね。でも雨が強くなってきたから、早く帰ったほうがいいわ。ちょうどさっき大雨注意報が出たところよ」

完璧な標準語の抑揚だ。可憐な赤い傘。小花柄のテープを巻いた杖。立ち居ふるまいはもちろん、目じりに寄る笑い皺(じわ)さえ品がいい。

「はい。すぐ帰ります」

港人は殊勝にうなずいた。

ピアノを習ったことはない。しかしエツ子が開催する絵本の読み聞かせ会には、幼い頃から足しげく通ったものだ。港人にとってエツ子は、学校の教師よりはるかに近しい〝恩師〟であった。

「あの、荷物持ちましょうか」おずおずと申し出る。

「ありがとう。でもいいのよ。わたしは怠け者だから、甘やかされるとすぐ駄目になっちゃうの。とくにこっちの役立たずの脚はね」

スカートの上から、エツ子は自分の片腿をかるく叩いた。

「でもピアノさんち、遠いじゃないすか」

「いいのよ、ほんとうに。……あら」

エツ子が目をすがめた。なかば無意識に、港人もその視線の先を追った。

雨で煙(けぶ)る通りの向こうに、降谷辰樹が立っていた。

白鳥和巳(しらとりかずみ)と向かい合っている。

二人とも傘をさしていない。頭からずぶ濡れだ。シャツが透けて貼りつき、素肌の色が見えていた。

「辰樹くんと白鳥くんじゃない。傘も持たずになにをしてるのかしら。あんなんじゃ風邪をひくわよ」

エツ子は掌をメガホンのかたちにした。だがエツ子が声を発する前に、

「ピアノさん、あの」

港人はさえぎった。

「あの——お、おれ、行きます。すみません」

言い捨てて、あとも見ずに駆け出す。走りながら、頰の内側を嚙んだ。しまった、きっと変に思われただろうな——。まだ村に敦人兄さんがいて、おれが辰樹さんに可愛がられていた頃の関係しか知らない。だってピアノさんは、昔のことしか知らない。

——辰樹さんは、変わった。

辰樹の兄貴が死に、うちの兄さんが上京してから変わってしまった。

——いまの彼は好きじゃない。

兄の敦人、辰樹、白鳥の三人は、港人より学年で四つ上だった。辰樹は典型的な優等生であった。成績優秀かつスポーツ万能。すらりと長身で、容姿も整っていた。なにをしても注目のまとだった。村に住む少年少女は皆、彼に憧れていた。

兄の敦人と辰樹が親友だったため、

「港人ん家、しょっちゅう辰樹さんが遊びに来るんらて？　いいなあ」

と同級生たちはうらやんだ。そのたび港人は鼻が高かった。誇らしかった。

一方の白鳥は、有名な変人だった。「世界は一九九九年に滅びる」だの、「天中殺」だの「ノストラダムスが」だのと不吉な台詞ばかり吐き散らしていた。中学でも高校でも、仲間はずれの鼻つまみ者であった。

——敦人兄さんさえいれば、こんなふうじゃなかったのに。

そう考えた瞬間、傘が強い風に煽られた。

風雨はさらに勢いを増している。港人はしかたなく傘をたたんだ。さしても無駄どころか、走るのに邪魔なだけだ。

シャツをめくった。雑誌を腹へ差しこみ、背をかがめて濡れないよう守る。

大粒の雨が顔じゅうを叩いた。濡れた髪が額に貼りつく。長靴に入った泥水が、がぼがぼと濁った音をたてる。

水幕越しに見えた白鳥と辰樹を、港人はいま一度思った。二人の双眸が、まだ頭から離れなかった。

全身濡れねずみで、白鳥は一心に辰樹を見上げていた。飼い犬さながらの眼だった。

あんな目つきは嫌いだ。でもいまの辰樹の眼は、もっと嫌いだ。底冷えした、まるで感情の読みとれぬ瞳であった。

港人は走った。

5

「いやあ、ひさしぶりだ。ほんにひさしぶりだのう。街の暮らしは如何らね、岩森くん。まあ向こうがいっくら便利でも、空気は鶻頭川村のほうがうんめぇろうが」

矢萩元市は早くも喰らい酔って、同じ台詞ばかりを繰りかえしていた。

岩森はつくり笑顔で酌を返した。

「そうですね。街はごみごみして、空気が悪くていけない。村に戻ると安らげるというか、ほっとしますよ」

われながら見えすいたお追従だ。だが元市は、愉快そうに声をあげて笑った。たった二合の酒で、首から上が真っ赤に染まっている。

――あいかわらずおっかない義伯父さんだな。

そう胸中で岩森はつぶやく。

赤銅いろに日焼けした元市の顔は、酒気がなくとも赤鬼さながらだ。ランニングシャツとステテコに絣の浴衣をひっかけた体軀は頑健そのもので、背こそ低いが肩は筋肉で盛りあがり、胸板も厚い。

岩森は横目で愛子をうかがった。

さいわい酔っぱらいの元市を怖がっている様子はなかった。有美に取り分けてもらった胡麻豆腐や海苔巻きを、おとなしく口に運んでいる。親の贔屓目とはいえ、箸使いもだいぶ巧くなったようだ。

座敷で夕飯の卓を囲む顔ぶれは、主人の元市、息子の隆也、嫁の有美、そして岩森と愛子の五人である。

岩森の故郷では、〝長男が嫁を取れば先代は隠居する〟のが習いだった。だが元市が上座を隆也に譲る気配は、いまだない。床の間に飾られた漢詩の掛け軸も、備前焼らしき壺も、元市の好みのままだ。

その元市が卓に片肘を突き、顎を突き出して言う。

「ところで岩森くんは、なじょな仕事をしとるんだったかの」

「四月から異動になりまして、いまは通信機器の部署にいます。いままでとはだいぶ畑が違うもので、ひいひい言わされてますよ」

「ツーシンキキ? キキてなんだね」

「まあ、ひらたく言えば電話関係ですね。みなさんがお使いになっている電話を、もっと利便性の高いものにしようと尽力しています」

「電話な、電話。うん、そっては偉いもんだ。あの世の節子も、きっと鼻を高こうしとるわね」

わかっているのかいないのか、元市は銚子を持ちあげて、

「まあ飲みなせ飲みなせ。遠慮なんぞしねばっていいて。どうせ今夜はうちの離れに泊まるんらすけ、あとのこたぁ考えねぇでいいんだ」

と、しきりに酒を勧めてくる。

岩森は儀礼的に杯を舐めた。替わって銚子を持ち、元市の杯へと注ぐ。

「いやあ、義伯父さんはあいかわらずお強いですねえ。いくつになっても現役とはこのことだ。見かけだけじゃなく、中身までお若いお若い」

岩森が持ち上げると、元市は破顔した。

「いやいや、あんたこそさすがらて。街のサラリーマンは、ほんに飲ませるのが巧い。接待酒に慣れてる男は、口ぶりからして違うのう」

　これは、予想以上に早く潰れてくれそうだ。岩森は内心で安堵した。付き合い程度にしか飲まない、と岩森は若い頃から決めている。酒にはいい思い出がなかった。実家の二軒隣の次男坊がおかしくなったのは、酒毒ゆえだ。そして岩森自身の父もまた、酒に逃げるたちの男であった。

　元市に酒を注ぎ、岩森は次いで隆也へ銚子を向けた。

「どうぞ。隆也さんも一献」

「ああ、これはすみませ――……」

　杯を持ちあげかけた隆也に、

「お前(め)は、十年早(は)ぇ」元市がぴしゃりと言った。

「岩森くん、そいつのことはかまうこたねぇて。ったく、いづまで経っても半人前で、見てっと苛々するわね。まったく覇気がないっちゅうか、陰気っちゅうか……。むっつり辛気くせえツラが、死んだ母親(かか)そっくりだぁ」

　吐き捨てるような口調だった。思わず岩森は隆也をうかがった。

　しかし隆也は反駁ひとつしなかった。杯をおとなしく下げ、父から視線をそらす。

　元市が勢いよく膝を叩いた。

「そったらわけで岩森くん、倅(せがれ)は勝手に手酌でやりますけぇ、かまわねぇでくれ。それよりほれ、もっと食いなせやれ。在郷料理で悪りども、うちの嫁はちったぁ食えるもんをこさえるて」

「はい、いただいてます。おいしいです」

岩森は頭を下げた。

膳に並んでいるのは干瓢と高野豆腐の海苔巻き。平目の塩焼き。胡麻豆腐に、郷土料理のえご練り。そして茄子、蓮根、獅子唐、椎茸の炊き合わせである。

掛け軸や壺と同じく、こちらもあきらかに元市の好みだった。意図的かどうかは知らねど、二十代の隆也が好むだろう肉や油をまったく排した献立だ。

岩森は話題を変えた。

「ところで、最近の村はどうです。なにか変わったことはありましたか」

「んー、まぁ、そんだな」

元市が顎を掻く。

「こまけぇことはいろいろあったな。面白ぇことも、面白ぐねぇこともいろいろだ。いや、どっちかつうと、面白ぐねぇことのほうが多かったかの」

「ご不快な話でしたら、話さずともいいですよ」

岩森はすかさず口をはさんだ。元市はあまり酒癖がよろしくないのだ。思いだしながら話すうち、膳でも引っくり返されてはたまらない。

しかし義伯父は彼を無視し、据わった目を虚空に向けた。

「――なんて言うかな、うん。立場をわきまえねぇやつが、増えだな」

「立場、ですか」

「んだ。まあ聞いてくれや、岩森くん」

元市は片膝を立て、身をのりだした。

「まんずひとつ目はな、おれらの可愛い甥っ子が、またやらかしてしもうたんさ」

「甥っ子？　大助さんですか」

即座に訊きかえし、「あ、まずった」と岩森は内心で後悔した。これでは「問題を起こす甥っ子、イコール大助」と言ったも同然ではないか。

だが元市は気にとめなかったようで、

「おう、大助だ」とうなずいた。

「その大助のやつが、出先でちっとばかし酒飲んでな。車ぁ転がして帰る途中、道から段々畑に落っこったんさ。それが間の悪りぃごとに、ガソリン満タンにしたばっかの車でよ。横転した車からこぼれたガソリンで、土も作物も駄目んなってしもうた」

「そんな」

岩森は眉を曇らせた。

「大損害じゃないですか。どなたの畑だったんです」

「鍵元ん家の畑よ。いや誤解すんなて。もちろんすぐ謝りに行ったわね」

元市が鼻息荒く言う。

んらて」

「悪りぃと思ったからよ、うちの兄貴がわざわざ一升瓶持ってよ。『まあ、こらえてくれや。警察沙汰なんぞ、無粋な真似はせんでくれ』と、上がり框に手ぇ突いて頭下げたんらて」

「吉朗さんが？」

今度こそ岩森は目を剝いた。

矢萩吉朗は、矢萩工業の社長だ。この村では、村長に次ぐ実質上のナンバーツーである。末っ子の大助を溺愛しているのは有名な話だが、あの吉朗が尻拭いのため土下座までしたとは驚きであった。

「おうよ。大の男が、しかもうちの兄貴が框に手ぇ突いたんだぞ？　あんただってこの意味はわかるろう？　おれの兄貴の頭は、そんげ安くねぇからの」

元市が岩森を睨めつける。

「向こうの親はさすがにわかりがいいすけ、すぐに納得したさ。だども、倅のやつが突っぱねよった。その場で一升瓶突っかえして、お巡りに被害届まで出しやがってよ」

「……で、どうなったんです」

「どうなったもなにも」

元市はぐいと杯を干した。

「それ聞いた大助が、頭っから薬缶みてぇに湯気噴いてしもうてよ。『うちの親父に手ぇ突いて謝らせといて、無下にするとは何様のつもりだ』って、酒かっ喰らって鍵元の家に怒鳴りこんだんさ。……ほいだらまた鍵元の倅が、止める親を振りきって通報しくさりよった。おかげで大助は現行犯逮捕さ。駆けつけたお巡り相手に暴れたすけ、器物損壊に加えて公務執行妨害だとよ。すぐに釈放されたがのう」

唸るように低く言う。

「情けねぇ話さ。ガキが立場をわきまえねぇのは、まあしょうがねえ。ガキたらいうもんは、頭の悪りぃもんらすけな。けんど、それを押さえつけらんねぇ親が情けね。親に恥かかすガキなんぞ、ぶん殴ってしつけりゃいいものをよ。まったく最近は、腰抜けな親が増えたてば」

親に恥かかすガキ、とはむろん大助を指すのではない。鍵元の倅のことだ。怒りがよみがえったらしく、元市はめくれた唇から歯を剝いていた。ニコチンの脂(やに)でまっ黄色の歯だ。缶入りピースを日に半缶吸うというだけあって、左手の指先も同様に黄ばんでいる。

「あのう、二つ目はなんでしょう」

おそるおそる岩森は口を挟んだ。これ以上は、大助の話題を避けたかった。

「あ?」

「さっき〝ひとつ目は〟とおっしゃいましたから。二つ目の話はなんですか」

「ああ。……そっちも、こづまらねぇ話さ」

元市はすこし声を落とした。

「二丁目の、後家さんの託児所をあんたも知っとろうが」

「ええ、はい。うちも愛子をいっときお願いしたことがあります」

岩森は首肯した。

大通りを左に折れて進んだ先に、自宅を託児所にして生計を立てている女性がいるのだ。亭主を病気で亡くして以来の生業だという。安い料金で夜まであずかってくれるので、村民の多くが彼女を頼りにしている。

「ほれ、ベビーブームとやらで子供が増えたろう。だすけあの託児所には、いま二十人ばかしガキがおるんさ。後家さん一人で見るには、ちっと多すぎる数さな。目が行き届かんことも多いし、ガキいうもんはほっといたら喧嘩するもんだ。それを子供の喧嘩に目くじら立てて、大ごとにした馬鹿がおってのう」

「子供の喧嘩ですか。怪我したとか？」

「おうよ、怪我怪我。大騒ぎして、街の医者まで連れて行きよった。そこん家の嫁がヒステリー起こして、頭を打っただの何針縫っただのと、きいきい喚いとったわ」

縫うほどならば大怪我だ。母親が度を失って当然である。

だが元市は平然とピースに火をつけて、

「オモチャの角で、殴ったかなにかしたそうらわ。ちなみに殴ったほうはおれの姪の長男でな、撲たれたんは上窪んとこの孫さ。どっちも幼稚園にもあがってねえ、よちよち歩きのガキだ。そんなもん、大人がぎゃあぎゃあ騒ぐほどの話でねえさな」

と言い放った。

「面白ぐねぇのは、こっからだ。上窪の嫁があんまり騒いだもんらすけよう。しまいに村長が出張ってきて、おさめねばならねぇようになったんだ」

「村長がですか。そりゃあ確かに大ごとだ」

「んだろ？　だすけおれら矢萩と上窪とで、『これこれこんなわけです』と説明したわけさ。ほしたら村長のやつ、なんて言ったと思う？　わざっとらしいしかめっ面してよう、『そらぁ、上窪のもんに理があるな』だと。――けったくそ悪りい。ふざけんでねぇっての」

「めずらしいですね、大根田さんが矢萩の肩を持たないなんて」

岩森は言った。元市が鼻で笑う。

「ふん。村長のやつ、次の選挙を考えて怖気づいてやがんのさ。先代は、そんげだらしねぇ真似しねがったになぁ。村のやつらがちっとでも愚図ったら、一喝してびしーっと締めてみせたもんだ。まったくいまのやつぁ弱腰でいけねぇ。だらしねぇ」

語尾に怒りが濃い。

まずい、と岩森は声を張り上げた。

「いやあ、それにしても上窪のお嫁さんは気が強いんですねえ。知らなかったな」

茶化すように、わざと大げさに笑う。

「わが子のためとはいえ、まさか大根田村長を引っぱり出すほど騒ぐとは。まだ若いから、怖いもの知らずなのかな」

「んだなぁ。おれも仰天したわね。まったく最近の女子は偉そげでいかん」

「お決まりの〝戦後強くなったのは女と靴下〟ってやつですかね」

「ああ。でもおれはそっつら事は好かねぇな。上窪んとこと、おれら矢萩は違う。女の尻に敷かれてひいこら言うような男は、矢萩の家にはいねぇわね。なにしろうちの家訓はこれだすけな。〝婿は横から、嫁は下から〟」

元市はのけぞって高笑いした。

いま一度、岩森は横目で若夫婦の顔をうかがった。隆也は表情ひとつ変えない。有美はといえば、男衆の声など聞こえないふりで、甲斐甲斐しく愛子の世話を焼いている。

誰にも目を向けられぬまま点けっぱなしのテレビが、派手なコマーシャルソングをがなりはじめた。

6

元市が平手で卓を叩いた。

「やいや、岩森くん、箸が止まってるでねぇの。もっと海苔巻きを食べなせ。嫁の手製だども、この高野豆腐は馬鹿にしたもんでねぇ味らて」

「はい。どの料理もじつにいいお味です。ご指導なさるお舅さんの舌が、肥えているからなんでしょうね」

岩森はおざなりな世辞を返した。正直、この義伯父の相手をするのが面倒になりかけていた。

節子との結婚を決め、はじめて挨拶に訪れた日のことを思いだす。岩森の経歴について、けして節子はくわしく語らず、

「彼、東京の大学を出たの」

「教授に気に入られて、優秀な成績で卒業したのよ」

とだけ元市に紹介した。

当時の岩森は鼻白んだものだが、節子の戦略は正しかった。

岩森を「東京の大学出のインテリ」と思いこんでいる元市は、いまだに彼に一目置いている。だが岩森が貧農の三男坊に過ぎないとばらしたなら、途端に掌を返すことだろう。

――とはいえ、めずらしい話じゃない。責められる話でもない。

他人にレッテルを貼りつけて判断するのは、矢萩元市に限ったことではない。岩森の上司や同僚だってそうだ。人事部は、彼の最終学歴と職歴を重視して採用したはずだ。しきりに見合い話を持ちこんでくる近所の主婦だって同じだ。他者をまったくの色眼鏡抜きで判断できる人間など、この世界には一握りしかいない。

――街だろうが村だろうが同じだ。どこであろうと人間は一緒だ。

岩森は、ふたたび話題を変えた。

「そういえば、電話ボックスができたんですね。電話をかけようとしたら、煙草屋から赤電話がなくなっていたんで、まごつきましたよ」

元市が手酌で酒を注ぎながら、

「ん？　ああ、ボックスのう。ありゃあ去年の冬にできたんさ。年寄り連中はまだまだ電報のほうが確かだと言うども、さすがに孫のほうは電話でねぇとの。『離れた孫と話したくねぇんだかー』って言うたら、しぶしぶながらも口つぐんで、おとなしくなりよったわ」

「矢萩の若い衆は、ほとんどが村を出て進学しますからね。やはり電話なり手紙なり、なにかしら故郷と繋がる手段がないと困るでしょう」

「んだな。今年ぁ東京へ行ったのが二割、あんたが住んどる街の大学へ行ったのが四割。あとは関東のほうへ散り散りってとこらて。ま、せいぜい偉ぐなって帰ってくりゃいいさ」

元市は四本目のピースに火をつけた。

「……だども、あの長髪はいけねえな。なんで都会へ行った若いやつぁ、どいつもこいつもあんな見っだくねえアタマんなって帰ってくるんだか。小汚ねぇすけ、やめれっておれぁ常づね言っとるんだがな」

「まあ、流行ですからね」岩森は苦笑した。

「テレビの芸能人を真似てるんですよ」

「ふん。芸もねぇくせして、なにが芸能人だ。見世物の域に達しとるんは、いまならピンク・レデーたらいう太腿丸出しで踊る姉ちゃんくらいのもんさ。歌は奇天烈(きてれつ)だが、まあまあ見れる尻と脚をしとるわ」

「はは」

岩森は乾いた笑いを発した。

どうやら元市は、本格的に酔いがまわってきたようだ。こうして話題が下(シモ)へさがってくるのは、よくない兆候であった。

「なあ、岩森くん」

元市が、座椅子にあぐらをかきなおす。

「そう言うあんたも、東京で大学行っとったときは、あんげアタマしとったんろうよ。おまけにゲバ棒持って、機動隊相手に大立ち回りしとったんろ。いまはそんげおとなしい顔しとるが、おれにゃあわがる。意外とあんたみたいな人こそ、箍(たが)がはずれるとおっかねえもんらて」

「いやいや、ぼくはそんな」

岩森は笑って手を振った。これは、どうやら予感が当たったらしい。元市の口ぶりが変わりつつある。ねっちりと絡みつくような語調だ。

「やいや、義理とはいえ伯父甥の関係で、そっつら気取るこたねえさ。酒の席で無礼講ってやつだ。な？ 岩森くん。他人行儀はよくねぇて」

「いえ、でもほんとうに」

「言うてみなせ」

ずいと顔を近づけてくる。ニコチンと酒気が、岩森の鼻を突いた。

元市の眼が笑っていない。

「ん？ 機動隊相手に、火炎瓶たら投げたんだか？ 何人殴った？ 血ぃ見たか？ ゲバ棒で人ぶん殴るのは、気持ちえがったか？」

卓に置いた元市の右手が動いている。

人差し指で、とん、とん、とん、と一定のリズムで卓板を叩いている。

「あんたの世代が大学に通っとった頃は、学生運動たらいうやつが全盛期だったものな。あんただって、やってねぇわけがねえ。なぁ、たっぷり人ぶん殴っといて、卒業間近んなったらなに食わぬ顔で髪切って、知らーんふりしてちゃっかり就職しましたって口なんろ？ わがってんだて。お前だぢの世代は、そんげ料簡のやつらばっかりだ。おれぁ、わがってんだ」

とん、とん、とん。指のリズムが、次第に速まっている。

義伯父はみずからの言葉で激昂しつつある。

とん、とん、とんとんとんとんとんとん。

「あの、義伯父さん」

「なめくさってるんさ。お前だぢは、世の中なめてる。なにがスツーデントパワーだ。

なぁにが革命だ、闘争だ。そんげ澄ました顔してっども、どうせ腹ん中では舌出して笑ってんろ？　おれをもののわがらね、在郷（ざいご）の爺いだと馬鹿にしてんろ？」

指の動きが速まる。狂的に高まっていく。

とんとんとんとんとんとんとんとんとんとん。

「わがってる。おれの目はごまかせね。お前だぢはいつかまた棒持って、おれらの寝首をかきに来やがるんだ。まっだく、ツーシンキキだかなんだか、こむずかしい言葉で煙（けむ）に巻こうとしくさってよ。わがってんだて」

「元市さん、ぼくは」

「なあ？　東京の学者さまよ。お前だぢのこづまらねぇ屁理屈なんぞどうだっていい。いくらでもぐだぐだ言うがいいさ。けどな、おれらぁわがってんだ。魂胆はお見とおしらて。てめえの会社なんぞ、しょせんアカの巣窟――」

瞬間、かっと窓が白く光った。

間をおかず雷鳴が轟く。

家屋どころか、地面ごと震えるほどの雷だった。雨がさらに激しさを増す。真上から叩きつけるかのような勢いだ。

二度、三度と雷が鳴った。雲がごろごろと唸る間もなく、耳を聾（ろう）する轟音がつづけさまに家を襲う。

有美が慌てたように立ちあがって、

「すみません。お勝手を見てきます。窓は閉めたはずですけれど、勝手口あたりの水はけが悪くって」

「おれは裏の雨戸を見てこよう」隆也も腰を浮かす。

突然の雷に口説（くぜつ）をさえぎられた元市は、毒気を抜かれたような、興をそがれたような顔つきで若夫婦を見送った。

これさいわいと岩森も立ちあがる。

「いやあ、こりゃほんとうにひどい雨だ。……愛子も欠伸（あくび）ばかりしていますし、すみません、今日はもう失礼して寝（やす）ませてもらいます」

元市の返事は待たなかった。

ちいさく舟をこいでいる愛子を抱きあげ、岩森は足早に座敷を退散した。

7

離れには、やや気の早い蚊帳（かや）が吊ってあった。

蚊帳の中には客用布団がふたつ並んで敷かれている。愛子の疲れを見越した有美が、早めに寝具をととのえてくれたらしい。

――元市さんより彼女と、節子の思い出話をしたかったな。

詮無いことを思いつつ、岩森は寝間着の浴衣に袖を通した。

節子と矢萩有美は、小中学時代の同級生なのだ。お互い親友を自認する仲だったそうで、節子の存命中から、有美は愛子を可愛がってくれた。今夜この家に世話になろうと決めたのも、「有美おばちゃんに会いたい」と愛子にせっつかれたがゆえである。

当の愛子は満足したのかどうか、もはや眠気が限界らしい。

「おっ、こっちの部屋にもテレビがあるぞ。愛子、テレビ観るか」

と岩森がまわしてやったチャンネルにも、

「テレビ、いいの。ねむいの」とぼやけた声を出したきりだ。

日中たっぷり山歩きしたのだから当然だろう。岩森はテレビの電源を切った。

「待て、お布団に入るのは歯をみがいてからだぞ」

「ねむいの。ねむいから、起きたらみがくの」

「眠いのはわかるけど、朝じゃ駄目だ。いいか愛子、いつもみたいに寝る前に歯をみがかないと……」

――エイキチが、来るんだぞ。

喉もとまでこみあげた言葉を、岩森は呑みこんだ。代わりに笑顔を浮かべ、「……お母さんが、天国でがっかりしちゃうぞ」と告げる。

愛子が恨めしそうに父を見上げた。やがて、あきらめ顔でうなずく。

岩森はその頭を撫でてやった。

「さあ愛子。お父さんとどっちが長く歯みがきできるか、競争しよう」

そう言って歯ブラシと歯みがき粉を取り出す。愛子の歯みがき粉は、子供用のバナナ味だった。

歯をみがき終え、蚊帳をめくって布団に入る。

途端に愛子が「あっ」という顔をした。

「お父さん。おふとん、たんすの匂いするよ」

樟脳(しょうのう)のことだろう。「そうか」と岩森は笑いかえした。

枕に頭を落としてから、ほんの数秒で愛子は寝入った。魂ごとすっと落ちていくような、子供特有の寝入りかただ。口をあけ、早くもかるい鼾をかいている。

岩森は娘の寝顔を見つめた。

節子が死んでしばらく、愛子は眠るのをいやがった。

「死んだらどこにいくの?」

「寝ちゃったまんま、もう目が覚めなかったらどうなるの?」

と眼を怯えに潤ませた。そのたび岩森は娘をきつく抱きしめて、

「大丈夫だ。大丈夫だよ。愛子には、ずっとお父さんがついているからな。約束だ」

と繰りかえすことしかできなかった。

――そういえば隆也さんの母親も、彼が幼い頃に亡くなったらしいな。

当時の隆也も愛子のように、寝るのが怖いと愚図ったりしたのだろうか。元市はそれ

を慰めてやっただろうか。岩森がしたように抱きしめて、わが子が落ちつくまで寝ずにあやしたのだろうか。

——まあ、あり得ないな。

蚊帳越しに天井を眺めて、岩森は苦笑した。

あの元市が、すすんで子供の世話をしたとは思えない。その頃『後家さんの託児所』はまだなかっただろうが、手を貸す女衆はいくらでもいたはずだ。なにしろ元市は矢萩吉朗の実弟である。名ばかりとはいえ、矢萩工業の役員に名を連ねる存在でもある。

岩森は、しばし目を閉じた。

先刻の元市を思った。学生運動がどうこうと岩森を決めつけ、酔いに任せて激しかけた義伯父の顔を。

次に元市の一粒種だというのに、いまだ村でくすぶる隆也を思った。

さらには薄汚れた風体をし、冷えた眼で岩森を——いや、〝大人〟を眺めた降谷辰樹を反芻した。

ため息をつき、まぶたをひらく。

常夜灯がほのかに照らしだす室内に、蚊遣(かや)りの煙が匂った。ぶ厚い雨戸を閉めきっているというのに、凄まじい雨音が響いてくる。

「……白い絓絲(すがいと)のやうな雨は、水が田に滿(み)つるまでは注いで又注ぐ。——……」

低く、岩森は暗唱した。長塚節(ながつかたかし)『土』の一節だ。

この小説をはじめて読んだとき、「ああ、おれの故郷について書かれている」と岩森は思った。とくに胸を激しく打ったのは、以下のくだりだった。

「小作人の常として彼等は何時でも恐怖心に襲はれて居る。殊に其の地主を憚ることは尋常ではない。さうして自分の作り來つた土地は死んでも噛り附いて居たい程それを惜むのである――」

鵜頭川村の住民たちも、かつては同じだったはずだ。

彼らは〝土〟に縛りつけられ、土を愛憎して生きた。代々の地主である大根田家は、小作人たちの土への執着をたくみに利用しつつ、彼らを統治した。

とはいえ大根田は、格別にひどい地主というわけではない。年貢の取立ては厳しかったようだが、冷害の年は小作米を減免するなどの温情をみせた。出稼ぎを組織的に斡旋もした。そのおかげか鵜頭川村は、他村と比べて、娘を売るほどに困窮する家はすくなかったという。

山間の村の農民は、農閑期となれば土木作業の出稼ぎへ出る習慣があった。

この出稼ぎを通して土木業界とつくりあげたパイプは、のちに村長一族が鷺見市に興す『大根田建設』の礎となった。

鵜頭川村の小作人たちにとって、農閑期の雇用主は恩人に等しい。土木の出稼ぎは、農業とほぼ同等か、それ以上の実入りをもたらした。

ときは昭和二十年代。大根田建設は北海道開拓の下請など、きつい仕事に積極的に入ることで急成長していったという。鵜頭川村の村民は、とりたてて優遇されたわけではない。しかしタコ部屋と呼ばれる、監禁同然の労働部屋へはけして送られなかった。

「おまえらは家族も同然だからな」大根田は言った。

タコ部屋で奴隷同然に働かされる工夫たちの噂を聞くたび、村人は震えあがった。そして己の幸運と、地主の寛大さに心から感謝した。

農地改革で土地が小作人のものになってからも、感謝の念は変わらなかった。

出稼ぎから戻るたび、村民は深い喜びをもって己の土地に触れた。地主への恩義と雇用主への恩義。二重の恩を、彼らは大根田家に感じていた。

だがその中にあって、いちはやく土を捨てる決断をした小作人があった。

矢萩一族だ。

農地改革後に手に入れた土地を矢萩が手放したとき、村民の多くが「気でも違ったのか」と驚いた。

驚愕の視線を浴びつつ、矢萩は農地を売った金で会社を興した。それがいまの矢萩工業の前身である。当時は、ごくちいさな建設会社だった。

矢萩工業はその後、大根田建設の下請けとなった。請け負った工事には公共事業も多かった。「土を捨てたやつら」と嘲笑を浴びながらも、矢萩工業は着々と業績を上げていった。

——そうして、立場はいつしか逆転した。

蔑視されていた矢萩一族は、いつしか村民の直接の雇用主として村に君臨するようになった。

矢萩は村の一等地である帯留町を占拠し、大きな屋敷をずらりと建てた。帯留町は、大根田一族の大蔵が建つ地所でもある。大蔵は大根田の富の象徴であり、同じ一画へ軒を並べることは、はっきりと示威行動であった。

矢萩工業はこの三十年間、富と勢力を増やしつづけてきた。やがて部下の若者を私宅へ呼びつけ、水汲みをさせるまでに増長した。

しかし元市の話では、村内にさらなる逆転が起きつつあるという。

──道路拡張工事。そして選挙か。

ああ、雨がうるさい。岩森は顔をしかめた。

一瞬も降りやまぬ、まさに紲絲のようにつづく雨だ。唸って寝がえりを打つ。

途端、ぎくりと彼は身を強張らせた。

夜目にも青白い双眸が、岩森を間近で見つめていた。一拍置いて気づく。愛子だ。

「……なんだ、どうした愛子」

彼はほっとした。指を伸ばして娘の頰をつつく。

「目が覚めちゃったのか。おしっこか？　そういえば、ジュースをたくさん飲んだものな。お父さんがついていってやろうか」

小声で尋ねる。だが答えず、娘は言った。

「お父さん、ねむれないの？」

「ん？ ああ、そんなことはないよ。ちょっと考えごとをしてただけだ」

奇妙な沈黙が落ちた。

「――愛子？」

まばたきもせず、愛子は父の顔を見つめていた。

「お父さん、夜更かしは駄目なんだよ。駄目なのに、お父さんが、いつまでもいい子で寝ないから――」

娘の瞳が近い。やけに虹彩が大きい。

「――エイキチが、来ちゃったよ」

神託のごとくそう告げ、娘は静かにまぶたを閉じた。

じきに、規則正しい寝息が聞こえた。閉めきった戸の向こうから響く雨音が、愛子の呼吸音に重なる。激しく叩きつける雨太鼓が、ちいさな鼾をかき消してしまう。

岩森は動けずにいた。

早鐘のごとく鳴りはじめた心臓を押さえ、彼は娘の寝顔を見つめつづけた。

8

翌朝目覚めたときも、雨はまだ降りつづいていた。

衰える気配さえない。用具小屋のトタン屋根を叩く水音が凄まじい。無数のパチンコ玉を投げつけたような轟音が、途切れなくつづいている。

岩森は窓を開け、外をうかがった。

予想以上に路面がひどい。昨夜まではかろうじて革靴で歩けたが、いまは一面泥田と見まごうばかりだ。

──これは、バスがまともに運行しているかあやしいな。

やはり泊まらず日帰りするべきだったか、と悔やむ。日曜日で会社が休みなのが、唯一の救いであった。

──明日までに、やんでくれるだろうか。

雨の向こうに母屋の窓が見えた。岩森父子がいる離れと、元市たちの母屋とは三メートルと離れていない。

有美らしき人影が、台所で立ち働いていた。おそらく朝餉(あさげ)の支度中だろう。

「愛子。有美おばちゃんが朝ごはんをこしらえてるぞ」

岩森は、布団の上から娘を揺すった。

「お父さんは、バスがどんな様子か聞いてくる。もうすこし愛子はねんねしてなさい。帰ってきたら、向こうで朝ごはんをご馳走になろうな」

言い置いて、障子をひらく。

靴箱にはさいわいゴム長靴が置いてあった。ありがたく拝借することにして、軒先で蝙蝠傘をひろげる。

顔を上げると、母屋の玄関から誰かが出てきた。雨合羽に長靴姿で、傘は持っていない。距離を詰めて、ようやく顔が見えた。矢萩隆也だ。

「おはようございます」

岩森は先に声をかけた。

隆也が強い雨足に目を細めながら「おはようございます」と挨拶を返す。

「隆也さん、どちらへ？」

「ちょっと父の煙草を買いに行こうかと。ついでに近所の様子も見てくるつもりです。岩森さんは、どうなさいました？」

「おれはバスの運行状況を確認しようかと……。ああ、そういえば長靴を勝手にお借りしました。隆也さんのものでしたか？」

「長靴くらい、かまいませんよ。それより岩森さん、この天候に蝙蝠一本で歩くのは無謀だ。合羽(かっぱ)を貸しますから、あなたも着ていかれなさい。通りへ出る前に、傘が折れて濡れねずみになるのが落ちです」

その言葉に甘え、岩森は隆也から雨合羽を借り受けた。とはいえ隆也は体格がいいので、合羽も長靴も岩森にはひとまわり大きい。

──父親に似ない美丈夫で、有美さんとは揃い雛(びな)の夫婦なのになあ。

隆也の横顔を盗み見て、岩森はそっと嘆息した。

これで父親に対し、もうすこし強く出られたら完璧なのだが。せめて妻が侮辱されたときくらい、元市を諫める度胸があってほしい。

節子の言では「隆也さんと有美は、世紀の大恋愛の末に結ばれた」のだそうだ。しかしいまの隆也からは、妻への愛の片鱗すらうかがえない。実父怖さに、殻に閉じこもっているようにしか見えなかった。

岩森は隆也と肩を並べ、道というよりは泥濘のなかを歩いた。

あちこちの庭が豪雨の被害を受けていた。色づいたばかりの紫陽花が、花群れごと倒れている。丹精しただろう薔薇も散り、花茎から折れてしまっている。池の水が溢れたらしく、庭じゅうに蓮が散乱する家さえあった。

「ひどいですね」

岩森は思わずため息をついた。隆也が応える。

「二十日近くも雨がつづいてますからね。こんな年は滅多にない。父が言うには、四十年ぶりの長雨だそうですよ」

「これじゃ畑の被害も大きいだろうな。いまはどんな様子ですか」

「なんとか持ちこたえていますが、土砂崩れでも起こったら終わりでしょうな。この村は、山に近い。もし山が崩れたら人力じゃあ止めようがありません」

隆也の声音は暗かった。

「じつはおれも、趣味程度ながら菜園を持っているんですよ。親父がうるさいんで、家から離れた場所にですがね。でもこの雨で、まともな収穫は望めなくなってきたな。がっかりだ……」

隆也はつぶやくように言った。

「……おれには土木より、農業のほうが肌に合っとるんです」

ともすれば、雨音にかき消されてしまいそうな小声であった。岩森は聞こえなかったふりをした。

隆也はむろん、矢萩工業の社員だ。そして元市は役員の一人である。長男である隆也は、当然厚遇されていると思っていたが――。

すこし迷って、岩森は水を向けてみた。

「昨夜、元市さんが言っておられましたね。『村長が次の選挙を考えて、怖気づいている』と。くだんの道路拡張工事の反対署名は、それほどに集まったんですか」

「まあ、そうですね」

隆也は予想外にすんなり答えた。

「すくなくとも村長に〝矢萩以外の村民の多さ〟を再確認させる程度には、集まったと言えるでしょう」

「じゃあ拡張工事はどうなるんです」

「ストップしとりますよ。さすがに頓挫にはならんでしょうが、反対運動は激しくなる一方です。立ち退き命令を無視して居座っている住民もいる。すくなくとも、近々に工事にかかれる状態じゃありませんね」

他人事のような口調だった。その口調に拡張工事、ひいては矢萩工業に対する隆也の思いが透けて見えた。

——この人は、どっちかというと優等生タイプだからなあ。

岩森は胸中でひとりごちた。清濁合わせ呑まねばならない土建屋体質とは、水が合わないんだろうな、と。

矢萩工業が村長の政治団体へ献金していることは、周知の事実だ。そして大根田村長が「地元企業の育成」を建前に、役場と癒着して公共事業を独占していることも知らぬ者はない。

大根田建設が元請もしくは一次下請であれば、一、二次下請は当然矢萩工業だ。そして鵜頭川村の住民の多くが矢萩工業の社員であり、それ以外は一人親方として二次、三次下請に雇われる。

選挙となれば、大根田に票が投じられるのが当然の図式である。つまり支払う土木工事の給与で、票を買っているも同然なのだ。

「……それが覆る(くつがえ)とは、思ってもみなかっただろうな」

「え?」

独り言を聞きとがめ、隆也が振りかえる。

「いや、すいません。つい口から洩れた」

岩森は手を振って、

「まさかあの大根田村長が、自分の地位をあやぶむ日が来るなんてと思いましてね」

と言った。隆也が首を縦に振る。

「おそらくロッキード事件があったことも大きいでしょう。あれを機に、賄賂に対する世間の目が一気に厳しくなりました」

「そうか。昔と違っていまはテレビがありますものね。都会で意識が変われば、田舎にもダイレクトに伝わる時代なんだな」

「ええ。それにいまの村内に、矢萩姓の住民は意外とすくないんですよ。矢萩の家は進学ブームで、息子を県外へどんどん出しています。しかも若夫婦たちは、本社から近い社宅に住みたがりますしね」

「なるほど、若者たちの票が見込めないのは痛手だ。次の選挙ですぐに大根田さんが落ちるとは思えないが、先々を考えたら焦りだすのも納得です」

「まあ、永遠に安泰なものなんてないってことですよ」

　隆也はうなずき、

「十年一日だったこの村ですら、押し寄せる時代の波には勝てなくなってきた。――日本はこれから、どんどん変わっていくでしょうよ」

と、どこか愉快そうに言った。

9

バスはやはり運休だった。

教えてくれたのは煙草屋の主人だ。朝の八時前だというのに、早くも大通りの煙草屋はひらいていた。

「歳をとると朝が早うなって、店を開ける以外することがねぇのさ」

と、主人は歯のない口で笑った。

「このぶんじゃあバスなんぞ、いつ発車できるかわからねて。なにしろ道が、まるっきり泥水の海になっちまっとるもの。雨がやむ気配さえねえと来とる。岩森さん、あんた今夜もここに泊まっていかねばなんねぇな」

その見識には、岩森も同意するほかなかった。

「隆也さん、帰ったら母屋の電話を貸してもらえますか。この様子じゃ、会社に一報入れておいたほうがよさそうだ」

雁木造りの商店街を歩きながら、岩森はため息まじりに言った。

この一帯は道が舗装されており、かろうじて歩きやすい。しかし路肩の排水溝には、あいかわらず凄まじい勢いで雨水が流れこんでいる。

「それがいいでしょう。……今日は日曜ですが、会社には誰かいなさいますか」

「完全に無人になることはありません。日曜だろうと祝日だろうと、誰かしらはいるんです。とくに開発部は、残業と休日出勤が当たりまえの部署で――」

岩森の語尾が消えた。

前方に人影が見えたからだ。閉ざされた商店のシャッターにもたれて、老人が座りこんでいる。その前に男がしゃがみこんで脈を診ている。後者は雨合羽で身を包み、フードを深くかぶっていて顔は見えない。

――でも、あの背格好は。

視線に気づいたのか、男が振りかえった。

岩森を見て目を見ひらき、フードを指でずらして立ちあがる。あらわれたのは、やはり予想した人物の顔だった。

村医の吉見だ。

鵜頭川村唯一の診療所に、三十年近く勤める医者である。刈りあげた胡麻塩頭も、突き出た太鼓腹も、なにひとつ変わっていない。トレードマークの銀縁眼鏡には、びっしりと雨粒が付着していた。

「やあ……どうも」

「どうも、おひさしぶりです」

岩森は複雑な思いを押し殺し、吉見に会釈した。

体調不良を訴える節子を、人手不足を理由に休ませようとしなかった当の医者だ。結果、節子の癌が発見されたのは末期であった。幼い娘を残して、無念にも妻は先立たねばならなかった。

吉見が気まずそうに目をそらす。岩森は、気づかぬふりで一歩進んだ。

「急病人ですか。手伝いましょうか?」

「……ああ、うん。すまんね、どうも」

吉見はほっとしたように頬を緩め、

「以前から心臓のよくない人なんだ。用水路を見に行った帰り、孫に菓子を買って帰ろうとしたら、急に胸が苦しくなったとかで――」

「先生、これぁ祟りらて。祟り……」

シャッターにもたれた老人が、苦しげにそう喘いだ。

「祟りだって、こないだから何度も言ってんでねか。……お地蔵さまぁ、壊したせいさ。その証拠におれぁ、いっつもこの通りへ来っと、胸がおかしげになるんだぁ……」

岩森は老人のそばへかがみこんだ。

知った顔だった。屋号〝上窪〟家のご隠居である。彼のほうも岩森が誰かわかったらしい。額に脂汗を浮かせながらも、「よう、旦那」と片手を挙げてみせた。

「祟りってなんです?」

岩森の問いに、吉見が苦笑して背後を指す。

「そのあたりに以前、お地蔵さんが立っていたのを覚えちゃいないか。残念ながら半年ほど前、交通事故で祠ごとなぎ倒されてしまってね。それ以来、祟りがどうのと訴える患者さんがあとを絶たな――」

「大助のやつですよ」

隆也が平たい声でさえぎる。

その声音に、岩森は思わず顔を上げた。隆也がつづけた。

「大助が例によっての飲酒運転で、祠をぶち壊してしまったんです。……まったく、どうしようもないやつだ。ろくな真似をしない」

吐き捨てるような口調だった。

大助と隆也とは、父方の従兄弟同士にあたる。近しい血縁だ。しかし隆也の声音には、ひとかけらの温情もなかった。上窪の隠居がわずかに眉を曇らせた。

吉見医師が両手を振って、

「まあまあ、みんな落ちつこう。確かにお地蔵さんは残念だったが、祟りなんてもんはこの世に存在しやしない。だいたい上窪さんの心臓がよくないのは、祠が壊れる以前からじゃないですか。『病は気から』とよく言うでしょう。上窪さんは、これ以上よけいなことは考えなくていい」

「だども、先生……」

反駁する隠居を吉見は無視して、

「岩森さん、隆也さん。申しわけないが、乗りかかった舟ってやつだ。上窪さんを、自宅へ運ぶ手伝いをしちゃくれまいか」

と二人を振りかえった。

迷う余地はなかった。岩森は隆也と目を見交わし、うなずいた。

上窪の隠居を運び終えて家を出ると、雨はさらに激しさを増していた。飛沫が立てる水煙で、視界が白く霞む。まさに滝のような雨、というやつだ。

「いま重病人が出たらまずいですね。バスが駄目なら、救急車だって来られないでしょう。診療所に職員は何人いるんですか」

岩森は、雨音にかき消されぬよう声を張りあげた。

吉見も同じく怒鳴りかえす。

「いつもは他村から、新米の看護婦に来てもらってるよ。だがこの道路じゃあ、今日は来られまい。動けるのはおれ一人ということになるな」

「ではもし人手が要るようなら、いつでも呼んでください。おれは、隆也さんの家に厄介になっています」

岩森の言葉に吉見医師は瞠目した。ややあって、声を落とす。

「そうか……。すまん」

言葉を切り、いま一度「すまん」と付けくわえる。声は聞こえなかったが、唇の動きでわかった。万感の思いをこめた「すまん」であった。

岩森はかるくうなずき、その謝罪と礼を受け入れた。

と、頭上でサイレンが鳴りだした。防災サイレンだ。杭にくくられたスピーカーから、間延びした男の声が流れ出す。

「えー、村役場よりお伝えいたします。村役場よりお伝えいたします。現在、大雨洪水強風波浪警報が発令中。大雨洪水強風波浪警報が発令中。充分警戒してください。田圃(たんぼ)や用水路を見に行く人は、必ず家族に行き先を言って出かけてください。水かさの変動などお気づきの点は、役場に連絡した上で、必ず指示を待ってください……」

原稿を読みあげているだけとすぐに知れる、緊張感のない語調だった。雨音に霞んで、よけいに弱々しく響く。

吉見医師と隆也が苦笑した。

「もう十日以上、この放送を聞きつづけているよ。日によって警報だったり注意報だったりはするが、文面はまるっきり同じだ。いいかげん耳に胼胝(たこ)さね」

「ずっとこんな空模様ですからね。わざわざ放送されんでも、大雨だなんて見りゃわかる、と言いたくなってきます」と隆也。

岩森は合羽の前をかき合わせて、

「でも今日の雨はとくにひどいですよ。このまま降りやまないようなら、床上浸水してもおかしくない。車は高台に移動させたほうがいいんじゃないかな」

「だなあ。水没してエンジンがやられちまったら大ごとだ。隆也さん、あんたの会社は重機を沢山（ふっとつ）持っとるようだが、そっちは大丈夫かね」

「対策くらいはしているでしょう。重機やトラックはほとんど鷺見の本社に置いてありますし、村内でおれにできることはなさそうです」

吉見に問われ、隆也は自棄（やけ）のような大声で答えた。

角を曲がると舗装が切れて砂利道になった。いや、いまは泥水に沈んで砂利すら見えない。道が冠水してしまっている。水かさはいまや、長靴を履いた足首の上まで達していた。

「そろそろ排水溝がまずいな」

吉見医師が舌打ちした。岩森は手で目庇（まびさし）をつくって、

「他の町や村は、どんな具合でしょうね。鷺見は街のど真ん中に大きな川が流れてるから、氾濫したら向こう一帯えらいことになるんじゃないですか。ラジオは入らないようだし、帰ったら役場に電話して状況を……」

ふと、彼は言葉を切った。

「いま、なにか聞こえませんでしたか?」

「なにかってなんだね」と吉見。

「わかりませんが、向こうから悲鳴のような……」

「また病人かな」

隆也が不安げに言ったとき、はっきりと声が聞こえた。

「おおい、誰か来てくれえ」

三人は足を止めた。男の声だ。助けを呼んでいる。豪雨に消されかけてはいるが、そう遠くない。

「おおい、誰かいたら来てくれ。――死んどる。血ぃが、流れとる」

「血？」隆也の顔がゆがんだ。

「行こう」

吉見が駆けだした。

岩森もあとを追う。ためらったのち、隆也もつづいた。

泥水に足をとられ、ひどく走りづらかった。ともすれば前へのめりそうになりながら、三人は先を急いだ。

声の主は、段々畑の畦道（あぜみち）を駆けのぼった先にいた。紺の雨合羽を着た男が、膝立ちで首をこちらに向けている。

山がやけに近く見えた。以前は連綿と連なっていたはずの原生林が、半分がた消えていた。山肌はひどい赤剝けだ。雨で削られて流れ出た赤土が、あたり一帯を醜く汚している。

膝立ちの男は、目をおろおろと泳がせていた。動転しきっている。男の前で倒れているのは、ジャンパー姿の若者であった。

「せ、先生。吉見先生」

男が声をあげた。

「見てくれ。死んどる。む、胸から、腹から、血が出とる。おれが来たときは、もう倒れとって、それで」

「わかった。ちょいとどいてくれ、水元さん」

吉見が男を制し、若者の前へかがみこんだ。岩森も吉見の肩越しに覗きこむ。

その若者は目をうつろに開け、木にもたれるようにして死んでいた。

腰から下が泥水に浸かっている。全身を雨に打たれているが、上半身はなんとか枝葉の陰に守られていた。合羽の男の言うとおり、胸と腹の数箇所が血で染まっている。素人目にも、刃物の刺し傷に見えた。

「こりゃあ、長江（ながえ）さんとこの倅でないか」

隆也が言った。水元と呼ばれた男が、激しくうなずいた。

「そんだ。こいつぁ、長江ん家の敬一（けいいち）だ。き、昨日まで元気でぴんぴんしとったてがに、いまは、こんげ姿になって――」

男は絶句した。

水元も長江も屋号だ。戸籍上の姓はどちらも『降谷』である。つまり第一発見者の男と被害者は、親戚筋にあたる。

岩森は、隆也を見上げて言った。

「長江さんといえば確か、昨夜の元市さんの話にも出てきた……」

「そうです。自宅で託児所をやってる後家さんの屋号だ。敬一くんはそこの、一人息子ですよ」

隆也の返答に、岩森はあらためて若者の死体を見おろした。

歳の頃は二十歳前後だろう、天然パーマらしき髪が、額に濡れて貼りついている。小太りの体型に、カーキ色のウインドブレーカーとジーパン。片方脱げた長靴が、折れた傘とともに数メートル先に浮かんでいる。

「傘で来たってこたぁ、殺されたのは昨日の夕方ごろかな。あの時刻はまだ、傘ひとつでも表に出られたはずだ」

そう言いながら、吉見がかぶりを振った。

「探偵小説じゃあ、警察が来るまで遺体は動かさんのが原則だが……。この雨じゃ、現場保存どころじゃないな。足跡もなにもかも流れちまっとる。傷口も水びたしで、どうにもなりゃあせん」

言い終えると同時に、畦道を複数の足音が駆けあがってきた。

「おおい、声が聞こえたで。なじょしたぁ」

「なんだ、水元でねぇか。怪我でもしたかね――、あっ」

声をかけながら寄ってきた先頭の男が、首を伸ばして息を呑んだ。敬一の死体に気づいたらしく、一瞬で青ざめる。

その背後から、さらに軽快な足音がのぼってきた。

「吉見先生！　岩森さん」

「辰樹くん。きみも来たのか」岩森は立ちあがった。

降谷辰樹であった。年下らしい若者を何人か引き連れている。顔馴染みの登場に、岩森は心なしほっとした。

辰樹は、敬一と色違いのウインドブレーカーを着ていた。左腕に三本ラインの入った、いま流行りのデザインだ。頭からフードをかぶっているものの、吹きつける風雨で、顔も前髪もずぶ濡れである。

「なにかあったんですか」

「わからん。だが、長江の敬一くんが亡くなったようだ」

「えっ」辰樹が目を剝いた。

「沢に落ちたんですか。沢の水は冷てぇすけ、心臓発作でも――」

無言で岩森は脇へどき、道をあけた。

辰樹が遺体を目にして、「うっ」と喉の奥で呻く。素人（しろうと）目にも、一目でわかる他殺死体であった。

「敬一くんのことは、きみも知ってるよな？」

「はい。学年はおれのほうが二つ上でしたが……。中学のとき、生徒会で一緒でした。敬一は、書記だったんです。気のいい、誰にでも愛想のいいやつで……」

まさかこんな目に遭うようなやつじゃ――という語尾は、雨にかき消された。

「駐在さんを呼んでこなくちゃなるまいな」

岩森が言う。

だが男たちの間から「待ちなせ」と声があがった。

「まんず駐在さんは不在らて。鷺見のほうで爺さんが川に落ちたとかで、応援要請が来たんだぁ。だすけ二時間くれぇ前に、駐在さんはそっちへ行ってしもた」

「んだ。いま駐在所はからっぽだ。鷺見の川がだいぶ増水しとるようで、まだ戻ってきちゃいねえんさ」

この鴉頭川村に駐在所はひとつ。配属された警察官も一人きりだ。なんて間の悪い
――と岩森が眉をひそめたとき、辰樹が隣の若者に早口で怒鳴った。

「おいタカシ、おまえ陸上部だったよな？　ひとっ走り鷺見まで行って、駐在さんを呼んで来い。もし爺さんがまだ引き上げられてなくても、村のほうが火急だと言って呼び戻せ」

目をまるくする若者に、

「早く行け」と、重ねて鞭のような一言をくれる。

タカシと呼ばれた青年が慌てて駆け去っていくのを、岩森は感心して眺めた。

「さすが元生徒会長だ。人を使うのに慣れてるな」

「やめてくださいよ」

辰樹はかぶりを振り、遺体に向きなおった。岩森にのみ聞こえるようささやく。

「……それより、誰がやったんだと思いますか」

「誰が、って」

岩森は口ごもった。

そうだ、誰かがやったんだ——。

辰樹の言葉に、ようやく実感が湧いてきた。

これは殺人だ。となれば当然、犯人がいる。誰かが殺意をもって、この青年を刃物で刺し殺したのだ。この狭苦しい、血縁だらけの村で。

吉見医師が言った。

「手に防御創があるな。斬りつけられて、咄嗟に手で防ごうとしたんだ。しかし防御創がすくないところから見て、早目に深手を負っとる。つまり向こうさんは脅しじゃなく、最初から殺す気でいなすったわけだ」

「最初から、殺す気で……」

隆也が声を落とした。

遺体を取り囲んだ男たちが、無言で目くばせし合う。あからさまな視線のやりとりだった。その意味がわからず戸惑う岩森に、辰樹がふたたび小声で言う。

「最近、村内でちょっとしたトラブルがありましてね。飲酒運転の車が畑に落ちて、作物を駄目にしただけじゃなく、洩れたガソリンで土壌汚染までやらかしたという一件で……」

「ああ」岩森は嘆息した。

まさに元市から昨夜聞かされた話だ。例の問題児こと矢萩大助が、父の謝罪をはねつけられた挙句、公務執行妨害で逮捕されたという顚末だった。

辰樹が言葉を継いで、

「畑をおしゃかにされた鍵元の倅と、殺された敬一は仲が良かったんです。――そして鍵元にねじこんできた大助を、殴って取り押さえたのもこの敬一でした」

岩森はぎくりとした。反射的に辰樹を見上げる。

辰樹の横顔は硬く、石のように無表情だった。

岩森は次いで、遺体を囲む吉見医師と村人たちを見やった。辰樹と違い、彼らは一様に狼狽(ろうばい)で青ざめていた。その表情はひどく雄弁だった。口には出さずとも、彼らの疑惑が一人の男に集中しているのがわかった。

父親の寵愛をいいことに、三十歳近くなってもぶらぶら暮らしの男。酒癖が悪く、短気で粗暴な男。女子供にまで平気で手を出し、傷害と器物損壊で前科のある、村じゅうの鼻つまみ者。

――矢萩大助。

その名を岩森が胸中でつぶやいたとき、水煙の向こうから駆けてくる人影が見えた。手を振って叫んでいる。だが、凄まじい雨音で聞こえない。

「……――きさん、辰樹さん！」

ようやく顔が見えた。先ほど駐在を呼びに行ったタカシだ。彼は辰樹に飛びつくようにして、

「出られ――出られません。土砂崩れだ！」

と絶叫した。

「なに？」

辰樹が訊きかえす。タカシが喚いた。

「鷺見へつづく道が、山から崩れ落ちた土砂で、ふさがっとって――。ど、どこへも行けません。あそこぁ一本道らすけ、どうしたって村を出られん。お、おれらぁ、閉じこめられてしもうた」

岩森は辰樹と顔を見合わせた。

すこしずつ、その言葉が胸に滲んで沁（し）みていく。

脳でゆっくりと咀嚼（そしゃく）し、反芻し、やがて理解にいたる。

時刻は午前八時半。雨はやむ気配もなかった。滝のただ中にいるような轟音が耳を聾する。冷えた雨が一同の全身を打ち、体温を奪っていく。

力なく木にもたれた死体から、豪雨はさらに血を洗い去った。

岩森は呆然と空を仰いだ。

世界がすっぽりと薄黒い雲に覆われている。仰向いた彼の顔を、大粒の雨が凄まじい勢いで叩いた。

第二章

1

【X県大水害】

X県大水害（Xけんだいすいがい）とは、1979年（昭和54年）6月17日から18日にかけて、X県の県庁所在地X市を含む、県内全域に発生した集中豪雨から発生した災害。以下に記す市町村名は、原則として豪雨発生当時のものである。

概要［編集］

気象庁によれば、この年の梅雨入りは全国的に10日以上早かった。梅雨前線はやや本州から離れた東海上に停滞しつづけ、日照時間は平年並みだったものの、低気圧や台風の影響で、北日本から東日本の各地で大雨をともなう悪天候がつづいた。

6月頭から中旬にかけ、日本海側に形成、発達した梅雨前線が16日にX県上空を通過。

6月17日未明、X県全域に大雨洪水警報が発令された。

17日午前5時から8時にかけての3時間の降水量が、200ミリを超える大雨を記録。県内各地に豪雨の影響による家屋の損壊、浸水、河川の氾濫、堤防の決壊、土石流等の大災害をもたらした。

ならびに県内のほぼ全域で交通網および通信網が寸断。県庁所在地を含む大停電により、都市機能の大半が麻痺する事態となった。

――Wikipedia

2

敬一の死体を、何日も雨ざらしにしてはおけなかった。

土砂崩れで道がふさがれたとなれば、警官の到着は何日後かわからない。どのみち証拠のほとんどは、豪雨で洗い流されている。

誰からともなく「吉見先生んとこへ連れていこう」と声が上がった。

敬一は数人がかりで軽トラの荷台に積まれ、ブルーシートをかぶせられて、高台の診療所へと運ばれた。

村人から「託児所の後家さん」と呼ばれる敬一の母は、報せを受けて約二十分後に駆けつけた。息子の遺体を見るなり、彼女はその場に泣きくずれた。

診療所には、降谷姓の親類たちが続々と集まってきた。

「まんず、誰がやったんだぁ」

「こっつら事、村ではあった例しがねぇぞ。人殺しだなんて、そんげおっかね……」

「葬式はどうすんだ。え？ 警察が来るまで駄目？」

「そんげ言うたって、よそへの道がふさがれてしもうてんろ？ てこたぁ、お骨にできねぇまま何日もほっとくってか。やいや、そっつら可哀想な話があるかい……」

遺体と母親を痛ましそうに見比べては、小声でささやき合う。

岩森は診療所の隅に、隆也とともに所在なく立っていた。

殺人。土砂崩れ。いまだやまぬ豪雨。対処すべきことが多すぎて、脳が麻痺していた。思考がうまくついていかない。現実感が薄い。

診療所の玄関が騒がしくなった。複数の足音が荒々しく近づいてくる。扉がひらき、雨とともに風が吹きこむ。

「敬一！」

十人ほどの青年だった。全員、死んだ降谷敬一と同年代に見える。寝台に横たえられ、胸下まで毛布で覆われた敬一を見て、彼らは絶句した。

「――先生」

先頭に立つ青年が吉見医師を見やる。

「あのう、こ、殺されたって。……敬一のやつ、誰かにやられたみてぇだ、って聞いたんだども」

「ああ、そのようだ」吉見が短く答えた。

一拍置いて、敬一の母親が、ひぃーッと高い啼泣を発する。

「複数回、胸や腹を刺されとる。ここで解剖はできんから正確なことは言えんが、おそらく失血死だろう。刺されて、出血多量で死んだんだ。凶器は現場に見あたらんかったが、匕首(あいくち)のたぐいだと思う」

質問した青年は、真っ白い顔で棒立ちになっていた。

辰樹がつと動き、彼の肩を抱く。背中に手をまわし、あやすように軽く叩く。青年は辰樹の肩にもたれ、やがて静かに泣きはじめた。

その様子に、岩森はようやく青年の名を思いだした。

辰樹や敦人と同級生だった、西尾健治(にしおけんじ)だ。リーダーの辰樹、サブリーダーの敦人に次ぐ、ナンバースリーだったと記憶している。

——死んだ敬一と仲が良かったらしいな。

愁嘆場は不得手だ。岩森は顔をそむけた。節子の死以来、輪をかけて苦手になった。許されるなら、この場から逃げ出してしまいたいほどだ。

誰が目を閉じさせたのか、敬一はまぶたが下りた安らかな顔をしていた。

「だ、誰が」

西尾が嗚咽で喉を揺らして言う。

「誰が、やったんですか。こんな」

「わからん」吉見医師は首を振った。

「なにしろこの雨だ。血痕も足跡も、現場には残っておらんかった。びしょ濡れの服から、指紋が出る可能性も低いだろう。……頼みの綱は検視解剖だが、鷺見へ繋がる一本道は土砂崩れで埋まってしもうた。おかげで駐在さんまで閉め出しだ。おれらぁ、いま警察を頼れる状態にない」

吉見は敬一の遺体を振りかえって、

「だからおれの独断で、証拠保存より遺体を守るほうを優先させてもらったよ。警察が来るまで何日かかるかわからんのに、雨ざらしのままにはしておけん。……ひとまず、犯人探しは二の次にしよう。いまは敬一の死を悼もうや。そして、みんなで邦枝(くにえ)さんを支えてやってくれ」

いまだ泣きつづける敬一の母を、吉見は掌で示した。

「でないと彼女は——いや、おれたちはどうなるかわからん。いまは全員が不安なときだ。支えあって、この局面を乗りきろうじゃないか。な?」

短い沈黙が落ちた。

静寂を裂くように「はい」と答えたのは辰樹だった。

「自分にやれるだけのことは、します。……いまはそれくらいしか言えませんが、支えあうことに異論はありません。長江のおばさんに、いつでも力を貸します」

西尾がしゃくりあげながら「お、おれもだ」とうなずく。彼の背後にいた若者たちも、

「おれらにできることなら」

「言ってくれたら、なんでも手伝いします」

と口ぐちに請け合った。

うろたえ顔を突きあわせていた大人たちも、やがてぽつぽつと同調しはじめる。

「邦枝さん、あのう……なにかあったら言うてくれや」

「人手なら、いくらでも貸すけぇの」

「んだ。男手が必要なときは、遠慮しねえで頼ってくれ」

床にくずおれたままの邦枝へ、腫れ物にさわるように声をかける。

彼らを横目に、岩森は吉見へ身を寄せた。

「……ありがとうございます。おかげで場がまとまりました」

吉見の言葉に、辰樹がいち早く応えてくれたのもありがたかった。誰かが応えねばならない状況だったが、よそ者の岩森が言ったのでは説得力がない。辰樹はさすが、空気を制すタイミングを心得ていた。

「べつに礼を言われることでねぇ。——それより、岩森さん」

吉見がささやきかえしてくる。

「パニックになるのを恐れて言わんかったが、どうやら電話が使えんようだ」

「電話が？　じゃあ通報は……」

「通報どころじゃない。まだ気づいとらん者も多いが、どうやら村一帯が停電しとるようだ。ブレーカーをいじってみても、うんともすんとも言わん」

「ではおそらく、収容局自体が停電なんでしょう」

岩森の知る限り、鵜頭川村の電話収容局は郵便局と同居の電報電話局のみである。外界に救援を頼み、かつ警察に通報するには役場の災害無線しかなくなったわけだ。

吉見が吐息をついた。

「まあ、六月でよかったよ。もしこれが真冬だったら、寒さに難儀したはずだ。昨今普及しつつある石油ファンヒーターは、停電下では大半が使えん。石油ストーブだって、電池内蔵式でなくコンセントに差し込むタイプが増えとる。だがいまの季節なら、すくなくとも凍死の心配はない」

「ですね。不幸中の……」

さいわい、と言いかけて岩森は言葉を呑んだ。

なにがさいわいなものか。いま眼前には死体がある。しかも刺殺体だ。

吉見は「犯人探しは二の次」と言った。それには賛成した。だからといって、思考停止していいはずがない。

——おそらく犯人は、この村内にいる。

行きずりの犯行とは考えにくかった。こんなどん詰まりの山村に、金銭目的の強盗が通りすがる可能性はきわめて低い。なによりあの刺し傷は執拗だった。濃い怨恨の匂いがした。誰かはわからねど、犯人は敬一に確かな憎しみを抱いていたはずだ。

吉見が顎を撫でて、

「しかし、困ったな。いつまでもここに遺体を置いておけんぞ」と言う。

「警察が着くまで安置するには、診療所の気温は高すぎる。……邦枝さんたちと相談して、敬一くんをどうするか決めんとな」

3

約一時間後、僧侶が診療所へやって来た。

鵜頭川村村民の約九割を檀家とする『永宝寺』の役僧である。経を上げ、間に合わせの簡易な葬儀を終えたときには、時刻はすでに正午近かった。

敬一の遺体は、山中の氷室(ひむろ)に移動させると決まった。辰樹のアイディアだ。夏でも気温の低い氷室ならば、傷みは最小限に抑えられる。邦枝は「あの子を一人にさせたくない」と泣いたが、ほかに方法はなかった。

岩森が隆也とともに帰宅できたのは、午後一時過ぎだった。

台所から、有美が出迎えに駆けつける。

「おかえりなさい。大変だったようですね」

「おお帰ったか」

開けた障子から半身を覗かせ、元市ががなった。

「お前だちが死体を見つけたんだってな。後家んとこの倅らしいでねか。ついさっき矢萩の若い衆が報せに来たども、殺さったってほんとか？　刃物で腹ぁ、刺されてたんろ。てこたぁ恨みか。どごのどいつが――」

ぶつりと元市は言葉を切った。

「恨み」とまで口に出して、さすがに思いあたったらしい。土壌汚染の一件で、敬一がどこの誰を殴って取り押さえたのかを。

言葉を失くした義父を助けるように、有美が掌を打った。

「さ……さあさあ、あなたも岩森さんも早く入って。朝ごはんも食べずに行ったきりだったから、お腹がすいたでしょう。愛子ちゃんが待ちくたびれてますよ。お昼を用意してありますから、どうぞ召しあがってくださいな」

岩森は隆也とともに合羽を脱ぎ、居間に入った。

昼餉の膳は、すでにととのえられていた。

「停電したようで炊飯器は使えませんが、古い竈や鍋が残ってますのでね。薪で充分煮炊きはできます」

有美は言った。

「ここらは都市ガス供給地域でねぇで、プロパンガスですから。ボンベに余裕のある家では、まだコンロも使えます」と隆也が言い添える。

「とはいえ電気だけでねぇで、水道も駄目んなった。大甕に溜めた水がまだ半分残っとるが、明後日あたりであやしくなるな」

と蕪の古漬けで飯をかきこみながら言うのは、元市だ。

「くそったれが。高けぇ金出した冷蔵庫まで使えん。隆也おまえ、食ったらひとっ走り氷屋に行ってこい。なるべくでっけえやつを軽トラで運んで来いってな。くそ、電話も繋がらねぇすけ、いちいち人をやらんばなんねぇ」

大人たちの不穏な気配を感じとってか、愛子は食欲がないようだった。お菜のほとんどと、飯茶碗の半分近くを残した。

「愛子、もうお腹いっぱいか」

「うん」

「そうか。じゃあ残ったぶんは有美おばちゃんにおむすびにしてもらおう。お腹がすいたときに、また食べられるようにな」

娘をあやしながら、岩森は「犯人探しは二の次」の言葉をいま一度噛みしめた。

そのとおりだ。犯人探しより、もっと大事なことがある。家族の安全だ。節子亡きいま、娘になにかあったらおれは生きていけない。

——そのためには、情報が欲しい。

まず村の様子を知らねば、と岩森は己に言い聞かせた。

愛子の世話を有美に頼み、岩森は昼食を終えてすぐ診療所へ戻った。

雨はやまない。朝に比べれば多少ましになったとはいえ、いまだバケツをひっくりかえしたような豪雨である。

「戻ってきてくれたのか、すまんな」

吉見医師は、岩森を見て頰を緩めた。

「いっぺんにいろんなことが起こったもんで、年寄りたちがストレスでやられとる。あちこちの家からお呼びがかかって、一人じゃさばききれんとこだったよ。来てくれてほんとうに助かる。申しわけない」

頭を下げる吉見に岩森は手を振って、

「いいんです。……節子が生きてたなら、真っ先にここへ来たはずですからね。おれじゃ彼女の三分の一も役に立ちませんが、なんでも言いつけてください」

と微笑んだ。

「男衆の大半は、土砂でふさがった道を見に行ったようです。昔から地盤のよくない土地だったそうですね。四十年前の大雨のときも、やはり土砂崩れで道が埋まったとか」

「ああ。だが今回は、あの道路拡張工事がとどめさ」

吉見は顔をしかめた。

「工事のために、あそこら一帯の木をごっそり伐採しただろう。木の根っこというのは深く広く土中に張って、網の目のように土壌を繫ぎとめる役目を果たしとる。その網を直根ごと全部引っこ抜いてしもうたんだ。ひとたまりもねえさ」

「道は完全に埋まっていて、油圧式のショベルカーがなければ太刀打ちできないそうです。これ以上降るなら、土石流が民家を襲う事態だってあり得ますよ」

「だなあ。朝ほどの馬鹿げた大雨は、もうないと思いたいが……天候ばかりはなんとも言えん」

　肺から絞りだすようなため息をつく。

「電話は、やはり通じんようだ。あんたの見立てどおり、電報電話局が停電に巻き込まれとる。非常用発電機も、数時間で切れたそうだよ」

「役場の災害無線はどうです」

「そっちも駄目だ。自家発電装置が破損しとるんだとさ。まさに八方ふさがりだ。ただ土砂崩れでの怪我人は、まだ二、三人しか出とらん。どいつも命に関わる怪我じゃないよ。早朝だったのがさいわいしたな」

「ええ。とはいえ二次災害については、まだまだ警戒しなくちゃなりません。こっちからSOSを出さずとも、いずれ救援は来てくれるでしょうが……」

　いったいいつになるか、という台詞を岩森は呑みこんだ。

　吉見と岩森が真っ先に向かったのは、降谷邦枝の家であった。

　普段は託児所として開放されている家宅も、今日ばかりはさすがに人気がない。広い庭の一部は泥の池と化し、プラスチック製の玩具がむなしく浮いていた。

「邦枝さん、これ」

吉見は玄関先で、たたんだ上着を差しだした。

傷口を見た際、遺体から脱がせたウインドブレーカーであった。ハンガーにかけて吊るしておいたが、まだしっとりと濡れている。

邦枝は呆けた顔で、カーキ色のウインドブレーカーを受けとった。頬に血の気がない。たった半日で十も歳をとったかに見える。

「これね——、おろしたてだったんです」

ぽつりと邦枝は言った。

「あの子のお給料で、買ったばかりでした。いまはこんげ物が流行りなんだぁって、そりゃあはしゃいでね……。辰っちゃんが似たようなのを持っとって、その真似ですよ。ほんにあの子は、辰っちゃんが好きだったから……」

邦枝はウインドブレーカーを顔に押し当てた。

「高ぁけ金払って、一回しか袖通さんで……。たった一回……一回着たっきり……。馬鹿な子だ……。ほんに、馬鹿な子ですわ……」

低い嗚咽が洩れた。

岩森はまぶたを伏せた。

彼自身もかつて、邦枝に愛子をあずけたことがある。迎えに訪れるたび、必死に立ち働く彼女の姿を目にした。

ある日の邦枝はざんばらに髪を振り乱し、這いつくばって子供の吐瀉物を拭いていた。またある日には、どこかの父親に尻を摑まれ、困り顔をしながらも愛想笑いでかわしていた。

学も職歴もない「後家さん」の彼女に、ほかに働き口はなかった。安い金で、早朝六時から深夜零時近くまで近隣の子供をあずかっていた。

すべてはわが子を育てるための苦労だったはずだ。その一人息子が今日、殺された。かける言葉が見つからなかった。

定型句のお悔やみを告げ、岩森と吉見は彼女の家を出た。

つづいて足を向けたのは〝上窪〟の隠居の家であった。胸にペースメーカーを入れている隠居は、二人を見るなり泣きついてきた。

「吉見先生、いまこいつの具合がおかしくなったら、おれはどんげせばいいんだぁ。あの道の様子じゃ、鷺見の病院には当分行けねえんろ」

「大丈夫だよ、上窪さん」

吉見は彼をなだめ、首に枕を当てがった。

「先々月に電池を交換したばかりだし、交換後の感染症もなかったでないか。ただ大事をとって、あまり歩きまわらんほうがいい。家でゆっくり、横んなってなさい」

「……見てみれ、先生」

隠居は、不服そうに口をとがらせた。

「やっぱりお地蔵さまの祟りだて。……誰も相手にしねがったども、おれにゃあわかる。こいつぁ、間違いなく祟りだ」

岩森と吉見は、さらに村内の家々をまわって歩いた。

驚いたことに、ほとんどの家がとうに降谷敬一の死を知っていた。親戚ばかりのちいさな村では、電話など使えずとも半刻（はんこく）あれば噂は行きわたるらしい。

「殺されたって聞いたども、ほんとらろっか」

全員が、おそるおそるといったふうに問うてきた。吉見がひかえめに認めるたび、彼らは青い顔を引き攣らせた。

だが「誰がやったのか」と問う者はいなかった。

本来ならば「なぜ」「誰が」と一番に知りたがるのが自然だ。この狭い村で、しかも閉ざされた状況で、殺人者が野放しになっている。あり得ない事態であった。だのに村民の口は、一様に重かった。

――みんな、頭に浮かんでいる名はひとつなのだ。

岩森は確信した。

二人が七軒目に訪ねたのは、屋号〝搗屋（つきや）〟であった。降谷辰樹の生家だ。

辰樹の祖母ツネは奥の寝間に寝かされていた。褥瘡が、背中と脇腹の三箇所にあった。まだ七十代なかばだというのに、十年近くも寝たきりなのだという。

「姑の体に床ずれつくるなんざ、嫁の恥だぁ」

手を貸しもせず、辰樹の父は障子越しに言い捨てた。

吉見医師が苦笑して、

「ツネさんは、この歳にしちゃ大柄な人ですけ。奥さん一人で持ちあげて、体位変換させるのはしんどいですよ」

しかし辰樹の父は、ふんと鼻を鳴らしただけだった。

「婆を見てたってしょうがねえ。直樹んとこ行ってくら」

吐き捨てざま、廊下を軋ませて出て行く。

「……どっちが恥だよ」

ツネのすぐ脇に膝を突いた辰樹が、ごく小声で言う。「誰の母親だと思ってんだ、まったく」

「直樹さん……とは、確かきみの叔父さんだよな?」

岩森は問うた。辰樹がうなずく。

「そうです。親父が誰より可愛がってる弟ですよ。この水害で、仕事はいやでも休みですからね。直樹叔父の家で、昼から飲んだくれる気なんでしょう」

憎々しげな口調だった。しかし辰樹はすぐに感情を隠し、笑顔をつくった。

「それより吉見先生も岩森さんも、今日はありがとうございます。前はおれも介護を手伝っとったんですが、いまは日中は母一人なもんで、手が足らねぇようなって……。母は母で、腰を痛めとりますしね。祖母にはつらい思いをさせますが、これ以上、どうにもならねぇんです」と言った。

辰樹の母は、息子の横に無言で座っている。その面(おもて)には、なんの表情も浮かんでいなかった。

さっき見た邦枝の顔と同じだ。岩森は思った。芯から疲れ、情動の涸(か)れた人間の顔つきであった。

布団に横たわったツネの唇が震える。

「すまねぇね……」歯のない口から、不明瞭な声が洩れた。

「爺さんが早ように迎えに来てくんねぇすけ、おれなんぞのことで、嫁にも孫にも大面倒かけてしまう。ほんに自分が不甲斐ねえ。すまねぇね……」

皺に埋もれた目に、涙が白く光っていた。

4

つづいて二人が向かったのは、辰樹の友人である西尾健治の家だった。

出迎えてくれたのは西尾の母と祖母だ。しかし狭い玄関口で二人は大きく距離をとり、お互い目を合わせようともしない。

吉見医師が祖父を診ていると、襖の陰から西尾が手まねきしてきた。

「すみません。岩森さん、ちょっといいですか」

岩森は吉見にことわって寝間を出ると、西尾の部屋に入った。

六畳の和室であった。

壁には辰樹と揃いのウインドブレーカーが吊るしてある。アイドルの石川ひとみが微笑むポスターと、本棚に並ぶ『反戦派高校生』『大学占拠の思想』『全学連』等の背表紙が、奇妙にアンバランスだった。

――そういえば、西尾くんと二人きりで話すのははじめてだ。

鵜頭川村に住んでいた三年前、岩森は辰樹からしばしば進路について相談されていた。当時の辰樹にとって、岩森は貴重な〝都会を知る男〟だったようだ。事あるごとに話しかけられ、あれこれと意見を求められた。

そんなとき、西尾はいつも脇に黙って立っていた。敦人のように、話に加わってきたりはしなかった。辰樹と同格の親友だった敦人に比べ、ナンバースリーの西尾はあくまで〝辰樹の信奉者〟の立場を崩さなかった。

その西尾がいま、おずおずと口をひらいて問う。

「……あのう、敬一の死体を発見したのは、岩森さんだと聞いたんですが……」

「ああ」

そのことか、と岩森は納得した。

「正確には、第一発見者は水元さんだよ。おれと吉見先生は、水元さんが呼ぶ声を聞いて駆けつけただけだ。——きみは敬一くんと、仲が良かったそうだね」

　西尾はうつむいた。

伏せた睫毛(まつげ)に、見る間に水滴が溜まっていく。西尾は洟(はな)を啜って、

「お——おれ、あいつん家に、ちっちゃい頃からあずけられとって……。あいつとは、兄弟同然に育ったんです。おれ、あ、あいつが赤ん坊の頃から、知ってて」

　静かに嗚咽を洩らしはじめた。

「ま、まさか殺されるなんて。あいつ、そんげなやつでないんです。穏やかな、やさしいやつで……。誰かに恨まれるとか、嫌われるようなやつでない。もし、ほんとに殺されたんだとしたら……、そらぁ、逆恨みに決まってます」

「逆恨み」

　岩森は鸚鵡がえしに言った。

「ええ」

　西尾が顔を上げる。涙の溜まった目が、奇妙に光っていた。

「誰がやったか、おれはわかってます。……村のみんなだって、知ってるはずだ。ただ面倒を恐れて、言えねぇでいるだけなんだ」

　数秒、室内に沈黙が落ちる。

岩森はゆっくりと手を上げ、西尾を制した。

「――きみの気持ちは、わかった。でもいまは吉見先生が言ったように、犯人探しは二の次にすべきだと思う。それより西尾くん。敬一くんのことを思うなら、しばらくは邦枝さんの力になってやってくれないか。あの託児所で育ったのなら、きみにとっても彼女は母親同然だろう?」

西尾はしばらく無言だった。

一分近い長い間ののち、

「はい……」と涙声でうなずく。

袖で涙を拭き、低く問う。

「あのう、敬一は、目をつぶって死んでましたか。……め、目を開けて、苦しんだ顔で、死んでなかったですか」

岩森は答えにすこし迷った。低く声を押し出す。

「いや、……敬一くんは、両目を閉じて亡くなっていた。眠っているような、きれいな顔をしていたよ。だから大丈夫だ。きみが気に病むことはない」

嘘だった。だが、真実で西尾をこれ以上苦しめたくなかった。

すすり泣きが、部屋に低く響いた。

西尾をなだめて戻ると、ちょうど吉見は診察を終えたところであった。

玄関まで見送りに出た西尾の母と祖母が、やはりお互いの存在を無視して頭を下げる。

父親の姿は、最後まで見かけないままだった。

白鳥家に着く頃には、雨はだいぶ弱まっていた。肌にまとわりつくような霧雨に変わりつつある。

白鳥姓の家は、鵜頭川村には一軒のみである。玄関の引き戸をひらくと、ちょうど次男坊の和巳が階段に足をかけていた。

彼は一礼すらしなかった。吉見と岩森にちらと視線をくれただけで、無言で階段をのぼっていく。小脇にオカルト雑誌『ＵＦＯと宇宙』、そして秋田明大の『獄中記　異常の日常化の中で』を抱えていた。

患者は白鳥の母親だった。腎盂炎を何度か再発させているという彼女は、

「人殺しがあったってほんとですか」

「救援隊は、いつ来るんでしょう」

としきりに気にしていた。吉見は辛抱強く彼女をなだめ、落ち着かせた。

「ところで、旦那さんとご長男は不在かね」

吉見が問うと、彼女は窓の外を顎でさして、

「土砂でふさがれた道を見に行っとります。役場の人にも消防団にも『危ないすけ近寄るな』と言われたってがに……、ほんに男ってのは、どっしょもねえです」

「こいつは耳が痛いな」吉見が苦笑する。

「和巳くんだけは部屋にいるようですが、留守番ですか」

岩森は尋ねた。白鳥の母がふんと鼻で笑う。

「さあてね。和巳がなにしてるかなんて、わたしが知ろうばさ。あの子のことは気にしねぇでくだせ。いい若いもんがぶらぶらして、なにさせても半人前で……。上の子とあの子じゃ、ほんにモノが違いますて」

突きはなした物言いだった。思わず岩森が横の吉見をうかがってしまうほど、冷たい声音であった。

白鳥家を出て、二人は大通りの煙草屋へ足を向けた。

「おや、先客だ」

吉見の声に岩森は顔を上げた。

確かに煙草屋の前に、合羽を着こんだ客が二人並んでいる。

店頭にはいつもの老主人でなく、跡取り息子の清作が座っていた。父親が現役を退かないため、四十代なかばになってもまだ「跡取り息子」と呼ばれつづけている長男坊だ。

「どうも、吉見先生」

彼らに気づいて、客の一人が頭を下げる。

「こちらこそどうも。誰かと思えば勝利さんか」

吉見の言葉で、岩森にも客の正体がわかった。矢萩勝利。吉朗の義甥にあたる、矢萩工業の重鎮だ。横に連れているのは息子らしい。

「おや廉太郎くん、ひさしぶり。もしかしてあんたら、ふさがれた道を見に行っとったんかい」

「はあ、まあ」

廉太郎と呼ばれた少年が、硬い顔で首肯した。

吉見は勝利に向きなおって、

「気持ちはわかるがな、勝利さん。役場の言うとおり、あまり近寄らんほうがいいぞ。まだ雨はつづいとるし、いつ大規模な地すべりが起こるかわからん。あんたが大事な息子ごと呑みこまれちまったら、家で待っとる女房は泣くに泣けんよ」

「わかってます」

勝利は言った。

「だども、どうしてもこの目でいっぺんは見とかんとね。どうにも納得がいかんというか、気がおさまらんというか……。ところで先生、鷺見のほうはでかい川が通っとるすけ、鵜頭川村(うち)より被害がひどいて噂はほんとでしょうかね」

「わからん」吉見は首を振った。

「電話は使えんし、行き来も完全にできなくなっとるしな。噂なぞいちいち信じてたらきりないすけ、あんたも真に受けんでおけや。口さがないやつは、なんとでも言いよるからな。こんなときなら尚更だ」

「ですね。人が弱っとるときを狙って、ぴいちくとおしゃべりしよる。そんげなやつらには、よう心あたりがあります」

勝利は肩越しに店頭の清作を見やった。鋭い視線だった。

臆さず、清作がその視線を受け止める。

「父さん、帰ろう」

廉太郎が勝利の合羽を摑んだ。勝利は清作を睨みながら、「ああ」と唸った。

「まいどありい」

立ち去る父子の背に、清作がわざとらしく明るい声を浴びせる。だが見送るその瞳は、やはりすこしも笑っていなかった。

吉見が煙草屋を背に歩きながら、

「あの二人、元同級生なんだそうだ」岩森を見ずに言う。

「降谷清作さんと、矢萩勝利さんですか」

「ああ。もともと犬猿の仲だったらしい。最近は道路拡張工事の件で、さらに反目し合っとるよ。むろん矢萩の勝利さんが推進派で、清作さんは強硬な反対派さ。息子の廉太郎くんと港人くんは、同じ野球部で親友だってのにな」

吉見は右肩を大げさにまわして、

「西尾さん家の嫁姑争いもたまらんがね。男同士の対立ってやつも、見ているだけで肩が凝る」と嘆息した。

「そういや岩森さん。あんた西尾の健治くんに呼ばれとったっけな。あの子、陰でなにを言うとったね」

「いや、なにをというか……」岩森は返答に困った。

「敬一くんの死に顔を、気にしていましたよ。苦しんだ様子はなかったか、と」

「そうか。あの子たちも仲が良かったからな。……やりきれんな」

吉見がため息をつく。

すこし迷ってから、岩森は言葉を継いだ。

「それと西尾くんは、『おれは誰がやったかわかってる』と言っていました。みんなは面倒を恐れて言えずにいるだけなんだ、と」

「――そうか」

吉見は声を落とした。

しばしの間、二人とも口をひらかなかった。泥水であふれた道を、長靴で踏みしめる音だけが響いた。

やがて吉見が、取りつくろうように笑った。

「しっかし岩森さん。三年ぶりに田舎の古くさい価値観へ引き戻されて、あんたも災難だのう。毒気に当てられて、気分がずしんと滅入っちまってるんでないか」

「いや、平気です。おれだってもとは田舎の生まれだ」

と岩森も苦笑で返して、

「とはいえ……そうですね。この感じは久しぶりです。普段は愛子のために頑張って、マイホームパパをやっていますからね。家父長絶対の跡継ぎ至上主義ってやつを、久々に目のあたりにした気がします」

「街じゃあ、消えかけとる信条だものな」

　吉見が相槌を打つ。

「しかしな、いまや田舎も馬鹿にしたもんでねぇぞ。テレビが普及したおかげで、外の世界観がえらい勢いで浸透しつつある。あんたも見たろうよ、野球部の港人くんたち以外はみんな髪伸ばして、流行りの服に憧れて、アイドル歌手にうつつをぬかしとる。まあ街の子に比べたら、最先端の流行から一歩も二歩も遅れちゃいるがな」

「流行遅れといえば——すみません。こういう思いだしかたは失礼ですが」

　岩森は咳払いをして、

「西尾くんも白鳥くんも、学生運動の本を読んでいるようでしたね。秋田明大や中島誠なんかの〝学生闘争もの〟を読む若者は、都会じゃずいぶん減っているのに」

「ああ、岩森さんは、東京の大学を出とるんだったな」

　吉見が眼鏡をずり上げる。

「もう三十歳になったかね。二十九？　まさに運動がクライマックスにさしかかっとった世代だろう。いまのあんたからは想像できんが、当時はやっぱり安保だ沖縄だって騒いだのかい」

「それ、元市さんにも訊かれましたよ。期待を裏切ってすみませんが、おれはあの手の活動には参加しちゃいません」

岩森は正直に答えた。

とはいえインターン制度廃止には賛同したし、労働者の地位向上のための運動は無条件で支持した。むしろ彼は、大学に入ってから運動に失望した口であった。

苦学生だった岩森の目には、同志に「労働者諸君」と呼びかけ、他人を「プチ・ブル」とアジってはばからない彼らの言動こそ、ブルジョワ学生のお遊びに映った。

岩森は節子の協力を得ながら学費を貯め、二十歳で大学に入学した。入学した時点で川島豪、塩見孝也などの指導者たちは逮捕済みで、さらに『あさま山荘籠城事件』が在学中に起こった。

直後には山岳ベースでのリンチ殺人事件が発覚した。山から内ゲバによる十二体もの死体が続々と掘り起こされた衝撃を機に、学生運動は坂を転げ落ちるように下火になっていった。

「さっきも言ったが、テレビや流通の発達で、よその価値観が急激に入りすぎたからな。上の世代と下の世代で、感覚にはっきり差が出とるのさ」

吉見は顎鬚（あごひげ）を撫でた。

「ただ、田舎の子供の悲しさだな。反抗心だけ芽生えても、具体的にどうしていいかはわからんのだよ。先人の本でも読まんことには、お手本がないんだ。あんたから見りゃ十年遅れの価値観でも、村の子供たちには充分に革新的なのさ」

診療所に戻ると、時刻は午後六時をまわっていた。

あたりはすっかり暗い。煙るような霧雨がまだ降りつづいている。診療所への短い石段をのぼりかけて、吉見が足を止めた。

「どうしました」

岩森の問いに、吉見が眉根を寄せた。

「……誰か知らんが、うちに寄って行ったやつがいるようだ。扉に置手紙が貼ってある。すまんがおれは鳥目気味なもんで、あんたが読んできてくれるか」

了承し、岩森は吉見を追い越して石段をのぼった。

ガラス戸に貼られた書付けに、顔を近づける。殴り書きのひどい金釘流であった。

――今夜、鍛冶(かじ)町の公会堂にて七時に集会ヒラきます。役場長、各地区長ホカ、今後について話します。吉見先生もどうぞ御参加ヨロシウ。

矢萩吉朗。

5

土蔵の壁にもたれて雨音を聞きながら、降谷辰樹は週刊誌を放り投げた。

「おい、いま何時だ」

かたわらのノブオに訊く。

ノブオはこの春に十六歳になったばかりだ。腕時計を覗きこんで「もうすぐ十一時です」としゃちほこばって答える。

土蔵の床には、持ち寄りの週刊漫画雑誌やエロ本、煙草の吸殻、駄菓子、ジュースの空き缶などが散乱していた。

「まだ十一時か。……することがないと、時間の感覚がなくなるな。西尾たちが来たら起こしてくれ」

そう言って辰樹はまぶたをおろした。

この土蔵は、亡き母方祖父の所有物件だった。現在の名義は伯父だが、伯父一家は関東に住んでおり、盆暮れにすら姿を見せない。

ここを若者たちの溜まり場として開放したのは、もとはといえば辰樹の兄である。

土蔵というのは冬あたたかく、夏は涼しい。『現代三種の神器はクーラー、カー、カラーテレビ』などと言われるようになって久しいが、子供部屋にまでクーラーを取りつけている家は鵜頭川村には存在しない。

大人たちの目を盗んで、こっそり若者たちは土蔵に集まった。冬はストーブや行火(あんか)を持ちこみ、夏は氷室から氷を運んで涼んだ。額を突きあわせて馬鹿話をし、ときには親について愚痴った。

兄たちが就職すると、土蔵に寄り集まるメンバーは代替わりした。主の座を引き継いだのは、むろん実弟の辰樹だ。先代たちと同じく、漫画やエロ本をまわし読みし、隠れて酒や煙草をやり、愚痴や馬鹿話に興じた。

ただ兄と違い、辰樹は就職後もこの座から退かなかった。

——望んで、そうなったわけじゃあないがな。

自嘲気味に内心でつぶやく。

そうだ、こんなつもりではなかった。辰樹は上京するはずだった。東京の大学で、電子工学を学ぶのが夢だった。この地を離れるとともに、村のリーダーの座も自動的に手ばなすのだと思いこんでいた。

——だが、兄の死とともにすべてが潰えた。

土蔵の大扉がひらいた。

すぐ横のノブオが立ちあがる。辰樹は目を開けた。

中扉の格子戸をノブオに開けさせて、入ってきたのは白鳥だった。濡れた合羽を脱ぎながら、辰樹のもとへ歩み寄る。

「おはよう辰樹くん。ゆうべはどうだった？」

「これから話す。まあ、座れよ」

うながすと、白鳥は木箱を引き寄せてその上へ腰かけた。二束三文の骨董品が詰まった箱だ。

　辰樹の祖父はよく言えば純朴、悪く言えば愚鈍な男だった。大根田村長を崇拝していた。身の丈に合わぬ土蔵をこしらえ、安物の掛け軸や壺、模造刀などを集めたのも、村長のみじめな物真似だった。

「飲むか？」

　濁酒の樽を顎でさす。だが白鳥は首を振った。

「いらない。酒は頭の働きがにぶるし、内臓に負担だからね」

「だな」

　苦笑して、辰樹は彼にぬるいファンタグレープを手渡した。

「……で、どうだったの。ゆうべの集会は」

　缶ジュースを開けながら、白鳥が問う。辰樹は肩をすくめた。

「予想どおりさ。矢萩吉朗主演の、つまらない茶番だ」

　予定とたがわず、集会は夜七時から公会堂でおこなわれた。表向きの主催は村役場であり、司会役は副村長だった。その脇を村会議員が固め、さらに各地区長がまわりを囲った。

　とはいえ、座の主役はまぎれもなく矢萩吉朗であった。副村長も村会議員らも、汗を拭き拭き、吉朗の意向と方針を代弁しただけだ。

　矢萩吉朗本人は上座にあぐらをかき、ものも言わず腕組みして座っていた。

　彼の周囲には矢萩一族がいた。弟の元市をはじめ、従兄弟や甥たちが吉朗を守るように会場を睥睨した。

吉朗が村民に伝えたのは、以下の三点であった。

まず「無用な騒ぎを起こすな」。

救援は遅れるかもしれないが、いずれ来る。二次災害については警戒せねばならないが、土砂崩れしやすい地点に見張りを置き、交代で番をすることによって被害は最小限に防げるはずだ、と。

次に「よからぬ悪心を起こすな」。

つまり災害に乗じての犯罪、火事場泥棒を禁ずるということだ。四十年前に孤立したときは、闇にまぎれての窃盗や婦女暴行が何件か発生したらしい。

そして最後に「つまらぬ疑いは持つな」。

このお達しが出されたとき、集会の末席にいた辰樹は思わず失笑したものだ。その気配を嗅ぎとったのか、

「で、大助は出席してたの？」白鳥が訊く。

辰樹は首を横に振った。

「まさか。あの親父さまが、可愛いわが子をむざむざ危険にさらすかよ。それどころか誰一人、大助の〝だ〟の字も口にしやしなかったさ」

大助は、矢萩吉朗の四番目の子供だ。上に兄が二人、姉が一人いる。

上の三人は結婚して鷺見市に居を構えており、鵜頭川村の実家に残っているのは大助

だけだ。吉朗が手ばなしたがらないという噂さえある。文字どおり、最愛の末っ子であった。

――矢萩吉朗がいま村内を牛耳れなければ、大助は終わりだ。

むろん吉朗は知っているのだ。村民のほぼ全員が大助を疑っていることを。警察がやって来れば、誰かが速攻で訴え出るだろうことを。

四十年前の略奪や強姦とて、むろん犯罪だった。とはいえ、しょせんは村内で揉み消せるレベルの犯罪だ。

――殺人となれば、そうはいかない。

吉朗はけして馬鹿ではない。学はないが、押しが強く利に敏い。人心掌握に長け、決断力がある。その彼が、いまや保身に躍起になっている。

「出来の悪い子ほど可愛い、ってやつだな」

辰樹のつぶやきに、「現代日本の悪習だね」と白鳥は唇を曲げた。

「日本でも〝成人の儀〟を復活させるべきなのさ。古代のマヤ文明やアステカ文明では必ずといっていいほど、苦痛をともなう通過儀礼の儀式をおこなってきた。疑似的な死を精神力で乗りこえ、大人になったことを周囲に認めさせるんだ。代表的なのが割礼だが、ほかにも高所から飛びおりる、獣と戦う、抜歯するなど――」

「わかったわかった」

辰樹はやんわりさえぎった。白鳥に、この手の講釈をさせておいたらきりがない。

「安心しろ白鳥。不満に思ってるのはおまえだけじゃない。西尾やタカシやノブオだって、みんな同じ思いでいるんだ。……矢萩吉朗は間違ってる。あいつにへいこらして顔いろばかりうかがう大人どもも、もちろん間違っている」

な？　と右側を振りむきかけ、辰樹は身を強張らせた。

横目で白鳥をうかがう。しかし彼は気づかなかったようだ。内心で、ほっと胸を撫で下ろす。

――つい、癖が出ちまった。

かつて辰樹の右隣は、降谷敦人のための席だった。

二人並ぶときは必ず辰樹が左、敦人が右。たまに左右の位置を変えると、お互い落ち着かなかった。西尾には「漫才コンビみたいだな」と笑われたものだ。

――ここに敦人がいたら、どうだっただろう。

辰樹は考えた。

殺人と土砂崩れの衝撃から一夜が明けた。村民は戸惑いながらも、日々の暮らしを維持しようとつとめている。田畑や道路の被害を確認しに走り、親戚の家を訪れてはお互いの無事を確かめている。

電気や水道は寸断された。山に囲まれた地形ゆえ、ラジオの電波はもともと入りにくい。無線基地局も停電しているらしい。救援隊の到着がいつになるのか、わかったものではない。

とはいえ四十年前とは違う。いまは昭和五十四年だ。いかな寒村であろうと、政府が被災地を一箇月も二箇月も放っておくはずがない。孤立は長くて十日といったところだろう。

断水でも井戸はある。竈を残している家が多いため煮炊きだってできる。ものが腐りやすい季節なのは難点だが、村民で協力しあっていけば、一週間やそこら食いつなぐのは難しくないはずだ。

——協力しあっていけば、な。

辰樹はひそかに鼻を鳴らした。

横で『ＵＦＯと宇宙・超能力特集号』をめくりはじめた白鳥を眺める。

敦人は、白鳥とは正反対の楽天的な男だった。場を明るくさせる力があった。敦人ならば、いま頃はノブオやタカシら年下の少年たちを集めて、馬鹿話で元気づけていただろう。弟の港人もその場にいたはずだ。目に浮かぶようだ。

——だがここに、敦人はいない。

それが現実だ。ならば彼のいないスペースはほかの者で補うしかない。

その一人を、辰樹は白鳥にしようと考えていた。そしてもう一人は——。

ふたたび土蔵の大扉がひらいた。

入ってきたのは、いままさに辰樹が思い浮かべていた男であった。四角ばった体格の、長身のシルエット。西尾健治だ。

「ほんに、しつっこい雨だ」

西尾はぼやきながら、水がしたたるほど濡れた合羽を脱いだ。

「よう辰っちゃん。昨日の集会はどうだった」

西尾はわざと白鳥の脇を大きく迂回し、辰樹の右隣に腰をおろした。かつての〝敦人の場所〟である。辰樹は肩をすくめた。

「どうもこうも、矢萩吉朗の意向は『騒ぐな、奪うな、疑うな』さ。おまえらはおとなしくしてろ。よけいなことは考えるな。うちの可愛い末っ子については、見ざる言わざる聞かざるをつらぬけ――ってな」

「ふん、思ったとおりでねえか」

西尾は顔をゆがめた。

「矢萩のやつら、邦枝おばさんの家には寄りつきもせん。花や線香までとは望まんが、声もかけて行きよらんのはひでえわ。てめえらだって、あの託児所には世話になってきたくせによ。恩知らずどもが」

「矢萩衆だって、本心ではわかってるのさ。邦枝さんを無視するのは、後ろめたいことがある証拠だ」

辰樹はなだめ口調で言った。西尾が顔を寄せ、声を低める。

「……で、Dはどうしとる？」

「さっき使いをやった。今日は家にいるようだ」

辰樹は答えた。

〝D〟とは矢萩大助を指す隠語である。十年以上前から「大助」の二文字は、村内では忌み名のごとく扱われてきた。彼はあまりに粗暴すぎ、危険すぎた。

一説には、七歳のとき柿の木から落ちて以来、手の付けられない乱暴者になったという。父の車に誤って撥ねられて以来だ、という説もあった。どちらにしろ、幼少時代に頭部を強打したのが原因だとされていた。

体格はさほど大きくなく、腕力も目立って強いわけではない。だが箍のはずれたような暴れ方をする男だった。「頭を打ったとき、配線が一、二本切れてしもうたんさ」と陰で村民は噂した。

「Dを野ばなしにしといたら、もっと犠牲者が出るかもしれんぞ」と西尾。

「それはそうだが、証拠がない。矢萩のやつらは、こぞって大助をかばうだろうしな。まずは自衛につとめるほかないさ」

「自衛だけか？　辰っちゃん、あんたそれでいいんか」

「よくはないさ。だども完全に証拠が出揃うまで、大人どもはなにもしやせんだろう。やつらは吉朗を怖がっとるからな。矢萩工業の社長さまを怒らせて、食い扶持を失うのは避けたいんだ。いくら媚びを売ったところで、その前にDに殺されちまったらなんにもならんのにな」

「ふん、あいつらは考えが甘いんさ。だいたい老いさき短いあいつらと違って、おれらには将来があるんらて。こんなくだらん村で死にたかねえや。もし吉朗に睨まれたって、都会に逃げちまやあいいんだ。若いおれらには、働き口はいくらでもある」

と西尾はうそぶいてから、

「集会の件、なじょする？」と片目を細めた。

辰樹は顎を撫でて、

「今夜――いや、夕飯前がいいか」と言った。

「下は十三歳から、上は……そうだな、おれたちに賛同しそうなら二十四歳あたりまで呼ぼう。ただし結婚しとるやつは誘うな。嫁と子がいるもんは、どうしても守りに入ってしまうすけな。無茶はせんだろうし、させられん」

「岩森明はどうする」

「一応誘っておこう。うまくすれば、矢萩元市のスパイになってくれるかもしれん。ただし岩森は、よくも悪くも〝よそ者〟だすけな。今後深いところまで嚙ませるかは、向こうの出方次第だ」

「わかった」

西尾は首肯し、背後のノブオを振りかえった。

「おい、聞いとったな？　おまえ、ひとっ走りして知りあい全員に声かけて来え。そいつらにも、最低五人に声かけれって言うとけ。ただし信用できるやつにだけだぞ。わかっとるな？」

ノブオがこくりと首を縦にし、小走りに土蔵を出て行く。

西尾は次いで白鳥に首を向けた。

「おい、おまえも聞いとったよな？　話、わかっとんか？」

「もちろん」

睨む西尾を白鳥はいなして、

「ぼくには声をかけるような友達がいないから、ひとっ走りする気はないけどね。……でも誰かがイスカンダルにコスモクリーナーを取りに行くべしとなれば、話はべつだ。せっかくの大役を断りゃしないさ」

オカルト雑誌を置き、彼は立ち上がった。雨合羽を羽織る。ノブオにつづいて、土蔵を早足で出て行く。

西尾はぽかんと白鳥を見送ってから、辰樹を見上げた。

「……なんだ？　あいつ、いま、なにを言うとったんだ」

辰樹は苦笑した。

「いつもの白鳥語さ。『誰かが火中の栗を拾いに行かねばならないなら、自分はその役をやるのにやぶさかでない』と言ったんだ」

「ほしたら、そう言えばいいでねえか。ほんにわけのわからんやつだ」

西尾が小鼻をふくらます。辰樹は笑った。

「そんなツラするなよ。ああ見えて白鳥は役に立つ男なんだぜ。仲良くしろとまでは言わんが、ちょっかいはかけずにほっといてやれ。……おまえだって、白鳥語にじき慣れるさ」

6

岩森は自前の蝙蝠傘をさし、離れから母屋へ向かっていた。

雨は降りつづいている。小規模な地すべりも何度か起こり、泥土はじりじりと村内へ手を伸ばしつつあるようだ。とはいえ、いまのところは持ちこたえていた。家や田畑が呑まれる事態には、まだ遠い。

崖や山側に近い家々には、役場の職員が避難勧告にまわっていた。しかし「住み慣れた家を動きたくない」という者が多く、説得は難渋していると聞く。

——そういえば、ピアノさんは大丈夫かな。

ふと岩森は思った。

この村にいた頃、ピアノさんこと田所エツ子には世話になったものだ。

彼女はピアノ教室の生徒だけでなく、愛子を含む幼児たちに絵本の読み聞かせをしてくれていた。

田所邸には昔ながらのおとぎ話はもちろん、『ぐりとぐら』や『しろいうさぎとくろいうさぎ』などの洒落た絵本が揃っていたものだ。子供だけでなく、母親たちにも人気だった。

「お父さん、カステラつくって！　ぐりとぐらと、おんなじカステラ！」

と愛子にせがまれ、節子と顔を見合わせたのを覚えている。

——確か、ピアノさんは関東の生まれだと言ってたな。

結婚を機に、夫の実家がある鵜頭川村へ越してきたのだそうだ。村民からは、岩森と同じく「都会の人」という扱いを受けていた。連れ合いはとうに亡くなっており、一人で村はずれの高台に住んでいるはずだ。

無事に避難が済んでいればいいが、と岩森は願った。エツ子は高齢で、おまけに脚が不自由だ。節子によれば、小児麻痺の後遺症なのだという。

——ピアノさんが避難済みか、あとで吉見さんに聞いておこう。

そう考えながら歩を進めていると、雨音の向こうで声がした。

甲高い女の声だ。岩森は傘を上げ、目をすがめた。

母屋の玄関先で、女が有美と向かいあって話しこんでいる。いや違う。一方的に女がまくしたてているのだ。有美はなにか言いかけては、困ったように唇を閉じていた。口をはさむ隙がないらしい。

さらに岩森は近づいた。ようやく言葉の切れ端が耳に届く。

「何度言わせたら気が済むの……あつかましい……ほんにツラの皮の厚い……そんげ根性らすけ、いつまで経ってもうちの末席にも加えられん……」

女の顔は意地悪くゆがんでいた。暗い愉悦に輝いていた。

岩森はわざと泥濘に足を突っこみ、派手に泥撥ねの音を立てながら歩み寄った。女が肩越しに振りかえる。辰樹に水を汲ませていた女だった。今日は赤ん坊は背負っていない。

岩森に気づくと、女は不服そうに口を閉じた。

先日の愛想はどこへやら、きびすを返し、会釈もせず歩き去っていく。

「……どうしました?」

岩森は有美に駆け寄った。有美が泣き笑いの顔で応じる。

「光恵さんは、厳しい人ですから……わたしなんかじゃ、なにをしてもお眼鏡にかなわなくって」

そうだ、あの女の名は矢萩光恵だ。岩森は思いだした。

妻の節子が生前、「ほんに光恵さんたちは、根性悪だ」としょっちゅう怒っていたっけ。「有美ちゃんが矢萩でない家から嫁いできたからって、あんなにいびって何様のつもりなんだか」と。

「……回覧板をうちにもまわして欲しい、ってお願いしたんです」

有美は目尻を指で拭った。

「こんなときですから、よそのお宅と情報を共有したいと思って。でもわたしの言いかたがいけなかったようで、怒らせてしまいました。……親戚付き合いって、難しいものですね」

「いや、でもまさか、元市さんの――」

元市さんの家に回覧板を届けないなんて、と言いかけ、岩森はやめた。

回覧板なぞ使わずとも、元市の耳にはあらゆる伝手(つて)から情報が届くに決まっている。

元市が不自由することはない。これはあくまで有美個人へのいやがらせなのだ。

――〝婿は横から、嫁は下から〟。

元市の高笑いが耳の奥でよみがえる。岩森は苦い唾を呑んだ。

「……あのう、なにか御用でしたか？　岩森さん」

有美に言われ、岩森ははっとわれに返った。

「ああはい、すみません。じつは夕方前にちょっと出かけるので、また愛子の世話をお願いできないかと」

「かまいませんよ」

ためらいなく有美が答える。岩森は恐縮し、頭を搔いた。

「いつも申しわけない。夕飯前には必ず戻りますから」

「そんな。いつでも言ってください。愛子ちゃんはほんとうにお行儀がよくて、手のかからないお子さんですもの」

「ありがとうございます」

岩森は礼を言ってから、声を落とした。

「でも節子が生きていた頃は、あれほど〝いい子〟じゃあなかった。歳なりにわがままも言う、普通の子でした。いまの愛子は、なんというか……あの歳にしては、聞き分けがよすぎる気がします」

「かもしれませんわね」有美は眉を下げた。

「子供は大人が思っている以上に、周囲の空気を察して気を遣うものです。お父さんが男手ひとつで頑張っている姿を見て、自分もいい子であろうとしているんでしょう。健気じゃないですか。やっぱり節っちゃんの血すじですわ」

「ありがとうございます。いやそんな、お世辞まですみません……」

岩森は頭を下げた。

有美を慰めねばならない場面だというのに、反対に慰められてしまった。いかんなあ、と自省する彼に、有美が首をかしげる。

「ところで、どこへお出かけです？　道路が気になるのはわかりますが、あまり頻繁に出られないほうがいいですよ。役場の人が今朝も『用がないときは出歩くな』と言いに来ましたもの」

「いやあ、道を見に行くわけではないんです」

辰樹くんの——と言おうとしてやめる。「ちょっと私用で」と、岩森は笑ってごまかした。

「辰樹さんが若者だけの集会をひらくので、ぜひ岩森さんも」

と辰樹の使いがやってきたのは、約一時間前のことだ。正直言って驚きだった。とはいえ心から意外、というほどではなかった。

二十九歳の岩森は、もう若者の範疇（はんちゅう）には入らない。だが村に住んでいた頃は大人より、辰樹や敦人たち若者と接する機会のほうが多かった。

大人たちはいつまでも岩森を「よそ者、客人」と扱った。精一杯好意的でも「節子さんの旦那」としてしか見なかった。都会への憧れをストレートに表してくる辰樹たちのほうが、当時の岩森にはよほど気やすい相手であった。

「お父さあん」

愛子の声だ。岩森は振りかえった。

離れから、子供用の傘をさした愛子が走ってくる。どうやら父がいないと気づいて、追ってきたらしい。

岩森は娘を片手で抱き寄せ、雨のあたらない軒先へと入れた。

「なんだ愛子、おやつは食べちゃったのか」

「うん。もうお皿からっぽ」

「どれどれ」岩森は愛子を抱きあげた。

「うわあ、ほんとだ、重い重い。おやつを食べた愛子が重くなっちゃって、お父さん立ってられないぞお」

と膝を折って倒れるふりをする。きゃっきゃっと愛子は声をあげて笑った。有美が微笑ましそうに、目を細めて二人を眺める。

岩森は動きを止めた。

愛子を抱いたまま、通りへ首を向ける。有美が目をしばたたいた。

「どうされました?」

「いや、気のせいかな。通りのほうから、なにか……」

愛子をおろしたとき、今度こそはっきりと怒声が聞こえた。

雨にもかき消されぬ大きな罵声だ。言い争っているらしい。双方の声に、確かに聞き覚えがある。

「すみません、見てきます」

愛子を有美にあずけ、岩森は走りだした。

近づくにつれ、怒声は明瞭になった。犬の吠え声がする。不穏な気配に気づいたか、鶏小屋の鶏が羽をばたつかせている。泥を撥ねる長靴の足音が重なった。岩森だけでなく、あちこちから人が駆けつけている。音からして十数人はいそうだ。

「やめろ、大助さん!」

涼しい声が雨音を裂いた。辰樹の声だった。

角を曲がって、岩森は立ちすくんだ。

男が二人、泥の上でもつれていた。地面に押し伏せられている男。のしかかる男。西尾健治が後者を羽交い絞めにし、力まかせに引き剝がした。剝がされた男がもがく。だが体格は、西尾に利があった。

「なんだぁ、なに見とるんだ！」

羽交い締めにされた男が喚いた。集まってきた一同を、眼を剝いて睨めつける。

矢萩大助であった。

眼球は真っ赤に膨れあがり、唇がめくれて歯が剝きだしになっていた。近寄らずとも、酔っているとわかった。時刻はまだ昼の三時にもなっていない。しかし酩酊状態と言えるほどに、喰らい酔っていた。

西尾を振りほどこうと、大助は体を激しく揺すった。食いしばった歯の間から、泡まじりの涎がこぼれ落ちる。ゆがんだその面は、獣さながらだった。

「大助、やめれ！　落ち着け！」矢萩の血縁らしき誰かが叫ぶ。

大助に押し伏せられていた若者が、呻きながら首を起こした。顔面が鮮血で染まっている。鼻骨が曲がり、片目が腫れてふさがっている。

「大丈夫か、秀夫！」

若者を助け起こし、辰樹が叫んだ。

泥の中に、もう一人倒れているのが見えた。秀夫の下になって埋もれていたのだ。泥まみれになっているが、女だった。白い太腿が見えた。綿のズボンが足首までずりおろされている。

「ね、ねえさんが」

鼻血で声を詰まらせながら、秀夫が言った。

「義姉（ねえ）さんが、大助に――だ、だすけ、止めようと、おれ」

「わかった。わかったから」

辰樹は起きあがろうとする秀夫を抑え、

「おい、吉見先生を呼んで来い」とノブオに命じた。うなずいて、ノブオが走る。

女がズボンをずりあげ、啜り泣きはじめた。屋号〝松下〟の長男嫁だ、と岩森は気づいた。秀夫は兄嫁を守ろうとしたのだ。

――確かに人気のすくない道だ。だとしても、こんな真っ昼間から。

岩森は呆然と大助を見つめた。

大助は西尾に羽交い絞めにされたまま、肩を上下させ、鼻孔から荒い息を噴いていた。野次馬たちを端から端まで睨（ね）めつけている。

その双眸には、はっきりと敵意が浮いていた。

自分に向けられた疑いを知っているのだ――。岩森は確信した。住民に人殺しだと思われていると、この男は知っている。

疑惑に反発しているのか自棄（やけ）になっているのか。判別はできなかった。ただ大助が完全に正気と呼べぬことは確かだった。

――エイキチが。

岩森の脳の奥で、かすかな声がした。

矢萩大助の精神が均衡を崩しつつあるのは、酒毒のせいだけではなかった。岩森にはわかった。離れた距離にいても、狂気が色濃く匂った。

――エイキチが、来ているよ。

辰樹に声をかけようと、息を吸いこんだそのとき。

「おおい、待て。待ってくれんかぁ」

群集を割って、初老の男が進み出てきた。岩森は目を見張った。

矢萩吉朗であった。

「すまんかった。うちの倅が、ほんにすまなんだな。おれの顔を立てて、すまんがここはうちの者に任せてくれ。大助には、おれがよう言って聞かせるけぇ。すまなんだ。ほんに、ほんに申しわけない……」

吉朗の後ろから矢萩の男衆が現れた。大人数だった。先頭の男が、西尾の腕から大助を荒々しく引き離す。

父の顔を見た途端、大助は暴れるのをやめた。顔を伏せ、打たれた犬のようにおとなしくなった。

大助を引きとって、矢萩の者たちが去っていく。誰も止める者はなかった。

彼らの背が遠ざかり、見えなくなる。

群集のあちこちから、舌打ちやため息が湧いた。

安堵のため息ではなかった。怒り、恐怖、嫌悪、そして歯がゆさが入り混じった吐息だった。

西尾は悔しげにうつむいたきりだ。辰樹は秀夫が鼻血で窒息しないよう、腕で首を支えてやっている。耳もとでしきりにささやいている。

「……血ぃ飲むなよ、秀夫。いいか、吐いてしまうすけな。血は飲むな。吉見先生が来るまでの辛抱だ……」

秀夫の兄嫁は、駆けつけた身内らしき女衆に抱えられ、運ばれていった。啜り泣きが尾を引いて残った。

集まった群衆は、誰一人立ち去らなかった。強い雨に打たれながら、立ちつくしている。行き場のない苛立ちが渦を巻き、あたり一帯の空気を濁らせていた。

「くそったれ……」

岩森のすぐ横に立った若者が、低く唸った。

彼は右手に手斧を握りしめていた。腕に筋が浮き、指がわなないている。

岩森は思わず彼を凝視した。

その視線に気づき、若者がはっと息を呑んだ。

「あ、いや。これは……。庭で、薪割りしとったすけ……」

言いわけのようにつぶやき、彼は斧を後ろ手に隠した。

7

結局、辰樹主催の集会は中止となった。

岩森は辰樹や西尾とともに、秀夫を彼の家へ運びこむのを手伝った。吉見医師は二十分ほどして到着し、彼の折れた鼻に副え木をほどこした。

「しばらく副え木は外すなよ。食うに不自由だろうが、辛抱せえ。曲がって癒着してしまうと、あとが面倒だからな」

半目でうなずく秀夫の横には、兄らしき男が蒼白な顔で座りこんでいる。兄嫁は奥の部屋に保護されたのか、姿が見えない。秀夫の両親も同様だった。

「先生、ご苦労さまです」

岩森が声をかけると、吉見は陰気な笑いを見せた。

「この騒ぎでまた『胸が苦しい』だの、『不安で眠れん』だのと言いだす患者が増えそうだよ。まことにすまんが、あんた、手があいたら診療所まで来てくれんか」

「わかりました」

「それから大助の沙汰をどうするか、公会堂で再度の話し合いだそうだ。おれは忙しいと言って断ったがね。あんな小芝居、何度も付きあってられんよ」

診療所へ帰る吉見を見送って、岩森は吐息をついた。

重い疲労を感じた。そういえばピアノさんについて尋ねそびれた——と気づいたが、あとを追う気力はなかった。

首をめぐらすと、玄関先の石段に座りこんでいる青年が目に入った。

「辰樹く……」

呼びかけて、言葉を呑む。辰樹ではなかった。白鳥和巳だ。

「やあ、白鳥くん」

「どうも」白鳥は短く応え、口をとがらせた。

「……聞こえましたよ、公会堂でまた話し合いですか。でも結果はわかりきってる。大助は、どうせ無罪放免でしょう。やつらは殺人さえ隠蔽しちまう気だ」

「いや、そうとは限らないさ」

岩森は彼の隣に腰をおろした。

「前回の集会が『騒ぐな、疑うな』だけで終わったのは、しかたなかった。敬一くんの件は、大助さんがやったと証拠があるわけじゃないからな。しかし今回は、現行犯の婦女暴行未遂だ。いくら吉朗さんだって、簡単に揉み消せやしない」

「ふん」白鳥は鼻を鳴らした。

「岩森さんはよその人だから、わかってねぇんですよ。ここを都会並みに民度の高い村だと思ったら大間違いです。やつらにできるのはきゃんきゃんヒステリーを起こすことと、保身の念でだんまりを決めこむことだけだ」

白鳥は、怒りに顔を紅潮させていた。

「どいつもこいつも、腹ん中じゃ矢萩も大根田も嫌いなくせしやがって。這いつくばって媚びるのだけはうまいんだ。奴隷根性が沁みついてるんですよ。無駄に歳ばかり食いやがって、まったく無能なやつらです」

声を震わせる白鳥の横顔を、岩森は見つめた。

以前の白鳥和巳は、存在感の乏しい少年だった。気弱な薄ら笑いを浮かべては、辰樹のまわりをうろついていた。

父親には「本ばかり読んどらんで、家の手伝いをしろ」と怒鳴られ、母親には「どうしてお兄ちゃんみてぇになれねえんだ」と嘆かれて育ったという。表情のない瞳に光がともるのは、映画や小説などフィクションに没頭するときだけだった。

――あの頃と、イメージが変わったな。

いまの白鳥は辰樹と同じく髪を伸ばし、無精髭を生やしている。昨日の母親の物言いからして、就職はしていないらしい。

「なんだ、ここにいたのか」

頭上から声がした。ぴくりと白鳥の肩が跳ねる。

岩森が目線を上げると、今度こそ辰樹だった。背後に西尾を従え、玄関戸から歩み出てくる。

「岩森さんも、お疲れさまです」辰樹が慇懃に会釈した。

「秀夫は家の人に任せて、おれたちは帰りましょう。……よかったら『マリンカ』で一緒にコーヒーでも飲んでいきませんか。今後はどうかわかりませんが、すくなくとも今日は営業しているようです」

鵜頭川村唯一の喫茶店である『マリンカ』は、定食屋と飲み屋を兼ねた、和洋折衷の奇妙な店である。

L字形のカウンター。破れて詰め物が飛び出したソファのボックス席。その奥には、畳敷きの小上がり席がある。

喫茶メニューは薄すぎるアメリカンコーヒーと、ティーバッグの紅茶。カルピス、ミルクセーキ、ゆで卵付きの厚切りトースト、焼き飯などである。ただし売り上げの八割は、仕事帰りに男衆が頼むビールと水割りだそうだ。

白鳥はファンタグレープ、ほか三人はコーヒーを注文した。

薄ら苦いコーヒーで舌を湿し、辰樹が口火を切る。

「しかし岩森さんも災難ですね。奥さんの墓参りに来て、こんな騒ぎに巻きこまれるとは」

「ああ。予想もしなかったよ」

岩森はコーヒーに砂糖を追加した。糖分で味をごまかさなければ、飲めたものではなかった。

「だがおれなんかより、愛子のほうがよほど気の毒さ。保育園の友達と離れ離れの上、この雨で家に軟禁状態だものな」

「矢萩の隆也さんは、お子さんはまだでしたよね」

「ああ。だから愛子は遊び相手すらいなくてね、有美さん一人に、迷惑をかけてしまっている」

「有美さんといえば、おれと彼女は母親が従妹同士なんですよ。子供の頃はよう遊んでもらったもんだ。どうです、有美姉さんはお元気ですか?」辰樹が訊いた。

「ああ、元気だよ」

よけいなことは口に出さず、岩森は短く答えた。

「そりゃあよかった。姉さんは矢萩の家に嫁いでしまったので、道で行き会っても声をかけにくくてね。……元市さんの家に嫁いだんですから、そりゃ表向き不自由はないでしょう。でも、正直なところどうですか。いつ救援が来るかわからん状況だし、いまは村全体で助けあわんばいかんな、とおれたちで話し合っているんです」

「ありがとう。いまのところ煮炊きには困っていないようだ。だが井戸を潰してしまったのが痛いかな。明日にでも、誰かの家に水を汲ませてもらいに行くかもしれん。そのときはよろしく頼むよ」

「もちろん。でも潰してなくとも、ほとんどの家がもう涸れ井戸ですよ。汲めるほど出るのはおれの家を含めて、せいぜい十二、三戸ってとこかな」

辰樹が微笑む。

「とはいえ節約すりゃあ、そうそう困ることはないはずだ。ひとつの井戸につき二十戸をまかなうなんて、大昔にはよくやってたことです。都会と違って、水洗便所の家もすくないですしね」

「ああ。確かにその点はありがたいな」

岩森も笑いかえした。その拍子に、胃が空腹を訴えるように鳴った。

「失礼。――いや、失礼ついでに、ここで焼き飯でも食わせてもらおうか。きみたちの集会に出て夕飯前に戻るつもりだったが、こんな時間になっちまった。この店はまだガスが使えるようだし、よかったらきみらのぶんもおごるよ」

テーブルのスタンドからメニューを抜いてひらく。

辰樹はいったん遠慮したが、岩森が重ねて言うと「ではお言葉に甘えて」と、白い歯を見せた。

辰樹と白鳥は彼と同じく焼き飯を選んだ。しかし西尾は首を振って、

「おれはいいです。どうも食欲がなくて」

「おい」

辰樹がたしなめた。岩森に向きなおって頭を下げる。

「すみません。こいつ、敬一のことで参っちまってるんです。あいつのためにもちゃんと食え、ちゃんと寝ろと言ってるんですが……」

「いや、謝ることはないさ。それで当然だ。おれこそ無神経で悪かった」

岩森は手を振って、カウンター内のマスターに「焼き飯三つ」と注文した。

西尾がテーブルで指を組んでうつむく。

「すんません。辰っちゃんが言うようにおれも、食わねばなんね、寝ねばなんね、と頭では思ってるんです。けど、体がついていかねぇっていうか……」

「わかるよ」辰樹が言った。

「おれだって目を閉じると、敬一の死に顔が浮かんでくるときがある。血を全部抜いちまったような青白い顔して、妙に安らかに目ぇつぶって……」

「んだ。敬一そっくりにつくった人形みてぇに見えた。真っ白で、のっぺり無表情で、どす黒い血が点々と服に散って……。あれは、忘れらんねぇ」

西尾は片手で顔を覆って、いま一度「すんません」と謝罪した。

「そんな、いいんだ」

岩森は手で彼を制した。

「さっきも言ったように、おれに謝ることなんかない。無理せず自然に任せていればいいんだ。食いたくないとき食うのは、かえって体に毒だ」

そう西尾に言い聞かせながら、岩森は以前の自分を思いかえしていた。節子を病で亡くしてしまった直後の自分を。

あの頃は、食べれば食べるだけ吐いてしまった。眠ろうとまぶたを閉じれば、節子の顔が無限に浮かんできた。のりきれたのは、ひとえに愛子がいたからだ。愛娘がいなければ、あのまま自分は駄目になっていたかもしれない。

――だから西尾の気持ちは、よくわかる。

ぬるくなったコーヒーを啜り、岩森は話題を変えた。

「そういえば、辰樹くんの親父さんも公会堂の会合には出ているよな？　確か地区長をつとめていなさったような」

「そうです。代替わりせず、いつまでも粘っていますよ」

「おれの親父も出席してます」

白鳥が不快そうに言った。

「だからこそわかるんです。あの会合でどんな意見が出て、どんな結論におさまるかがね。どうせ吉朗お得意の『こらえてくれ、埋め合わせはする』に皆でうんうんと言って、茶碗酒で慰め合って解散ですよ。茶番の繰りかえしに決まってる」

マスターが焼き飯を運んできた。

香ばしい匂いに、岩森はさっそくスプーンをとった。微塵切りのピーマンとハムに、炒り卵が入ったウスターソース味の焼き飯だ。コーヒーのまずさが嘘のように、いける。街の喫茶店で出るピラフとは別物だが、これはこれで美味い。

筍の味噌汁と、自家製らしき漬物が添えてあるのも嬉しかった。空腹のせいか、がつがつと胃におさめてしまう。

「西尾ん家の親父さん、集会に参加しねえってほんとか?」

スプーンを使いながら辰樹が尋ねた。

「ああ。親父は昨日から泊まりがけで、畑のまわりに土嚢を積みに行っとる。『雨が弱まってきとるすけ、いましかできん』なぞと言っとるが、なあに、嫁姑争いの板ばさみになるのがいやで、家から逃げだしただけさ」

と西尾は苦く笑って、

「まあ集会に出たところで、うちの親父は吉朗に賛成するだけの案山子だがな。親父はなにしろ、女のことで吉朗に恩があるすけ」

情けない、と言いたげにかぶりを振った。

「嫁姑の仲が悪くなったんも、もともとは親父の女癖が原因だってがに……。ほんに、しょうもねえ男らわ。あんな男が親父だなんて、情けねぇて涙が出てくる」

語尾がふやけた。

辰樹が彼の肩に手を置く。

「泣くな。情けねえ父親を持ったのは、おれも同じさ。あいつぁ地区長だなぞと偉そげな顔してるが、介護から逃げて、直樹叔父んとこに入りびたりっぱなしだ。どうせ朝から、酒と麻雀漬けらて。あんな親父どものためになんぞ、泣かんばっていい」

「辰っちゃん……」

西尾が洟を啜った。

そんな二人を後目に、白鳥はそ知らぬ顔で焼き飯をかきこんでいる。

――妙なトリオだな。

三人を見比べながら、岩森は首をひねった。辰樹を中心に一見まとまっているようだが、西尾と白鳥は目を合わせようともしない。西尾はあきらかに白鳥を嫌っているし、白鳥のほうは冷笑的なまなざしを隠さない。

気まずい思いをもてあましていると、『マリンカ』の扉がひらいた。吊るされたドアベルが鳴る。風雨が勢いよく店内に吹きこむ。

「辰樹さん！」

入ってきたのは、タカシと呼ばれていた若者だった。辰樹のもとに走り寄り、テーブルの脇へしゃがむ。

「どうだった」辰樹が訊いた。

タカシは荒い息をおさめながら、

「予想どおりです。――大助のやつ、無罪放免です」と告げた。

西尾の頰がゆがむ。白鳥が「ほらな」と吐き捨てる。

辰樹は顔を上げ、岩森に言った。

「黙っていてすみません。じつはタカシに、公会堂の外で立ち聞きさせとったんです。あそこは裏の戸が破れとって、音が筒抜けですから」

岩森はなにも言えなかった。辰樹がコーヒーを飲みほして、

「一縷の望みも無駄だったな。……帰ろう」

と腰を浮かせた。

8

厚い雨雲に覆われ、今日も一日太陽は見えなかった。夕暮れの色もないままに日が暮れ、時計の短針が七を過ぎる頃には、夜闇が世界を侵蝕していく。

停電ゆえ、ろくな灯りもない。家々は蠟燭をともし、あるいは物置から引っぱり出した石油ランプに火を入れた。役場の者は軽トラを走らせ、

「石油ランプをお使いになる際は、火の扱いに注意してください。お年寄りにランプを持たせないでください。転倒に気をつけ、火事にご注意ください……」

と拡声器で注意してまわった。

その声も絶えると、あとには闇と雨音だけが村を支配した。

辰樹は、土蔵にいた。

木箱を椅子がわりに腰かけ、一人、二人と眼前の人影を数えていた。彼自身が召集させたメンバーの影であった。

天井から吊り下げたランプが、視界を暗い橙いろに染めている。

土蔵じゅうに、むっとするような若者たちの熱気と体臭がこもっていた。隅で焚く蚊

遣りの匂いと混ざって、えもいわれぬ臭気を発している。

辰樹の前に居並ぶ影は、二十人近かった。

鵜頭川村の人口は現在、九百人前後である。そのうち十代後半から二十代前半の若者は百二十人弱。つまり村の若者の、約六分の一がここに集まっている計算だった。

先頭にタカシの顔が見える。ノブオもいた。辰樹の右隣には西尾が座り、左隣には白鳥が着いた。

「全員揃ったか、そろそろいいな」

辰樹は立ちあがった。

「ではははじめよう。……この大変なときに、わざわざ時間を割いてくれたことを感謝する。いま集まらねぇことには、取りかえしのつかんことになりそうでな。親父どもは親父どもで話し合った。だからおれたちだって、おれたち同士で話し合わねばなんねえ、そうだろう?」

「前置きはいいて、辰樹さん」

タカシが声をあげ、背後の若い衆を振りかえった。

「言いたいことは、みんなわかってます。だすけ今夜ここに集まったんですて。よけいな題目はすっ飛ばして、肝心のとこから話してくださいい」

「わかった」

辰樹はうなずきかえした。

いまのやりとりは、事前にタカシと打ちあわせ済みの会話だ。物事をスムーズに運ぶには、導入部が肝心だからである。生徒会で、部活動で、はたまた教師を相手に、辰樹は半生かけて人心を摑むノウハウを会得してきた。

「では、おれの考えを言わせてもらう」

辰樹は真摯な表情をつくり、一同を見まわした。

「土砂崩れで村が孤立するのは、これがはじめてでねえ。冬んなって雪がひどくなれば一日や二日バスが来ねえのも、物流が止まるのもよくある話だ。……だども、今回のこれは、いままでとはわけが違う」

言葉を切り、たっぷりと間をもたせてから辰樹は言った。

「敬一のことだ。わかるな？」

しん、と土蔵が静まりかえった。

しわぶきひとつない。頰が緩みそうになるのをこらえ、辰樹は言葉を継いだ。

「敬一の身になにがあったかは、みんなとっくに知っとるな？　猫の額より狭めぇこの村には、人殺しがいる。救援が来るまで、おれたちはそいつと顔を突きあわして暮らさねばなんねぇ。なぜならそいつは、捕まって隔離されるどころか、まだ大手を振ってこの往来を歩いていやがるからだ」

咳払いをして、「ま、犯人が誰とは、まだ決まったわけではねぇども――」

「決まっとるさね！」

今度声をあげたのはノブオだった。まだ少年らしさの残る頬を紅潮させ、膝立ちの姿勢で叫ぶ。

「犯人が誰かなんて言うまでもねぇです！　D……いや、名前を言ってやる。大助だ！　あいつ以外に誰がいるってんです。今日だって、真っ昼間から秀夫さんの義姉さんを……。あの大助のやつぁ、酒で頭いかれてんですて！」

「そうだ！」

誰かが叫んだ。仕込みではない、本物の同調の声だった。つづけて「そうだそうだぁ！」「あの野郎に決まっとる！」と怒声が湧く。期待どおりの反応だった。

辰樹は両手を上げ、

「まあ落ち着け」と一同を制した。

「ここでおれからひとつ、提案がある。おれたちで自警団を結成するというのはどうだ」

「自警団？」

ノブオがきょとんと返す。

「ああ。ほんとうなら公会堂の集会で進言しようと思っていたんだ。だども、やめた」

芝居がかった仕草で辰樹は肩をすくめた。

「おまえらも知ってのとおり、この村の大人どもは当てにならねぇ。『自分の身は自分たちで守らねば』と説いたところで、矢萩に尻尾振るのに忙しいぃて、耳を傾けもしねえ。

だすけおれたちが、おれたちだけでやるんだ」

ランプの火が揺れた。

「おれたちの手で、村を守るんだ」

ふたたび沈黙があった。

タカシのすぐ後ろに座った少年が、ためらいながら手を挙げて言う。

「……つまり、おれらぁなにをすればいいんですか」

「よう訊いてくれた。おれはな、まず手はじめに、交代で夜間の見巡り(みまわり)をしようと思っとる」

辰樹は言った。

「この村は親戚か顔見知りしかいねえすけ、夜に鍵をかける習慣がねえ。それに、女でも平気で夜道を歩く。おまえらだって覚えがあるろうが。親父が夜に酒が足りなくなって『早よ買って来ぇ!』と怒鳴り散らしたとき、店まで走るのは誰だ? おまえらのおふくろか姉ちゃんだろう。もしくは親父が煙草を切らしたとき、使い走りにされるのは誰だ? まだ年端もいかねぇ、おまえらの弟や妹だろう」

そこへ悪いやつが現れたらどうだ? いちころだ——。辰樹は声を落とした。

じじ、とランプの芯が燃える音がした。

「いいか。これはおれたちだけでやるんだ」

辰樹は声をひそめて告げた。

「おれたちが自衛したいなんぞと言うても、大人どもは矢萩の手前、反対するだろう。だすけ、大人の許可や意見はいらねえ。おれたちがやるんだ。おれたちが、おれたちの手で村を守るんだ」

「わ……わがりました」

タカシの背後にいた少年が立ちあがった。十六、七歳だろうか、目のまわりにそばかすの散った大柄な少年だ。

「お——おれも、村を守りてえ。自警団に入れてください。あんまし頭はよくねぇども、力なら自信あります。絶対に、辰樹さんの役に立てます」

「ありがとう。……おまえ、名はヒロユキといったよな?」

「はい。広いに行くと書いて広行です」

「そうだったな。よろしく頼むぞ」

少年は頬を真っ赤にした。大きく首を縦に振る。辰樹に名を覚えられていた光栄と、直接「頼む」と言われた感激とで身を震わせていた。

ここは狭い村だ。若者全員の顔と名前を覚えるくらい、辰樹には難しくない。だがこうして「おまえのことは知っているぞ」「兄弟は元気にしてるか」とまめに声をかけてやるかやらないかで、彼に集まる好意の度合いは大きく違った。

辰樹は一同に向きなおった。

「決を採るぞ。自警団をつくるのに、反対のやつ手を挙げろ」

挙手する者はなかった。

「じゃあ賛成のやつ、手ぇ挙げろ」

真っ先にヒロユキが挙げた。ゼロコンマ数秒遅れてタカシが、次いでノブオが挙げた。次つぎに手が挙がっていき、ついには全員が挙手した。

「ありがとう」

辰樹は礼を言い、「手を下ろしてくれ」とうながした。

「では今日から、さっそく見巡りをはじめようと思う。三人で一班だ。班の割り振りはおれと西尾で決める。Dに注意するのはもちろんだども、それ以外でもあやしいやつがいたら、すぐ報告してくれ。見巡り中は、絶対に仲間と離れるな」

「それはいいども、連絡はどうやって取りあう?」

西尾が尋ねた。

この大停電で電話は使えない。トランシーバーのたぐいは誰も持ちあわせない。鵜頭川村は人口こそ多くないものの、田畑を含む敷地は広大だ。大事が起こったとき、いちいち伝令を走らせていたのでは間に合わない。

辰樹は片頰で笑って、

「それはちゃんと考えてある」

と、脇の白鳥をちらと見やった。返事代わりに、白鳥が唇を吊りあげる。

辰樹はたった今結成された、自警団の面々に視線を戻した。

全員が興奮し、頬を赤らめていた。ヒロユキの肩から、ほのかな湯気が立っているのが見えた。湿った汗が匂いたつようだ。先頭に座るタカシやノブオのシャツが、水をかぶったかのごとく濡れて肌に貼りついている。

成功だ。辰樹は確信した。

おれはこの場を制圧した。支配した。敦人の補佐がなくともやっていける。今夜それが証明できた。こいつらの熱に浮かされたような目つきが、いい証拠だ。

「よし、では班を割り振るぞ。その前に、もうひとつだけ」

辰樹は低く付けくわえた。敦人ならば、ここで必ず言うに違いない台詞だった。

「――なにかあったら、女子供だけは必ず守れ」

土蔵の外では、ふたたび雨足が強まりはじめていた。

第三章

1

【X県大水害】

災害［編集］

・のちに気象台は被害が拡大した原因として、住民が連日の大雨警報に慣れていたため、自治体の警戒呼びかけに対する注意が薄れていた点を指摘している。屋外拡声方式の防災無線が、豪雨の雨音で聞こえない地域も多かったという。

・県内全域に及ぶ大停電のため、県庁からの救援要請ができず、自衛隊の救援到着が大幅に遅れた。

・自衛隊側では出動態勢が整っていたにもかかわらず待機が続き、その間に各地で土砂崩れ、冠水、橋の崩壊等が断続的に発生。道路の多くが通行不能となり、ようやく出動した自衛隊車両は足止めを余儀なくされた。

・また河川の氾濫、堤防の決壊等で「命にかかわる緊急性の高い地域の救助」が優先され、全域で孤立した各集落への救助が遅れたことも、のちに批判の対象となっている。

——Wikipedia

2

「なんだあ有美、こっつらケチくせぇ真似すんな。みっともねぇ」

元市の怒号が響いた。

時刻は朝七時、場所は母屋の居間だ。

卓袱台にはそれぞれ白飯を盛った茶碗と、大根菜の味噌汁。沢庵と梅干を盛った鉢皿に、くるみの佃煮の小鉢が添えられていた。

いつもならここに鯵のひらきなり、出汁巻き卵なりが付く。しかしその朝は元市と岩森の前に目玉焼きが半切れずつ、隆也と愛子の前に三分の一切れが置いてあるだけだった。残る三分の一は、仏壇に上げられていた。

「客人が来てるってがに、しみったれた真似すんでねぇ。おれに恥かかす気か。なんのつもりで、こっつら事しくさった」

元市がなおも怒鳴りちらす。

岩森は元市をなだめるか、娘に声をかけるか迷った。そして結局は後者を選んだ。「怒ってるんじゃないぞ、義伯父さんは愛子に怒ってるんじゃないからな」と小声でささやく。

「すみません。今朝は卵を二つしか売ってもらえなかったんです」

有美が畳に手を突いた。

「どこの牝鶏もろくな卵を産まないんだそうです。いえ、産めばまだいいほうで、それも殻が柔すぎたり、小玉すぎたり……」

鶏とて、村内のこの不穏な空気を感じとっているに違いない。岩森は嘆息した。

隆也が首を振り、目玉焼きの皿を差し出す。

「おれはいい。出勤もせんのに、精をつける必要がねえ」

「いや、おれたちこそ遠慮します。なにしろ役立たずの居候ですからね。飯を食うには沢庵さえあれば充分ですよ。な、愛子。沢庵大好きだよな?」

岩森は精一杯明るい声をつくって言った。愛子が大きくうなずく。

「好きー。あのね、愛子、きれいな黄いろのが好き」

「そうか。じゃあ失礼して、一番よく漬かったのをいただこうかな」

わざとおどけた口調で言う。

渋しぶながら元市は黙り、座椅子へと座りなおした。隆也も皿を引っこめた。有美がほっと胸を撫でおろしたのがわかった。

緊張で乾いた唇を、岩森は味噌汁で湿した。

朝餉を済ませて離れに戻る前に、

「岩森さん、今日も診療所へ行かれますよね」と隆也に声をかけられた。

「あいすみませんが、その前にちっとばかしお時間いいですか」

岩森は「さきに行ってなさい」と愛子の背を押して、振りかえった。

「はい、なんでしょう」

「じつは水が乏しくなってきました。汲みに行かんばなんねぇもんで、一緒に井戸のある家へ頼みに行ってもらいたいんです。ご存知のとおり矢萩の家はほとんどが井戸を潰しちまってますけぇ、水が欲しいなら一族以外の家に頭下げねばなんねぇ。だども矢萩元市の倅である、おれが行ったのではどうも……」

声音に羞恥が滲んでいた。

「岩森さんはよその人だし、吉見先生の手伝いもしとる。村のみんなは、あなたの手前ならいい顔するでしょう。すくなくとも門前払いはしねえはずだ」

「そんな、まさか隆也さんを門前払いなんて」

言いかけた岩森を、隆也は「いや」とさえぎった。

「いや、冗談ごとじゃありませんて。とくに昨日のあれがまずかった。あれで、はっきり風向きが変わりました」

隆也は苦々しげに言った。

「どう考えたって、大助のやつを無罪放免するなんてまずい手だった。表だっては、誰も吉朗伯父に反対はしませんでしたがね。だども、ありゃあ口に出さねがっただけです。おれら矢萩は、はっきり村のみんなの反感をかってしもうた。……取りかえしのつかねぇ失策です」

隆也は舌打ちせんばかりだった。

しばし、岩森は言葉を失った。うわべだけでも隆也の台詞を否定すべきだ。そう頭ではわかっていたが、できなかった。

——なぜって、彼の言うとおりだ。

昨夜、辰樹たちは、「大人どもは矢萩吉朗の言いなりだ」と憤っていた。あれは半分正しく、半分誤りだ。

住民のほとんどは口をつぐんだ代わりに、腹中に怒りと憤懣を溜めこんだ。そのどす黒い感情は、いずれどこかで発散されるのだ。たとえば矢萩一族にろくな卵を売らない、米を分けない、水を汲ませないといった具合に——。

そういえば『マリンカ』のマスターは降谷姓だった、と岩森は思いだした。もし岩森が辰樹たちとでなく隆也と店を訪れていたら、貴重なハム入りの焼き飯など出してくれなかっただろう。やんわりと、だが断固たる口調で、

「すみませんが、今日はもう品切れですてぇ」

と岩森を追い返していたに違いない。

「――……行ってもらえますか」

黙ってしまった岩森に、隆也が不安そうに尋ねる。

岩森はうなずいた。

「もちろんです。おれにお手伝いできることなら、なんでもしますよ。なにしろ居候の身だ。食い扶持のぶんはお返ししなけりゃ心苦しい」

むろんこれは冗談だ。滞在費として、有美にはこっそり一万円を渡してある。ポチ袋などないので、愛子の折り紙をもらって包んだ。街ではいまコーヒー一杯三百円、かけ蕎麦一杯二百五十円といったところである。一週間分の食費にはなるだろう。

しかし隆也はにこりともせず、腰を折って深ぶかと頭を下げた。

「すみません。恩に着ます」

「そんな、頭を上げてください」

「岩森さんにだけでねぇ。今朝は愛子ちゃんにまで気ぃ遣わせてしもた。ほんに、大人として面目ないです」

「いや、そこは……隆也さんが謝ることじゃありません」

岩森は目を伏せた。

「愛子はなんというか、場の空気に人一倍敏い子でしてね。……不甲斐ないのは、親であるこのおれです」

本心だった。たった六歳のわが子に道化役をさせてしまった情けなさは、誰より岩森が苦く噛みしめていた。なおも謝罪しようとする隆也を制し、

「では隆也さん、ここで待っててください。愛子に『すこし留守にする』と告げてきます。それとご面倒ですが、子供が読めそうな本があったら、あとで貸していただけますか。あの子が退屈していて可哀想でね」

岩森は離れに向かった。

出かけると告げると、愛子は口をへの字にして体を揺すった。

「えー？　またいなくなるの？　お父さんばっかりお外に出られてずるい」

「ごめんごめん。お天気になったら、愛子も一緒に行こうな」

「バスまだ来ないの？　もう、お休み飽きちゃった。保育園のみんなに会いたい」

ふくれる娘をなだめながら、そういやあ、おれも会社に連絡しなくちゃいけないんだよな、と岩森は思った。

だが停電はいまだつづき、電話は不通のままだ。試作品のショルダーフォンも試してみたが、あいかわらず雑音しか聞こえない。

――村の外はどうなっているだろう。

気になるが、知るすべはなかった。

岩森は、先に診療所へ向かうことにした。吉見医師を誘って、三人で「水元」の門扉

を叩く。現在、村で一番大きな井戸を持つ家であった。

「申しわけないが、井戸を使わせてもらえませんか」

「どうぞお願いいたします」

三人できっちり頭を下げた。さすがに村医相手には断れなかったようで、家人は岩森たちを井戸へ通してくれた。

しかし矢萩隆也に浴びせられる視線は、岩森の想像以上に冷えていた。

3

その時刻、降谷港人は自室にいた。

手持ち無沙汰に、彼は兄からの葉書を眺めていた。

「元気か港人。兄さんのほうは、ぼちぼちだ。スター・ウォーズの二回目をやっと観た。ほんとうは三度、四度と観たいのだが、映画代は高い。食費を削らねば無理です。貧乏学生は、これだから困る。

都会はなにをするにも金がかかります。コーヒー一杯で、マリンカの焼き飯が二杯食えます。場所代が込みだとわかっていても、なかなか慣れない。

都会人の、互いの無関心さにもまだ慣れません。おまえは皆と団結してうまくやるように。仲良きことが一番です。では、父さん母さんによろしく。

五月二十二日　敦人」

「元気か。父さん母さんは変わりないか。祖父ちゃんはあいかわらず早起きだろうな。学校は楽しいか。肩は冷やさんようにしろ。野球も学業も、体が資本です。廉太郎くんと仲良くするように。

こっちは元気でやっている。空気が汚いのにも慣れた。夏休みには帰る。久しぶりに会えるのが楽しみだ。皆によろしく。

六月朔日　敦人」

文章も文面も、次第に短くなっていくのが兄らしい。

最初の四、五月にくれた手紙は便箋に書いた封書だった。しかしそれ以後はこうして、二、三週ごとに葉書が届くのみである。

「おい港人。商品動かすけぇ、おまえも手伝え」

戸の外から父の声がした。港人は「うーす」と応えて立ちあがった。

なんであれ、体を動かせるのはありがたかった。畑まわりの土嚢積みを終えてしまえば、ほかにすることはない。あいかわらずテレビもラジオも点く気配はないし、家にある漫画はすべて読んでしまった。

母屋から繋がる廊下を通り、店へ出る。父の清作は、すでにしゃがんで作業中だった。

「父さん、おれなにすりゃいいの？」

「おう。そこの棚に並べた缶詰とジュース、そっくり倉庫へ持っていけ。言っとくが、棚ごと移動させせんでねぇぞ。床に段ボールがあんだろ、それに入れて運べ」

清作は両腕に林檎の箱を抱えていた。たっぷり蜜の入った長野産のサンふじだ。旬はもちろん、一年を通しての人気商品である。

「なんで移動するの？　しばらく店じまい？」

「まあ、そんなようなもんだ」短く清作が答えた。

まあこの状況じゃ店どころじゃないか、と納得して、港人は缶詰を段ボールに詰めはじめた。蜜柑、パイン、みつ豆、フルーツポンチ。

白桃の缶を手にとったところで、ふっと廉太郎を思いだす。

——そういえばあいつ、白桃が好きだって言ってたな。

一昨日に父親と煙草を買いに来たらしいが、港人は不在で会えなかった。たった三日前に会ったばかりなのに、なぜか遠く感じた。

「港人、手ぇ止まっとるぞ。それが終わったらこっちのジュースだ」

「あ、うん」

慌てて港人は作業に戻った。

箱一杯に詰めた缶詰を抱え、シャッター付きの倉庫へと運びこむ。棚にはすでに、スナック菓子やチョコレートが箱で収納されていた。

一時間とかからず、店の陳列棚から缶詰、ジュース、果物、菓子、即席ラーメン等が消えた。残されたのは文具、日付の古い新聞に雑誌、そして煙草だけだ。

「煙草はちっとばかし吹っかけても、みんな買うだろうからな」

父が笑う。その笑みが、ちりっと港人の神経に障った。

なんだろう、なんだかいやな笑いかただ。だがその不快感を突きとめる前に、店先で客の声が響いた。

「すみませぇん。いますかあ」女の声だった。

港人は首を伸ばして声の主を見た。中年の主婦が、引き戸を開けて店を覗きこんでいる。知った顔だった。下の名前まではわからないが、矢萩姓なのは間違いない。

「はいはい、ただいま」

商売人の声をつくって、清作が小走りに駆け寄った。

「煙草と缶詰が欲しかったんだけれど……。あら、棚になにもないじゃない」

女が眉をひそめる。清作は愛想笑いを浮かべて、

「すみませんねえ。ほんとは日曜に仕入れる手はずだったんです。だどもあの土砂崩れで、トラックが来れねがったもんでね。お客のみなさんにはご不便をさせとります。ほんにすみません」

恐縮したふりで頭を下げる。

女はなおも店内をじろじろと眺めまわしていた。だが、結局はあきらめたのか煙草だけを頼んだ。

さりげなく父が二百円よけいに請求する。気づいているのかいないのか、女は言いなりに払って帰った。

清作は港人を見もしなかった。港人もまた、なにも言わなかった。

離農して久しい矢萩一族にとって、いまや食料品は〝金を出して買う〟ものか、おすそ分け等で〝もらう〟ものであるはずだ。そのおすそ分けとて、むろん無償でもらえるわけではない。日ごろの付き合いと関係性があってこそだ。たとえば雇用主と社員、上司と部下といったふうに。

――その関係が、崩れつつある。

八百屋や酒屋でも同じことが起きつつあるのではないか。あるいは雑貨屋や水菓子屋でも。そんな気がした。

「おおい。清作さん、居るかねぇ」

聞き慣れた声とともに、日に焼けた顔が覗いた。途端に清作が破顔する。

「おう、シュウちゃんでねえか」

清作の従弟であった。シュウと呼ばれた男が肩を揺すって、

「晩めしにコンビーフの缶詰二つと、あと林檎を二つ三つくれっかね」

「わがった。おい港人、早よう袋に詰めてやれ」

振りむいて清作が命じる。

港人は一瞬、躊躇した。しかし従うほかなかった。無言で倉庫へ向かう。背中越しに、二人の会話が聞こえた。

「やいや、すまねぇな清作さん。昼が過ぎたらうちのかかあに卵を持って来させるわね。なんぞ足りねえもんはあっか。水はどんげだ」

「そういや水が心もとねぇかもな。あとでうちの倅を使いにやるさ」

「おう待っとるわね。こんげなときだぁ、まんず助けあわねばのう」

港人は倉庫から出て、父の従弟にコンビーフと林檎を詰めた紙袋を渡した。笑って彼が港人の肩を叩く。

「おう港ちゃん、ご苦労さんだのう。水だば心配いらねえ。うちの井戸から沢山汲んでやるすけ、家で一番でけえ甕を持えて来なせやれ」

胃の底が重くなった。みぞおちがむかつく。だが港人は無言でうなずいた。

むろん父は、従弟に代金を請求しはしなかった。

空の水甕を抱えて外へ出ると、大粒の雨が合羽越しに全身を打った。

港人は顔をしかめた。空からこんなに水が降っているのに、よその井戸から汲んでこなきゃならないなんておかしな気分だ。

でも都会から流れてきた雲かもしれないからな——と思う。光化学スモッグについては、テレビのニュースで毎日見ていた。スモッグまみれの水なんて飲みたくない。たとえ濾過済みだとしても、口に入れるのは御免だ。

畳屋の角を曲がると、そこからは未舗装の砂利道である。ピークより多少ましになったとはいえ、いまだ道は濁った泥水に浸かっていた。

――また雨が強くなってきたな。床上浸水しなきゃいいが。

祖父によれば、四十年前はこれを上まわる水害だったそうだ。肥溜めや便槽に雨水が流れこんであふれ、どの家も畳までどっぷり汚水浸しになったという。そのせいで疫病が流行り、ちいさな子供が何人も死んだ。聞いただけで気の滅入る話であった。

――これ以上、人が死ぬのはいやだ。

港人が降谷敬一の死を知ったのは、二日前のことだ。

敬一の母親が営んでいる託児所には、港人とて世話になった。敬一本人とも、兄の敦人をまじえてよく遊んだ。

長じてからの敬一は、いつも敦人をうらやんでいたものだ。「いいなあ。おれも辰樹さんと仲良くなりたい。いいなあ」と。不器用だが、気のいい男だった。

――あの敬一さんが殺されたなんて、なにかの間違いでねぇのか。

そそっかしい人だったからなあ。泥に足をとられて転んだ拍子に、埋もれてた刃物が刺さってしもた、とかでねえかな。

だったらいい、と港人は思った。殺人でなく、せめて事故であって欲しい。どのみち敬一の死は悲しいが、殺されるほど誰かに恨まれていたとは考えたくない。

「くそ……」

無意識に舌打ちしたとき、通りの向こうから声が聞こえた。

港人は足を止めた。険しい語調だ。雨音でよく聞こえないが、複数の女の声だった。

垣根からせり出した松の枝陰に、反射的に身を隠す。

目を凝らすと、人影が見えた。

強い雨で視界が悪い。しかし、軒下に数人の女が集まっているのはわかった。

うち一人は、さっき父に缶詰の販売を断られた主婦だった。その向かいには赤ん坊をおぶった女がいる。矢萩光恵だ。辰樹をよく使い走りにしている、上流気取りのいやな女である。

光恵は肩を怒らせ、早口で喚いていた。

「……まあ、あんたも売ってもらえん……の。いやったらしい……ほんに降谷のやつら、……がいやらしいて。普段はめいっぱい尻尾振っ……、媚びとるくせに……、こういうときに、人間は本性が……」

切れ切れにしか聞こえなかったが、なにを憤っているかはわかった。港人はうつむき、唇を噛んだ。

「だいたい、なんで大助さん……で、あたしらまで迷惑……関係ないが……。吉朗さんが、責任とらんばねぇのはわかる……、べつにあたしらがやらせたわけじゃ……」

主婦がなにごとか言う。光恵は冷笑した。

「はっ、馬っ鹿らし。大助以外に誰が居ろうばさ。この村に、よそ者の強盗なんて……、二日も三日も潜んでいられるもん……。吉朗さんも……ってがに、あんた、綺麗ごと言っても一銭にもならねぇて……」

いつも澄ましている光恵とは別人のような、方言丸出しの話しぶりだった。

地が出ているんだ、と港人は悟った。

光恵だけではない。この非常事態のもと、誰も彼も人間としての地がこぼれつつある。炙りだされている、と言ってもいい。

「あたしは土砂崩れで死ぬんも、殺されるんも嫌ぁらわ」

豪雨の中、そう言いはなった光恵の声はなぜかよく響いた。

「ま、あんたらも命が惜しいなら、大助には近づくんでねぇて。……あいつぁ自棄になったら、なにすっかわかったもんでねぇ……、あたしはこの子のためにも、あと二十年は生きねばなんねぇすけな。いざとなったら……ふん、あんたらも身の振りかた、よう考えておいたほうがいいて……」

意味ありげな笑みを浮かべ、腕に抱いた赤ん坊を揺する。

光恵を囲んだ女たちの顔に、「そうかしら。そうかも」の思いが広がっていくのを、港人は確かに認めた。

足音を殺し、彼は小路へ入った。

父の従弟にたっぷり井戸水を汲んでもらい、港人は甕を抱えて帰途をたどった。甕が重いせいではない。いつものように私有地を盗塁気分で走り抜けることはできなかった。いま村に蔓延しつつある不穏さが、そんな気分にさせなかった。

だが家までの道のりは遠い。腕も痛くなってきた。日頃から付きあいのある親類の庭だけ、失礼して通り抜けさせてもらおう、と決めた。

「すみませーん、煙草屋の港人です。通ります」

聞こえているかは知らねど、一声かけてブロック塀をまたぐ。何軒かの家には顔馴染みの犬がおり、港人の腰に鼻づらを擦りつけてきた。

「おうリュウ。ごめんな、今日はおやつを持ってきてねぇんだ」

港人は水甕を置いて、秋田犬リュウの背中を掻いてやった。そのでかい図体をして甘えん坊のリュウが、足りないとばかりにじゃれついてくる。頭や喉もとを撫でてやりながら、港人は雨幕の向こうを見やった。

従兄の忠司が、箱を抱えて店の裏口から出てくるところだ。通りをうかがってから、小走りに倉庫へ駆けこむ。あきらかに人目を忍んだ仕草だった。

忠司の家は村一番の乾物屋である。きっとあの箱には、高価な冬菇の椎茸や乾麵、高野豆腐、干し芋、ドライフルーツなどが詰まっているに違いない。

忠司兄ちゃんも親父と同じか――。港人はがっかりした。

言い尽くせぬ複雑な感情が、胸中で薄黒いとぐろを巻く。忠司に見つからぬよう、そっと庭を出た。なんだか今日は逃げてばかりだ、と自嘲が湧いた。

「おうおかえり。手紙が来とるぞ」

帰宅した港人に、そう祖父が声をかける。

「手紙？」

受けとった封書に署名はなかった。

消印や切手さえない。直接ポストに放りこんでいったのだろう。しっとり濡れた便箋を、港人はひらいた。

——昼前十時。土蔵。辰樹さんが集会オコナウ。

——親や大人に見ツカルナ。ゼヒ参加乞う。

港人の眉間の皺が、さらに深くなった。

4

田所エツ子は、三日ぶりに村の大通りを歩いていた。

冠水していた道から、多少なりとも水が引いてくれたおかげだ。足首まで水があっては、いくら杖があろうとこの脚で外出は不可能だった。

——停電で冷蔵庫は使えないし、日持ちする食料を買い溜めしておかなくちゃね。

さいわい自宅に井戸があって渇きの心配はないし、エツ子は食の細いほうだ、しかし食料庫の米と味噌だけでは、さすがに先行きが不安だった。

馴染みの食料雑貨店の暖簾（のれん）をくぐる。

「すみません。水飴（みずあめ）と、缶入りビスケットをいただけますか」

身をのりだして呼ばうと、奥から店主が顔だけを覗かせた。

「ああ、申しわけねぇですねえ。しばらくうちは店じまいで……」

「ちょっと、あんたなに言ってんの！」

語尾をさえぎるように、店主の女房が店先に飛びだしてくる。

「ごめんなさいね、先生。あの人、ちっと頭ぁ呆（ほ）けてしもてるんさ。はいはい、水飴と缶ビスね。これだけでいいですか？　あと日持ちする菓子なら、羊羹（ようかん）の在庫がちょっとばかしありますけど」

奥から店主が首を伸ばして睨んでいる。エツ子は「じゃあ羊羹も」と、しれっと答えた。

女房が手早く会計を済ませ、紙袋をエツ子に渡してささやく。

「ほんにすみません、先生。娘にいつもよくしてもらってるってがに、うちの亭主はとんだ恩知らずだぁ。雨がやんで全部片付いたら、また教室に通わせてもらいます。そんときは、どうぞよろしゅうお願いしますね」

「こちらこそ、いつでもいらしてくださいな」

エッ子は微笑んだ。この食料雑貨店の長女は、エッ子のピアノ教室の生徒なのだ。ちなみに娘にピアノを習わせるのは、女房の「昔からの夢」だったという。

つづいて行った薬屋と果物屋でも、同様のやりとりがあった。

大通りの総菜屋やパン屋、食堂などは軒並み閉まっていた。いつもの揚げ油やバターの匂いは、どこからも漂ってこない。

エッ子は最後に小間物屋でちり紙を買い、買い物を終えた。

――これで、一週間やそこらは大丈夫でしょう。

赤い小花柄のテープを巻いた杖を扱い、帰途をたどる。

彼女は歩くのが好きだった。もっと老いて歩けなくなるそのときまで、人間は自分の力で立って歩くべきだと思っていた。

子供の頃わずらった病気のせいで、動きは確かに不自由である。だからこそ散策が好きだ。歩けることのありがたさは身に染みている。移り変わる四季の景色を目で楽しみ、日ごとに違う空気の匂いを嗅ぎ、人と触れあうのが好きだった。

――いい老後だわ。

本心からそう思う。

難点といえば、夫がともに長生きしてくれなかったことくらいだろう。

夫が他界したのは、もう十年近くも前の話だ。以来、エッ子は高台の家に一人で住み、村の子供たちの相手をして過ごしている。預貯金は充分にあり、夫の軍人恩給も入る。

彼女自身の障害年金と合わせれば、悠々自適の余生と言ってよかった。

――いい余生だけれど、この天気にはやっぱり参るわね。

あいかわらず、雨が止む気配はいっこうにない。

――村の外はどんな様子なのかしら。

エツ子は東の方向に首を向けた。

土砂崩れになる寸前、鷺見市では川がかなり増水していたと聞く。あの大川がもし氾濫したならば、被害は甚大だろう。

「怪我人がすくないといいけれど……」

ため息をつき、街灯の角を曲がる。

ここから先は、矢萩姓の家々ばかりが建ち並ぶ帯留町だ。高い石塀をめぐらせた屋敷があり、かと思えばモダンな色瓦の家がある。海鼠塀の土蔵をそびえさせた邸宅がある。粗末なトタン屋根や茅葺屋根は一軒も見あたらない。

その通りで、なにやら言い争っている人影があった。

――いえ、言い争いじゃないわね。

エツ子は傘を持ちあげ、目を細めた。

よくよく見れば、片方の男が相手を一方的に怒鳴りつけている。

「んだ、その態度は……、日頃の恩を忘れ……おれにそんな口きい……。貴様、ただで済むと……」

がなっている男は、エッ子に背を向けていた。雨音で聞こえにくいが、その声に聞き覚えがある。矢萩工業で、現場主任をつとめる矢萩康平だ。

怒鳴られているのはヒロユキという少年だった。幼い頃は、エッ子の絵本教室に足しげく通ってきた。確か中学を卒業してすぐ、矢萩工業に就職したはずだ。

康平の罵声が、さらに激していく。

「……おまえなんぞ、馘首にして……おれを誰だと思っ……一声かければ……親父の馘首もわけねぇ……調子に乗る……さっさと、井戸から水ぁ汲んで……」

声をかけようか、エッ子は迷った。

愁嘆場だろうが喧嘩の最中だろうが、鈍感を装って「あらこんにちは」と割って入り、場をおさめるのは彼女の十八番だ。エッ子は都会から来たよそ者であり、かつ女子供に人脈を張りめぐらせている。矢萩吉朗ですら、彼女相手に強く出ることはなかった。

だがいま、エッ子は声を呑んで黙っていた。

ヒロユキの顔に、見慣れぬ冷笑が浮かんでいたからだ。朴訥な彼には、およそ似つかわしくない表情だった。

少年は太い腕をつと伸ばした。そして矢萩康平の肩を、無造作に突いた。

康平がよろける。泥に足をとられ、塀にもたれるようにその場に尻を突く。

呆然と、康平はヒロユキを見上げた。

驚愕ぶりがエッ子にも伝わってきた。自分がいまなにをされたか、ろくに理解できていない様子だった。

ヒロユキが傲然と胸をそらす。濡れた髪をかきあげ、ウインドブレーカーのフードをかぶってきびすを返す。左腕に三本ラインの入った、最近村内でよく見るデザインのウインドブレーカーだ。

矢萩康平は、いまだ泥濘に座りこんだまま唖然としている。

肩をいからして去っていくヒロユキを、エツ子はただ見送った。

5

壁の温度計は十五度を指していた。

鳥肌立った二の腕を、港人は掌で擦った。今日は朝から肌寒い。そのくせ湿度は高く、空気が肌にまとわりつくようだ。村じゅうにたちこめる泥土の臭いとあいまって、ねっとりとした不快感が満ちている。

温度計の真下では、祖父が吉見医師の診察を受けていた。

「すまねぇね、先生。たいして痛くもねぇんだども、どうも昨夜から胸がこう、せっつねがったんだぁ」

祖父が済まなそうに言った。この地方では「苦しい、しんどい」という意味で「せつない」という言葉を使う。吉見医師はそれに合わせて、

「せつなかったら、いつでも呼びなさい。変に我慢されて手遅れになるのが、それこそおれは一番せつないよ」と笑った。

吉見のそばには「都会の旦那」こと岩森明が、助手然と控えている。患者の体位を変えたり、容態のメモをとったりと、慣れた様子でまめに立ち働いている。

そういや岩森さんの奥さんは看護婦だったな、といまさら気づく。兄貴も辰樹さんも、この人が村に住んでいた頃はたいそうなついていたものだ。

――辰樹さん、か。

午前中にひらかれたばかりの集会を、港人は思いかえした。

例の手紙にあったとおり、集会の主催者は降谷辰樹であった。

土蔵に集まった少年少女は約三十人――、いや、もっといただろうか。ほとんどが十代だったが、二十代の青年もちらほら見えた。矢萩姓の者は、見たところ一人もいなかった。

あの土蔵の存在を、港人はずっと以前から知っていた。兄の敦人や西尾が学生時代、もっぱら溜まり場にしていたからだ。

兄に呼びつけられ、中を覗き見たことならある。煙草の煙がもうもうと充満し、床にはエロ雑誌が転がっていた。「寄っていけ」と誘われたが気後れしてしまい、「まだ手伝いがあるから」と言いわけして帰った。

――だから足を踏み入れたのは、今日がはじめてだ。

人が多いせいか、土蔵は想像したより蒸し暑かった。だが静かだった。漆喰壁は、完全に外界の音を遮断していた。ただでさえよく通る辰樹の声は、その中で気持ちいいほど響きわたった。

「村を守ろう、そのために立ちあがろう」

と辰樹は繰りかえした。

大人たちが二度の集会でどれほど不甲斐なかったか、ことなかれ主義に終始したかを彼は嘆いた。そして矢萩吉朗の横暴さを語り、大助が真っ昼間から婦女暴行に及ぼうとした件を告発した。

「どう思う?」

「なにもできないなんて情けなくないか? 悔しくないか」

辰樹は何度も聴衆に呼びかけた。

たった十数分のうちに、「おれたちでなんとかしよう」が「しなくちゃならない」に、そして「するんだ」に変わっていった。その変化につれて、土蔵にこもる熱気が高まっていくのを、港人は肌で感じた。

港人の隣に座った少年は、辰樹を崇拝のまなざしで仰いでいた。彼の一挙手一投足に見とれていた。

その向こうに座る少女は頬を赤く染め、口をなかば開けて恍惚としていた。さらに向こうの少年は涙ぐみ、辰樹の一言一言に深くうなずいていた。

昔みたいだ——と港人は思った。

中学高校を通して、辰樹は皆の憧れだった。彼が講堂のステージに立てば、誰もが目を奪われた。演説すれば聞き入らずにはいられなかった。降谷辰樹は村の青少年たちの模範であり、理想であり偶像だった。

——だから、見慣れた光景のはずなのに。

隣の少年の、熱に浮かされたような瞳。その向こうに座る少女の赤らんだ頬。彼らが辰樹を凝視する、あの目つき。

——なのになぜ、違和感が去ってくれないんだろう。

演説を終えた辰樹が、木箱の壇から下りる。

つづいて壇上に立ったのは西尾だった。彼の演説は、辰樹よりはるかに苛烈だった。最初から矢萩大助を名指しにし、

「大人どもは、人殺し野郎をかくまっている」と吠えた。

西尾は、死んだ敬一との思い出話を語った。敬一がどんなにいいやつだったか、親思いのやさしい青年だったかを一同に話して聞かせた。

「自警団を公会堂に入れてくれ。それが駄目なら、敬一のために大助を糾弾してくれ」と父親に頼んだが、「知るか。ガキはひっこんでろ」と一蹴されたくだりでは、熱い悔し涙をこぼした。

聴衆は引き込まれていた。少女の多くがもらい泣きした。少年たちは膝の上で拳を握

り、青年たちは頬を強張らせていた。

西尾は泣きながら話しつづけ、ついには嗚咽で言葉が出なくなった。辰樹がその肩をいたわるように抱く。木箱の壇から西尾が下りたときは、盛大な拍手が湧いた。

辰樹は両手を上げ、その拍手を鎮めた。

「みんな、ありがとう。ほんにありがとう。……だがな、知ってのとおり、向こうには危険な人殺しがいる。うかつに手出しせず、まずは自衛につとめるんだ。そのための自警団だ。西尾と並ぶサブリーダーをここで紹介しよう」

紹介を受けて、壇上にのぼったのは白鳥だった。

白鳥は、ぼそぼそと挨拶めいた台詞を二言三言発しただけだった。しかし驚いたことに、聴衆の大半から拍手が湧いた。

最後にふたたび壇上に立ったのは、むろん辰樹であった。

彼はいま一度自警団の重要性を語り、「村の危機をおれたちでしのごう」と訴えた。

そして「親には、このことは絶対に言うな」とも念を押した。

「大助の一件を取ってもわかるとおり、うちの大人どもはあてにならん。……みんな、思いかえしてみろ。親に意見を言って、頭から馬鹿にされ、押さえつけられたことはないか？　約束を反故にされたことはないか？　しょせん子供だと侮られ、裏切られたことはないか？」

彼は聴衆を見まわした。

「やつらはおれたちを、いつも『半人前』と言う。その言葉どおり、おれたちの意思も権利も、せいぜい半分程度しか認めちゃくれん。なあ、みんなはあの『東大紛争』がなんで起こったかを知ってるか？　テレビで観たやつも多いよな？　医学部を正規に卒業したインターン生はな、大人どもに無給で手足のようにこき使われていた。それがきっかけだ。大人の横暴に対する、学生の抗議からはじまった運動なんだ」

辰樹はいったん言葉を切り、一同の反応を見てから声を高めた。

「そしてその運動は、勝利に終わった。有志による試験のボイコットによって医師法は改正され、インターン制度は廃止された。若者が、大人どもに勝ったんだ。戦えば勝ちとれるものがあるんだ。みんな、おれの言いたいことがわかるな？」

港人のまわりで、数人が無言でうなずく気配がした。

暑い。港人は額を拭った。

ただでさえ蒸し暑いのに、ここ数十分で三、四度は室温が上がったようだ。誰の額にも首すじにも、汗の玉が浮いている。酸素が足りない。息苦しい。

「いいか、大人に守ってもらう時期は過ぎた。おまえたちはもう一人前だ。自分の足で立ちあがり、戦える歳だ。自分を信じろ。自分の考えを揺るがすな。おまえたちなら、できる。だが万が一ぐらつくことがあれば、隣のやつに寄りかかれ。そいつは仲間だ。支え合える仲間同士だ。おれたちは、お互いをよく知っている。狭い村の中の、運命共同体だ。——そのおれたちがつくる自警団なら、怖いものはない。なんでもできる。できるはずだ。そうだな?」

できます、と前列から声があがった。

「できるな?」と重ねて辰樹が問う。

できます、と再度あがった声は、倍にも大きかった。三度目は全員が絶叫した。

押し黙っているのは、港人だけだった。

暑いのに、背中が薄ら寒かった。

矢萩の主婦に、商品を売らなかった父を思った。この場に一人も矢萩姓がいない事実を思い、光恵が響かせた嘲笑を思った。

辰樹のアジテーションは、あきらかに〝敵〟を見据えてのものだった。

——敵。

廉太郎はどうしているだろう。

不安の黒雲が、胸に広がっていく。話したいことが山ほどあった。しかし電話はまだ使えない。この土砂崩れで廉太郎の父母が在宅なため、直接会いに行くこともかなわない。

辰樹の演説の締めくくりを、港人はうわのそらで聞き流した。

周囲が拳を突きあげていたことだけは、おぼろげに覚えている。とはいえ、どうやって家まで戻ったかは、ほとんど記憶にない。

胃のあたりがざわつき、かるい吐き気がつづいていた。

「――……くん、港人くん？」

呼ばう声に、港人ははっと覚醒した。

祖父の横にかがみこんだ岩森が、怪訝そうに港人を見下ろしている。

「すまない。お祖父さんを、寝室まで運ぶのを手伝ってくれないか」

「ああ、はい。もちろん」

慌てて港人は腰を浮かせた。

港人が祖父の腋に腕をまわし、岩森が両脚を持つ。せえの、で担ぎあげた。八十を越えた祖父の体は、悲しいほど軽かった。

祖父を寝間の布団に横たえてしまうと、岩森と吉見は帰り支度をはじめた。

すこし迷って、港人は口をひらいた。

「あのう、岩森さん」

「ん？」岩森が目を上げる。

「あのですね、ええと――矢萩の、勝利さんの家には行かれましたか。おれ、あそこの廉太郎と友達で……。三日くらい、会えてないもんで」

「いや、勝利さんのとこには呼ばれていないな。ですよね？　吉見先生」

「ああ。あの家には年寄りがおらんからな。病気になりそうな子供も妊婦もいないし、お声はかかっちゃいないよ」

と答えてから、吉見は港人の頭を乱暴に撫でた。

「なんだおい。でかいなりして、そんな顔するな。親友が心配なのはわかるが、帯留町は山から遠いでないか。土砂崩れになぞ巻きこまれやせんよ」

いいえ、心配してるのは土砂崩れでないんです——。

そう返したいのをこらえ、港人はあいまいに微笑んだ。

6

岩森が元市の家へ戻ったのは、正午前のことだ。

昼食は素麺(そうめん)であった。薬味は庭に生えつつある大葉を刻み、そこへ金時豆の甘煮と、蕨(わらび)の醤油漬けの小鉢が付いた。

「やいや、こっつばかで足りろうばさ。まったくこの嫁は貧乏くせえ飯ばっか出しよって、ひでぇもんだ。やっぱり生まれと育ちってのは非常時に出るもんだな」

と元市は不満たらたらだった。

その横で隆也はいつもどおり押し黙り、岩森はひたすら頭を低くしてご相伴にあずかった。

川柳に『居候、三杯目にはそっと出し』という句があるが、まさにその心境である。

外食しようにも店は開いていないし、かといって食わなければ吉見について行く体力がなくなる。

——一万円札なぞ、腹の足しにもならんと気づくべきだったな。

反省しつつ岩森は素麺を啜った。この災害下では、紙幣の効力はごく低い。卵ひとつ、塩ひとつまみのほうがよほど価値があるのだ。

先刻、岩森は大通りで買い物中らしき田所エツ子を見かけた。そして、村は思ったよりまずい状況にあると気づかされた。

エツ子は村の誰とも血縁関係を持たず、交換できる物品を持たない。そんな彼女に、商店主たちはやんわりと売るのを拒んだ。女房たちの取りなしで事なきを得たものの、その一幕は、岩森に村の現状をまざまざと知らしめた。

矢萩吉朗と大助に集まる反感。かつて光恵が辰樹にとっていた横柄な態度。水を汲ませてもらうため、よそ者の岩森についてきてくれと頼んだ隆也。そして今朝、卵を二つしか売ってもらえなかった有美。

——明日の朝はきっと、ひとつたりとも売ってくれないに違いない。

予想ではない。確信だった。

孤立は何日つづくかわからない。となれば食料を節約するのは必然だ。流通は紙幣ではなく物々交換が主となり、米や野菜などの現物を持つ者が主導権を握る。

矢萩一族は普段、彼らを雇用する立場として上に立ってきた。その強権があったからこそ、住民たちは大助の存在に目をつぶってきたのだ。

——その権力が、危うくなりつつある。

もとより少数の矢萩と、多数の降谷がつくる微妙なバランスで成り立っていた村だ。均衡がいつ崩れるか、わかったものではなかった。

一日でも早く、救援が来てくれるといいが——。

そう願いながら、岩森は甘煮に箸を伸ばした。日頃は甘いものなど好まないたちだが、いまは糖分が舌に沁みた。体が栄養を欲しているのだ。居候の身分は心苦しいが、愛子を守るためにも力を蓄えておかねばならない。

その愛子はといえば、すぐ隣で行儀よく素麺を啜っている。食欲が戻ったようだ、と岩森はほっとした。子供というのは、弱いようで意外にたくましい。

——たくましいと言えば、ピアノさんもか。

昼間見た、彼女の態度は見事だった。商店主に売り渋られようと、女房たちが慌てて飛びだしてこようと、エツ子は眉ひとつ動かさなかった。一見華奢（きゃしゃ）で弱々しいお婆ちゃんに見えるが、肚（はら）が据わっている。なかなかどうしてタフな女性だ。

そういえば生前の節子が「ピアノさんは女傑よ」と常づね言っていた。「いざというとき、この村で頼りになるのはあの人だわね。万が一ノストラダムスの予言が当たっても、彼女だけは心配いらないわ。パニックで診療所に押しかける人たちを、最後の瞬間までなだめてくれるでしょうよ」と。

やはり節子は慧眼だった、と思う。もっと妻と話しておくんだった。愛子の将来も含

め、おれには節子の意見が必要だった——とぼんやり考えたところで、

「やいや、見てみぃ、隆也。もうなくなってしもたて」

元市の声が、岩森の甘い夢想を裂いた。

気づけば、素麵の鉢は空になっていた。

有美が肩を縮め、無言でうつむく。元市が芝居がかった濁声で喚きつづける。

「女ってやつぁ、これだすけな。亭主が長年汗水たらして働いてきたってがに、ちぃと雨で休んだだけで、素麵もろくに食わせねぇときた。ああ、やっぱり氏素性の知れねえ家から嫁なぞもらうもんでねえ。肝心なときに情がねぇわ。頭ん中は銭銭と、金勘定ばっかりらて。おとなしげな顔しよっても、陰で舌出してやがるのが、こんげなときによ
うわかる——……」

その日の午後も、岩森は吉見医師と村内の家々をまわった。

「愛子が閉じこもりきりで退屈しているので、連れてこようかとも思ったんです。でも、やめて正解でした」

岩森は言った。一時間ほど前から、またも雨がひどくなりつつある。

吉見がうんざり顔で同意した。

「ああ、かわいそうでも、いまは家から出さないのが正解さ。もし用水路にでも落ちて、流されちまったら大ごとだ」

道の端では、民家の雨樋が濁った音とともに大量の水を吐きだしている。いったんは引いた水だが、今後の雨量によってはまた冠水しそうな勢いだ。

吉見は濡れた額を手で拭った。

「とはいえ、停電でテレビもラジオもなしだからな。退屈する気持ちはわかる。愛子ちゃんはいま、おうちでなにをしとるね」

「出がけに見たときは、絵本を読んでいましたよ。隆也さんが小学生の頃読んだ、民話の本を物置から探しだしてくれてね」

「小学生用の本？　それじゃ愛子ちゃんには、ちと難しいんでないか？　漢字はまだ読めんだろう」

「読めるのはひらがなと、せいぜい漢数字くらいですね。でもふりがなが振ってありますから、読めないことはないようです。さすがに隆也さんの蔵書だけあって、桃太郎だの金太郎じゃなく『織姫と彦星』『鬼子母神』と格調高めでしたよ」

「鬼子母神、ねえ」

吉見が鼻先で笑った。

「この状況じゃあ、なんとも皮肉に聞こえちまうな」

「はい？」

「いやね、鬼子母神ってのは、自分の子供だけが大事ってな神様だろう。よその子は餌。でも自分の子供がいなくなれば半狂乱、と得手勝手な神様のお話だ。もちろん最後は、改心してめでたしめでたしだがね。——自分の子だけが大事、ほかのやつらが産んだ子なんか知るか、って態度は……どっかの誰かを思いださせるよ」

——矢萩吉朗と、大助のことか。

そう口には出さず、代わりに岩森は問うた。

「失礼ですが、吉見先生はお子さんは？」

「いや、いない。一度結婚したが、うまくいかなくてね」

「すみません」

無神経なことを言いました、と謝罪する。「いいんだ」と吉見は首を振った。

短い沈黙が落ちた。

歩を進めながら、得手勝手な神様か——、と岩森は反芻した。自分の子だけが大事、ほかのやつらが産んだ子なんか知るか、という態度。

確かに吉朗が大助をかばうやりかたは、およそ正しいとは言えない。

——だがもし、おれが彼の立場なら。

万が一にも有り得ないが、もしも愛子が犯罪者になってしまったなら。

答えは決まっていた。自分は、どんな汚い手を使ってでも愛子を守るだろう。世界じゅうを敵にまわして後ろ指をさされようとも、自分だけは最後まで娘の味方でいようとするだろう。

それが親のあらまほしき姿だ、とは言わない。親子のかたちはさまざまだ。現に岩森自身の父は、子供を身を挺して守るような父親ではなかった。母は生活に追われ、子供たちをかえりみる余裕もなかった。

成人してから岩森は、一度も故郷に帰っていない。結婚さえ電報で報せたきりだ。親からの返信はなかった。いまだ祝いの言葉ひとつない。ここ数年は、両親の顔すらろくに思いだせなかった。覚えているのは手酌で安酒を呷る父の背中と、夜中に内職の袋貼りをする母の首すじだけだ。

「……岩森さん。よければあんた、うちにこないか」

ぽつりと吉見が言った。

「そろそろ元市さんの家にも居づらいだろう。おれの家からなら、診療所にも来てもらいやすい。愛子ちゃんを連れて、移ってこないか」

「いいんですか?」

「おれは独り身だからね。あんたもそのほうが、気兼ねがないかと思ってさ」

岩森はすこし考え、首を横に振った。

「お気持ちはありがたいです。でも、やっぱりやめておきます。愛子が有美さんになついてるもんで、引き離すのは可哀想でね。……それに知ってのとおり、おれは酒が飲めないんですよ。先生の相手はとうていつとまりません」

茶化すように締めくくる。吉見が歯を見せて笑った。

「そうか、そいつは残念」

「すみません」

「いいさ。でも気が変わったらいつでも言ってくれ」

「ありがとうございます」

岩森は頭を下げた。正直、彼の家に厄介になるのは避けたかった。

先刻は茶化したが、吉見の酒癖の悪さは折り紙つきだ。村に住んでいた頃、一度付きあわされたことがある。愚痴上戸の泣き上戸だった。夜明けまでなだめ役をさせられ、へとへとになってしまったものだ。

道に溜まった泥水を長靴で撥ねながら、二人はしばし肩を並べて歩いた。

吉見が「おや」と合羽のフードを親指で持ちあげる。

「山から、ぞろぞろと下りて来やがるやつらがいるなあ。危ないから行くなと、あれほど言うとるのに。――まあ、気持ちはわからんでもないが」

岩森は吉見の視線を追い、そしてうなずいた。

「氷室に行っていたんですね」

手で目庇をつくり、列をなして下りてくる若者たちを眺めた。

山の氷室には、敬一の遺体が安置されている。いまだ正式な葬儀も挙げてやれず、茶毘(だび)に付すこともできぬ遺体である。おそらく皆で悼みに行ったのだろう。雨靄(あまもや)の向こうに連なり歩く長い影は、まさしく厳粛な葬列と映った。

7

降谷辰樹は、土蔵の外で薪割りをつづけていた。

氷室から戻った青年たちは揃って目を赤くし、洟を啜ってうつむいていた。土蔵の大扉と中扉を開けはなしているため、中の会話が切れ切れながらも辰樹の耳に届く。

「許せねえ……敬一をあんげな姿にしておいて、なんで犯人はまだ大手振って表を歩いてんだぁ。ほんに許せねえ」

「そんげ事、おれだって同じ気持ちだわね」

「いやあ、この場にいるみんながそうださ。……くそったれが、大助のやつ、今日も家で平気で寝坊こいていやがるとよ」

自警団による村内の見巡りは、昨夜からはじまっていた。若者の間で噂は一気に広まり、団員は予想以上のペースで増えつつあるという。

「おうよ。さっき巡回から戻ったやつが言うには、まだ大助の大鼾はつづいとるらしい。昨夜も一升酒かっ喰らって寝たらしいからな。いい気なもんさ」西尾の声だ。

「はあ。ようもまあ人一人殺しておいて、酒が楽しめるもんだて。つくづくあいつぁ、アタマいかれとるわ」

「だな。だいたい夜眠れるってだけでも驚きださ。おれなんぞ、まだ敬一の死に顔がちらついて離れねぇってがに……。大助のやつぁ、生粋（きっすい）の人でなしだ」

吐き捨てる声を背に聞きつつ、辰樹は廃タイヤを引き寄せた。

切りだした丸太を廃タイヤの穴に据え立てる。振りかざした手斧を、垂直に下ろす。

本来ならば割った薪はひなたで乾かさねばならないが、長雨でそれもままならない。

電気式暖房やガスコンロの普及で、ただでさえ薪の備蓄そのものが減っていた。ここ数日は、どの家も急ごしらえの薪で我慢しているらしい。

――しかし西尾のやつ、集会で煽りに煽ってくれたな。

辰樹は含み笑った。

「鬼だ、人間の屑だ」と大助を罵り、かと思えば、「敬一はいいやつだった」と涙ぐむ。彼のオーバー・アクトのおかげで、空気に酔った聴衆は頭から信じこんだ。降谷敬一を殺したのは矢萩大助にほかならない、と。

土蔵から、タカシの力んだ声が聞こえてくる。

「まあ見てればいいですて！　大助が枕を高くして眠れるのも、せいぜいあと数日ってとこですわね！」

――まったく単純なやつらだ。うらやましいよ。

辰樹はふたたび手斧を振りおろした。

やはり西尾をナンバースリーではなく、白鳥と同格のナンバーツーにしておいて正解だった。扇動というのは、偉いやつがやらねば効果が薄い。半端なランクの団員がアジったところで、オーディエンスは白けるだけだ。

──西尾と白鳥が、勝手に張り合ってくれるのも助かる。

二人が「われこそは辰樹の右腕だ」と火花を散らしているのを彼は知っていた。知っていて仲裁せず、放置していた。もとより仲良しごっこをさせたくて、西尾と白鳥を集めたわけではなかった。

辰樹は手斧を脇に置き、片手用の鉈に持ちかえた。大雑把に割った丸太を手にとり、樫の薪割り台に置く。

鉈を上げ、下ろす。刃の鋭さではなく、重さを使って叩き割る。機械的に動作を繰りかえすうち、見る間に薪の山ができていく。

鉈を振るいながら、辰樹は以前と同じ問いを脳裏に浮かべていた。

こんなとき、敦人がいたらどうしただろう──と。

そういえば昔、敦人に訊かれたことがある。

「辰樹はこの村が、そんげ嫌いか？」と。

あのときは「そんなことはないさ」と笑って否定した。だが、嘘だった。

──そのとおりだ。おれはここが嫌いだ。

鉈を振りおろして、胸中でつぶやく。

嫌いだ。この辛気くさい田舎のなにもかもが嫌いだ。憎んでいる、と言ってもいいかもしれない。

祖父が出稼ぎの金で、カラーテレビを買ってきてくれたときは嬉しかった。しかし、じきに辰樹は思い知った。この電子箱は、必ずしも人を幸福にしてくれるわけではないと。

テレビは〝都会の最新型流行〟を絶え間なく発信した。流行りの映画、流行りのファッション、流行りの本。華やかな芸能人に、知的文化人。僻地住まいの少年には、どれも絵に描いた餅でしかなかった。

物欲はかきたてられる一方だというのに、現実にはなにも手に入らない。あの服が、あの靴が欲しい。あの玩具が欲しい。あんないい女と付きあいたい、そう願ったところで、片田舎では望みの万分の一もかないやしない。

学生時代に優等生だったからって、それがなんだというのだ。

全校生徒の大半が辰樹に憧れていた。廊下を歩けば嬌声が湧いた。生徒だけでなく、教師までも彼に一目置いた。背中を焦がす嫉妬の視線さえこころよかった。

――だが、それがなんだ。なんにもなりゃしなかった。

いまのおれは、在郷の土木作業員に過ぎない。

朝から晩まで土にまみれて駆けずりまわり、首や肩が火傷するほど日焼けして、上司の女房の私用にこき使われ、粗野な同僚に小突きまわされながら、雀の涙の給与をもらうのみだ。

こんなはずじゃなかった。おれの人生は、青春は、こんな地べたで無為に浪費されていくはずじゃなかった。

なにもかもぶち壊したい。こんな村、滅茶苦茶にぶっ潰してやりたい。おれを下に見たやつ、嘲笑ったやつ、おれの未来を奪いやがったやつ、全員に思い知らせてやりたい。そう願ってなにが悪い——。

乾いた音をたてて薪が割れる。

泥を撥ねて、駆けてくる足音があった。辰樹は顔を上げた。

「辰樹さん！」

ノブオだ。合羽も着ず、全身ずぶ濡れで走ってくる。

「どうした」

「地蔵通りで見巡りしとった団員に、矢萩の男衆がいちゃもんつけてきよって……お、おれぁ、止めたんですが」

「喧嘩か」

思わず唇が緩む。顔をノブオに見られぬよう、辰樹は素早く土蔵を振りかえった。

「西尾！　問題発生だ」

「問題？」

西尾が首をもたげた。薄暗い土蔵の中で、白目が光っている。

辰樹は怒鳴った。

「そうだ、行け。使えそうなやつら集めて、早よう地蔵通りまで行って来ぇ！」

8

岩森は、吉見と通りを歩いていた。

村民から『地蔵通り』と呼ばれている道である。しかし吉見の足は昨日通ったルートをそれ、角を曲がって広い道へ入った。

「このまま進むと、帯留町ですが」

岩森は声をかけた。

帯留町はその名のとおり、かつては腕のいい帯留職人が住んだ通りだという。だが現在は、矢萩姓の表札ばかりが建ち並ぶ高級住宅街である。

「いいんだ、今日はちゃんとお呼びがかかってのことだから」

吉見が笑って答えた。

「今朝早ように、矢萩から使いの子が来てなあ。普段ならあの人らは、街のでかい病院まで車で行くんで、おれの往診なんざ用無しなんだがな。……まあこの災害下だ、向こうさんも贅沢は言ってられんのさ」

最初に向かったのは、今年米寿の老婆がいる家であった。

意外にも、耳が遠いほかは矍鑠（かくしゃく）としていた。息子が寝室から出たのを確認し、老婆は吉見へ顔を寄せた。

「じつは先生、診てもらいてぇのはうちの嫁なんだぁ」

「ん？　嫁さん？」

吉見は目をしばたたいた。老婆がうなずく。

「うんだ。なんて言うんだか、手がおっかしげな……ああそう、リウマチ。リウマチたらいうもんで手が動かねぇすけ、飯の支度にえらい難儀しとるんさ。けんど嫁のためだって言うと、息子が先生呼ぶのにいい顔しねえすけな。おれが具合悪りぃって嘘こいて、呼ばしてもろうたんさ。やいや先生、すくのうて申しわけねぇども、これで嫁の手ぇ、診てくんねろっかあ」

懐を探って、老婆はくしゃくしゃの千円札を差しだした。

吉見が微笑んで、「わかったよ」と答える。

「そんじゃ刀自さま、協力してくれるかい。心臓が痛いふりをして、『手伝いが要る』とここへ嫁さんを呼びつけるんだ。あとはおれたちでうまくやっとく」

次に向かったのは、糖尿病の老人二人を抱える家だった。

さいわい透析の必要があるほど重度ではないという。その次は喘息の幼い息子がいる家で、さらにその次は脳出血で寝たきりの当主を持つ家であった。

——矢萩の家とひと口に言っても、いろいろなんだな。

往診でまわるうち、岩森は実感した。

この村に彼が住んでいた頃、近しい矢萩の者は限られていた。一番はむろん節子で、次に元市。そして息子夫婦の隆也と有美くらいだ。

矢萩吉朗は、元市と同じく節子の伯父にあたる。しかし接点はほとんどなかった。社長の吉朗は多忙であり、直系以外の血縁に関心が薄かった。節子は恩のある元市とは親しくしたものの、それ以外の矢萩一族とは距離を置いているふうだった。だから岩森も、自然と彼女にならった。

いままで岩森が矢萩一族に抱いていたイメージはこうだ。尊大、見栄坊、高圧的、傍若無人、身内以外に冷淡、喧嘩っ早い、成金根性、粗野、閉鎖的――。

だが全員が全員、そうではないのだ。

確かに尊大な者もいる。吉朗の腰巾着としか呼べぬ者もいる。しかし皆がそうとは限らない。

リウマチの嫁のため、仮病をつかってでも医者を呼んでやる老婆がいる。喘息の息子を涙ぐまんばかりに心配する親がいる。いま彼らのまわりに漂っているのは〝怯え〟であった。この突然の孤立に、それによって一変した空気に、矢萩一族ははっきりと怯えていた。

「そういや吉見先生、――自警団の噂、もう耳に入れなすったかね」

そう言ったのは、脳出血で半身不随になったという五十代の当主であった。脈をとられながらの、不明瞭な発音である。

「自警団？　なんだそりゃあ」

吉見が問いかえすと、「……いや、知らねぇならいいんです」と当主は言葉を引っこめた。その口ぶりが、奇妙に岩森の気を惹いた。

「ああ、あれねえ。噂はちらっと聞きましたよ」

血圧計を取り出しつつ、下手な鎌をかけてみる。

「だが噂だけで、まだ現物にはお目にかかっちゃいないんです。どうなんです、彼ら、もう活動をはじめてるんですか？」

「はじめてるもなにも」

当主は顔をしかめた。

「嫁の話じゃあ、さっそく肩で風切ってわがもの顔で歩いてるそうですわね。どいつもこいつも『太陽にほえろ！』の刑事気取りで、偉そげにふんぞりかえっとるとか。まったくガキどもが寄り集まって、なぁにをやっとるんだか……」

ため息をつき、言葉を継ぐ。

「ほんでも、ここだけの話、あいつらの気持ちもわからねぇではねえですがね。吉朗さんや元市さんの前では言えねぇども、大助のやつを、ちっとのさばらせすぎたわね」

「ほう。大助さんを警戒しての自警団なんですか」と吉見。

「いやあ、はっきりとそう言われたわけではねぇけどさ。けど、ほかに考えられますかね？　今日だって吉朗さん家のまわりに、ガキどもが朝早ようから貼りついとるらしいもの」

彼は麻痺で動かぬ片頰を痙攣させ、

「だども、リーダーはあの子だすけな。ガキどもが調子こいても、きっとほどほどで諫めてくれるろう。ほかのやつならいざ知らず、搗屋の辰っちゃんなら――」

「え？」

岩森は聞きとがめた。

「辰樹くんが、自警団のリーダーなんですか」

屋号〝搗屋〟は、降谷辰樹の生家を指す。先祖が大きな米搗小屋を所有していたことから、そう呼ばれるようになったらしい。鵜頭川村において「搗屋の辰っちゃん」といえば、降谷辰樹のほかにはあり得ない。

当主が、空気の洩れるような声で笑った。

「そらぁそうでしょ。あの子の音頭以外でガキどもが動こうばさ。だってあの子はほれ、同じ年頃の子供らの、ヒーローてやつでねぇですか。辰っちゃんが髪伸ばせばみんな伸ばす。辰っちゃんが流行りの服買えば、みんな同じもん買いよる……」

そこで彼は、息を詰まらせて咳き込んだ。

はかったようなタイミングで、表から「おおい」と大声が響く。

「おぉい、ここに吉見先生がいるって聞いたんだが、おりますかあ」

吉見が障子を開け、首を伸ばして答えた。

「おう。おるが、どうしたね」

「おれが行きましょう」

巨体ゆえ、吉見はフットワークがよくない。代わりに岩森がいちはやく立ちあがり、廊下へ出た。

玄関戸が開けはなたれ、三和土に数人の村人が立っていた。矢萩の男衆だ。

両側から担がれるように、一人の男が運ばれてくる。鼻血で顔を染めていた。真っ赤な涎が唇からひとすじ糸を引き、喉がひゅうひゅうと笛のごとく鳴っている。

「どうしたんです」

岩森は問うた。男の右肩を担いでいる老爺が、顔をしかめて言う。

「ガキどもにやられたんさ」

「ガキども」思わず岩森は鸚鵡返しした。

「ああ、昨夜から往来をでかいツラで歩きまわっとるやつらさ。おれが駆けつけたときには、あいつら、寄ってたかって伸平を殴りつけとって――」

伸平と呼ばれた男が、鼻血を垂らしながら喘ぐ。

「ガ、ガキが調子こいて、道いっぱいに広がって歩いとったすけ、注意したんさ……。そ、そしたら肩ぁ、突いてきよった。やりかえしたら、ガキども、た、束んなってかかってきやがって……」

「わかりました。わかりましたから、もうしゃべらないで」

家人の許しを得て、岩森は仲平を寝間へ運びこませた。血まみれの彼を見て、当主の頬が大きく引き攣る。

「やいや、もう早や自警団がやらかしたか。言うたそばから、まったく……。辰っちゃんはいったい、なにをしとるんだ」

かがみこんだ吉見が、矢萩仲平の体を順に指で押していく。胸の一点を押されて、仲平は魂消る(たまぎ)ような悲鳴をあげた。

「誰か、仲平さんと自警団の諍い(いさか)を目撃していた方はいますか」

仲平の肩を押さえながら、岩森は尋ねた。老爺が首を振る。

「いや。一番に駆けつけたんはおれだども、とうに騒ぎんなっとったすけな。やりあっとったところは見てねぇんだ」

「そうですか」

つまり、客観的な目撃者はいないということか。あとがややこしくなりそうだ、と岩森は憂いた。言った言わない、やったやらないの水掛け論が起きかねない。

「どうします。吉朗さんに知らせますか?」

岩森は吉見にささやいた。

吉見が静かに首を振り、仲平に向き直る。無理に笑顔をつくって言った。

「仲平さん、あんたぁえらい災難だったな。まあ、ここだけの話にしときんさいな。ちっとばかしひびは入ったようだが、さいわいどこも折れてはおらん。あんただって、ガキにやられたなんて広まっちまったら赤っ恥だろう」

　伸平は一瞬顔をゆがめた。しかし忌々しげながらもうなずいた。

　まわりの男衆たちも、とくに反論はしなかった。


　応急手当てを終え、吉見と岩森はいったん廊下へ出た。

　岩森は嘆息した。

「まさか、若者だけの自警団とはね」

「火の元の用心を呼びかけるだの、火事場泥棒を見張るだのは必要です。しかし規律なしの自警団は賛成できません。その上多勢で道を広がって歩き、注意されただけで殴りつけるとは……」

「はなっから、矢萩に反感を持っとるガキどもの集まりなのさ」

　吉見が抑揚なく言う。

「もちろん、以前から反感はくすぶっとった。みんな表面上は、当たらずさわらずでやり過ごしてきたがな。それが道路拡張工事の反対運動をきっかけに表へ出はじめ、とどめにこの土砂崩れだ。導火線に、ついに火がついちまったって感じだな」

「辰樹くんが、諫めてくれるといいんですが」

「同感だ。だども、なんとも言えんな。以前のあの子なら、任せておいても危なげなかったが……」

語尾を濁してから、吉見は話題を変えた。

「それはそうとして、これ以上孤立がつづくと医療面もまずい。鎮痛剤、インスリン、抗生剤、強心剤、消毒薬。どれもじきに尽きる」

「ですね」

岩森はうなずいた。

ガーゼや包帯などはすでに在庫が切れ、女衆から清潔な布を寄付してもらっている。注射針や点滴針は、煮沸消毒しての使いまわしだ。

「井戸のおかげで、飲み水に不自由しないのは救いです。しかし食料のほうは、そろそろあやしいでしょう。村の外はどうなってるんですかね。鷺見市には、もう救援隊は到着しているのかな」

「さあな。せめてラジオの電波が入ってくれりゃいいんだが……。情報が遮断されてるせいで、よけい不安が煽られる」

「何日食いつなげばいい、と先が見えていれば余裕ができるんですがね。大人なら二、三日食わずとも飢え死にすることはない。しかし『蓄えが持つかわからん、救援がいつ来るかわからん、殺人犯が誰かもわからん』という状況がつづけば、誰だって神経が参っちまいますよ。体力が尽きるのが早いか、疑心暗鬼に押しつぶされるのが早いか……。考えたくないですね」

「蓄えといやあ、確か大根田さんの蔵に古米や古々米が積んであるはずだ」

吉見が言い、

「……いよいよ食いつめたら、男衆全員であの蔵をぶち壊すしかないかな」

と力なく笑った。

ふいに、岩森はうなじに視線を感じた。窓を振りかえる。

数人の若者が、ガラスに掌を押しつけるようにして家内を覗いていた。

ぶしつけな視線だった。岩森と目が合っても、そらす気配すらない。薄笑いを浮かべ、若者同士で目を見交わしあうと、ゆっくり去っていく。

岩森は無言で彼らを見送った。われ知らず己の腕を擦る。

上腕に、こまかな粟粒が生じていた。


吉見の提案にもかかわらず、伸平が自警団の青年たちに殴られた一件は、またたく間に村内に知れ渡った。

岩森が帰宅すると、元市は不在であった。有美が言うには、「矢萩の男衆に呼ばれて、出かけていった」という。

小一時間して帰ってきた元市は、ひどく不機嫌だった。

有美に肴の用意を言いつけると、一升瓶を抱えるように元市は飲みはじめた。

9

「ごめんなさいね。こんなときにお邪魔した上、お茶までいただいてしまって。ほんとうなら水菓子（みずがし）の籠（かご）でも提げてこなきゃいけないのに」

エツ子は籐椅子に座ったまま頭を下げた。いささか無礼だがしかたがない。彼女の脚では、畳に正座ができない。

一方、亡夫の姪は布団に横座りになっていた。寝間着の衿をかき合わせて、

「なあに言ってますの。こっちこそ寝込んでばっかでろくなもてなしもできねぇてがに。エツ子さんが見舞ってくれるなんて、こんげ嬉しいことねぇわ。手土産なんぞ気にせず、いつでも来てくださいな」

と、そこで悪戯（いたずら）っぽく声を低める。

「ここだけの話、あなた以外の人は辛気（しんき）くせぇし、悪口ばっかで嫌（や）んなりますて。そりゃもう小意地が悪うてね。知ってます？　商店街で売り渋りがはじまってるの」

「ええ、噂だけは」

エツ子は鷹揚（おうよう）にかわした。

「まあエツ子さんは顔が広いし、好かれてるすけ大丈夫らろっかね。だども、身内以外にはもう売らねぇって店ばっかりよ。とくに矢萩の女衆が来ると、みんなこぞって商品

を裏に隠してしまうらしいわ」

「まあ」

エツ子は口を手で覆った。ピアノ教室の生徒には、矢萩姓の少女が何人かいる。降谷だろうと矢萩だろうと、彼女にとっては等しく可愛い教え子だ。

「恵理子ちゃんや春ちゃんは、ごはん足りてるかしら」

「いまはなんとかなっとるんでねえの。矢萩の男衆は、まだまだ事態を甘く見とるらしいすけね。だども嫁さん連中はみんな、『このままつづいたら、子供に充分に食べさせてやれんかもしれん』って悲鳴あげとるよ」

義姪は薄い昆布茶を啜って、

「ベビーブーム世代の子は、おおかた小学生の食べざかりだもの。そら大弱りだわね。腹減ったー腹減ったーって子供らが喚いても、店はアイスクリームやジュースどころか、飴玉ひとつ売ってくれねぇんですと。氷屋なんぞは、三倍の値段をふっかけてるって聞いたわね」

「ひどい。あなたは大丈夫なの？」

「うちは平気よ。妹が三人とも降谷に嫁いどるし、弟は畑と鶏小屋を持っとるもん。噂では菜っぱの値段が倍で、卵は五倍らしいて。降谷は数が多い上、二割が商店で八割が畑を持っとるすけ、こんげなときは頼れるわね。親類同士で、うまいこと物々交換できていなさるて」

「吉朗さんはなにも手を打たないのかしら」

「なぁにしようばさ」義姫が鼻を鳴らす。「さっきも言うたように、まだまだ矢萩の男衆は甘く見てんだもの。『いつもどおりおれらが一喝すれば、降谷どもはへいこらする』と思ってんさ。大局が見えてないちゅうか、ほんにどっしょもねぇ」

「でも、お嫁さんたちは不満を訴えてるんでしょう?」

「はん。あいつらが女子の言うことなんか聞こうばさ。うるせぇと殴りつけて終わりでねえの。なにしろ血の気が多くて、酒癖の悪りいのが多いすけね、矢萩は」

義姫は急須を持ちあげた。

「エツ子さん。お茶、もう一杯いるかね?」

エツ子は籐椅子から腰を浮かせた。

「ありがとう。でももうおいとまするわ」

「そろそろ帰らないと、家に着く前に日が暮れちゃう。街灯がないぶん、いつもより早めに発たないといけないものね。お茶、ごちそうさまでした」

エツ子が外へ出ると、雨は小止みになっていた。

とはいえ薄黒い雨雲は頭上に居座ったままだ。エツ子は傘を左腕にひっかけ、杖で泥を探りながら歩いた。

大通りの商店はのきなみ閉まり、ひっそりとしていた。

——午前のうちに買い物しておいて正解だったわ。

口の中でつぶやく。いつも賑わっている通りが、いまは見知らぬ道に見えた。いや、通りだけではない。見慣れていたはずの景色が、馴染んでいたはずの人々が、ここ数日でまったく異なる顔を見せはじめている。

——人間はいい面も悪い面もあって当たりまえ、とは言うけどね。

頭ではわかっていても、やはり面食らう。困窮は、不安は、飢えは、期せずして人の隠れた一面を炙り出す。

——これ以上、悪いほうへ転がりませんように。

そう願った。災禍はもううんざりだ。

自分のことならばあきらめはつく。年老いて、しかも脚の自由がきかないこの身だ。高台が崩れたならば逃げられまいと、覚悟はすでにできていた。

だがエツ子には、生徒がいた。あの子たちに厄災が及ぶのは耐えられない。生徒たちは皆、若いどころか幼い。子供が不幸に見舞われるのは見たくなかった。

——ただでさえ、敬一くんという犠牲が出ているのに。

苦い吐息をついたとき、眼前へ人影がさした。

あやうくぶつかりかけ、たたらを踏む。エツ子はバランスを崩し、あやうく杖を落としかけた。

「ご、ごめんなさい。先生」

聞き覚えのある声だ。エツ子は顔を上げた。

降谷小百合が立っていた。エツ子のピアノ教室の生徒でもある。合羽姿の小百合はエツ子の腕をとり、落としかけた杖をその手に握らせた。

「大丈夫ですか、先生。ごめんなさい、わたし、ぼうっとしてて」

「いいのよ。それより小百合ちゃん、どうしたの」

「え——」

「顔いろがよくないわ。それに目が赤い。なにかあったんじゃないの?」

「いいえ、あの、わたし友達の家から帰ってきただけで。べつに——」

小百合はうつむいて口ごもった。

しかしエツ子は目をそらさなかった。小百合もまた、立ち去ろうとはしない。やがて根負けしたように、小百合は声を洩らした。

「……先生。村に自警団が結成されたこと、もう知ってますか」

初耳だったが、エツ子はうなずいた。無言で話のつづきをうながす。

小百合が合羽の裾を指で揉みしぼって、

「あの、友達が、その自警団に入ったみたいなんです。それでわたしも、今夜の集会に来ないかって誘われちゃって。もちろんその子のことは好きだし、仲良くしていきたいんだども……。どうしよう、断ったら嫌われてしまいますよね」

「いいえ。いやなら、いやって言うべきよ」

エッ子は即答した。

「そうでしょうか」

「ええ。いやなことを押しつけてくる友達は、友達ではないわ」

「よかった……。じつは港ちゃんもそう言ってくれたんです」

小百合の頬がほっとしたように緩む。

「港ちゃん？　ああ、港人くんね」

エッ子の脳裏に、野球部らしく短く髪を刈った精悍な少年が浮かぶ。そういえば小百合と港人は、近しい親戚筋のはずだ。

「ということは、港人くんは団員じゃないの？」

「まだ違うみたいです。お兄さんの敦っちゃんがほら、辰樹さんと親友だったでしょう。だからわたし、てっきり港ちゃんも団員だと思ったのに」

小百合が首をかしげる。

「辰樹くんと仲たがいでもしたのかしら」エッ子は慎重に言った。

「いえ。そんげふうではないんです。辰樹さんはリーダーらすけ、忙しくてそれどころでないでしょう。港ちゃんのほうも辰樹さんが嫌いとかじゃなくて、ちっとばかし現状に戸惑ってるというか」

「ふうん」

生返事を返しながら、エツ子は頭の中で情報を整理した。

この村内に急ごしらえの自警団が結成されたという。そのリーダーは、降谷辰樹であるらしい。

中学生である小百合のクラスメイトが団員で、港人も入って当然と思われていたのならば、メンバーの中核は若者たちか。

矢萩工業の現場主任を、突き飛ばしていたヒロユキを思い出す。

殺された敬一。身内以外に、とくに矢萩の衆に売り渋りをはじめている商店街。犯人探しをしようにも、容疑者の名すら口に出せぬ村内の空気。

「じつは――あの、うちの忠司兄ちゃんも、自警団に入ってるんです」

小百合が言いにくそうに告げる。

「忠司兄ちゃんは村長たちが進めてる道路工事に反対だし、矢萩の人たちのことも嫌いだから。でもあたしもお母さんも、なんだかそういうの、おっかなくて」

「おっかない?」

「ええ、あの……自分でも、よくわかんないんだけど。けど友達もお兄ちゃんも、道路工事の反対運動にかかわってから、おかしかったんです。見たことないような小難しい本めくったりして。自警団に入ってからは、もっと変。本の受け売りで、わけわかんないことばっか言ってます。うちのお兄ちゃんでなくなったみたい」

どう説明したらいいか、と小百合は考えこんで、

「あのう、あれです。あれに似てる。十年くらい前に外国の空港で銃を撃ったり、飛行機をハイジャックした人たちがニュースに出てたじゃないですか。いまのお兄ちゃんたち、あんな感じ。『われわれは』とか『いままさに立たんと』なんてしゃべりかたになって、目つきも変に据わって――」

両手で己の腕を抱き、身を震わせる。

「自警団の団員は、いま何人くらいいるの？」エツ子は問うた。

「五、六十人くらいじゃないでしょうか。その三割近くが女の子です」

小百合は濡れた前髪を払って、

「でも、その子たちも変なの。先生の前で、こんげ言葉使うのってあれですけど……グルーピーみたい。ほら、アイドルとかスターを追っかけまわして、恋人になろうとする人です。あの子たち、辰樹さんや西尾さんのグルーピー気取りです」

「グルーピー、ねえ」

エツ子は復唱した。耳慣れぬ言葉だが、小百合の説明でニュアンスは伝わった。

「ねえ小百合ちゃん。さっきも言ったけれど、いやなことはいやと言っていいのよ。友達に嫌われるかも、なんて心配しなくていいの」

決然とエツ子は言った。

「もし今後もしつこく誘われるようなら、わたしのせいにしなさいな。『ピアノ教室にいる、行儀作法にうるさいババア。あいつに睨まれると面倒でかなわない、だから夜に出かけるのはやめておく』ってね」

「そんな。先生をババアだなんて」

小百合は笑った。今日はじめて見せた笑顔であった。

微笑みかえしたエツ子の頬が、しかし瞬時に凍った。道の向こうで激しい水音がした

せいだ。重たいものが水面に叩きつけられたような、激しい音だった。

振りかえって、思わずエツ子は眉根を寄せた。

泥に浸かった道路に、若い女が四つん這いに倒れこんでいる。むろん汚水混じりの泥水だ。整った白い横顔だった。

――矢萩有美さん。

女ものの赤い財布が、泥にゆっくり沈んでいく。

有美の背後には、数人の女衆が立っていた。全員が矢萩だ。どの顔も冷笑をたたえている。吊りあがった唇がいっせいに動き、嫌味と悪罵を吐き散らす。

「……都合のいいときだけ、矢萩を名乗って……」

「どっちつかずの蝙蝠女(こうもり)……いい気味……」

「これはもらっておくわ……せめてもの、詫びの印……」

「あんたなんぞ、矢萩の者は身内と認めてねえ……調子にのるんでねぇ……」

罵る女衆は、胸に食料品らしき箱やビニール袋を抱えていた。頬に皺が寄り、目もとがゆがんでいる。人相が一変していた。

矢萩の女衆が、有美を突きとばしたのだとエツ子は理解した。おそらくは有美のあとを尾け、降谷の伝手で食料を手に入れた帰りを狙って、箱と袋を奪ったのだ。困窮しつつあるとはいえ、なりふりかまわぬ暴挙であった。

「ゆ、——……」小百合が喘いだ。

「有美、ねえちゃん。ひどい……」

小百合の頰は真っ白だった。

エツ子ははっとして、有美と小百合を見比べた。

そうだ。小百合と有美もまた近しい親類であった。その小百合の眼前で、有美が公然と侮辱されている——。

有美が四つん這いのまま顔を上げた。その瞳と、エツ子の視線が合った。

目で有美が訴えてくる。「小百合を向こうへ」という合図と、「黙って立ち去ってください」という懇願のまなざしであった。

エツ子はうなずいた。そして「痛いっ」と叫び、小百合の肩へすがった。

「先生？」

「ごめんなさい。雨が降ると、どうにも脚が痛んでね。……一人じゃ歩けそうにないみたい。小百合ちゃん、家まで肩を貸してくれない？」

華奢な肩にしがみつき、エツ子は自分の体で小百合の視界をさえぎった。

小百合の腕が背にまわる。ひそかにエツ子は歯嚙みした。小芝居で逃げるしかない、脆弱なわが身が不甲斐なかった。

小百合の手は汗ばんで震えていた。彼女とて、エツ子の芝居には気づいているに違いない。同じく力のない自分を恥じているのが、ひりひりと伝わってきた。

——小百合ちゃんは、自警団に入ってしまうかもしれない。

もしそうならわたしはそれを止められない。エツ子はまぶたを伏せた。

小百合は「お兄ちゃんたちが、赤軍派に似てきた」と言った。若者たちだけの自警団。過激なアジテーション。彼らは、矢萩によるこれ以上の圧政を拒んでいる。革命を起こそうとしているのだ。

——その中心に、降谷辰樹がいる。

エツ子は辰樹をよく知っていた。と同時に、どこか把握しきれずにいた。

幼い頃から辰樹は優秀だった。容姿端麗で、蠱惑的で、自分の力を心得ていた。ともすれば善にも悪にも傾きそうなあやうさが、いっそう彼を魅力的にしていた。

この村から辰樹を出すべきだった、とエツ子は常づね思っていた。辰樹自身のためにも、村のためにもだ。

鬱屈していく辰樹を見ているのはつらかった。そしていつか、こんな日が来るのではないかとも予感していた。

——なぜって、導火線に火をつけるすべを彼は知っている。

しばらく家を出られなくなりそうだ。エツ子は覚悟した。

ことが終わるまで、高台の自宅に閉じこもっているしかないだろう。止めたいけれど、この脚ではなにもできやしない。自分はしょせん、よそ者の年寄りに過ぎない。

無力感を嚙みしめながら、エツ子は小百合に支えられて通りをあとにした。

「どうしたんです、有美さん」

帰ってきた有美の姿に、岩森は目を剝いた。

有美は全身泥まみれだった。服や手足だけではない。首すじや頰、髪にまで泥撥ねが散っていた。

「ちょっとつまずいてしまいましたの。――すみません、そそっかしくて」

「すぐ洗ってください。もし汚水が口に入っていたら大ごとだ。まだ防疫のぼの字もできてやしないんですからね」

岩森は軒先の水甕を指でさした。

「水が足りないようなら、おれがもらってきます。吉見先生の名を出せば、みんな断りゃしないでしょう。ほら、早く早く」

有美はなにか言いかけた。しかし唇を閉じてうなずいた。

彼女の腕には、長いひっかき傷が走っていた。みみず腫れになっている。薄く鋭い爪の痕に見えた。

誰にやられたんですか、と問い詰めたい衝動を岩森はこらえた。つまずいただけで髪まで泥だらけになるものですか。親類の伝手をたどって買うはずだった食料は、いったいどうしたんですか――と。

有美を罵倒していた光恵が、脳裏に浮かぶ。

同時に、矢萩衆の嫁いびりに腹をたてていた節子を思いだす。

いよいよまずいな、と岩森は胸中でひとりごちた。

村じゅうで対立が起こっている。矢萩衆とそれ以外が反目し、大人たちは矢萩に商品を売り渋り、若者たちは自警団を結成した。均衡が、ついに崩れはじめている。長年の憤懣が、この孤立を機に噴出しようとしている。

矢萩の女たちは、さぞ鬱屈していることだろう。降りやまぬ雨。閉鎖した空間。氷室の死体。じりじりとせまる飢え。先の見えぬ不安。泣いて我儘を言う子供と、女の不満を力で押さえつけるばかりの男衆。

――有美は格好の、ストレスの捌け口というわけか。

岩森はひそかに舌打ちした。

同じような小競り合いが、今後もあちこちで起こるに違いない。そして争いは次第に大きくなる。男衆にもむろん伝播する。溜まった不満と焦燥が出口を求め、奔流となり、やがて雪崩(なだれ)を打つときがやって来る。

――それまでに、救援は間に合うだろうか。

気づけば岩森は、掌に汗をかいていた。

肩越しに母屋を見やった。有美の夫である隆也は、今朝から閉じこもりきりだ。元市はといえば、空腹をまぎらすように昼酒を喰らいつづけている。

屋敷をとりまく空気は、荒んで重くよどんでいた。

岩森は離れへ足早に戻った。なぜか、愛子の顔が見たくてたまらなかった。

第四章

1

【50年に一度の豪雨】【市街地襲う大水害】

17日未明から18日にかけて県内全域を襲った集中豪雨は、各地に甚大な被害をもたらした。県の調べでは16市町村で避難勧告が出され、S川とT川の氾濫、堤防決壊などにより家屋流失や住宅浸水が起こった。

被害総数はいまだ正確に把握できない状況がつづいており、公共機関、通信、電気等のライフラインも復旧のめどは立っていない。深刻な二次災害もあやぶまれ、今後の被害拡大が懸念されている。

——昭和54年6月20日　北越新聞朝刊

【堤防決壊、死者34人不明212人】

県全域を襲った記録的な豪雨で、広範囲の浸水および家屋流失被害が出たX県は20日、34人の死亡が確認されたほか、212人が行方不明になっていると発表した。22日以降、天候は回復する見込みだが、各地で地盤が緩んでいるため気象庁は引き続き警戒を呼びかけている。なお現時点で、いまだ9市町村が孤立状態となっている。

——昭和54年6月21日　中部新聞朝刊

2

夕方になって、唐突に雨がやんだ。

薄黒い雲はいまだ居座っている。しかし約二十日ぶりに「雨」ではなく「曇天」と言える天気となった。

村人の多くが頭上を仰ぎ、胸を撫でおろした。これで復旧のめどが付いた。数日以内に救援が到着するに違いない——と。

その頃、港人は例の土蔵にいた。

来たくて来たわけではなかった。土蔵は早くも自警団員の溜まり場となりつつある。午前中の集会に参加したことで、団のおおよその空気は摑めていた。率直に言って「肌に合わない」の一言であった。

再度ここを訪れたのは、従妹の小百合が心配だったからだ。

友達伝いに自警団へ誘われている、と聞かされ、港人は「やめておけ」と止めた。小百合のようなおとなしい子が、参加するまいと高をくくってもいた。

だが数時間前に戻ってきた小百合は、

「うちの忠司兄ちゃんの、言うとおりかもしれない」と呻くように言った。

「矢萩の人たちは、敬一さんを殺しただけじゃ飽きたらねぇんだろっか。わたし……わたし、有美姉ちゃんみたいになりたくない。このまま、黙って矢萩の言いなりでいたくない」

血の気が引き、別人のような顔つきになっていた。

「土蔵へ行く」と小百合は言い張った。「あそこなら友達がいるから」と。

制止したが、振り切られた。しかたなく港人はあとを追った。いまの小百合を一人にしておけなかった。

集会での熱気が嘘のように、土蔵はだらけた空気に満ちていた。

一時間もしないうち、小百合は場の雰囲気に馴染んでしまったらしい。遠慮がちながらも、ジュースをまわし飲みしたり、馬鹿話に混ざって笑顔を見せている。

港人は腕時計を覗いた。

五時三十八分。六時までには、引きずってでも小百合と帰るつもりでいた。

小百合の兄である忠司の姿は見えなかった。辰樹もいない。

いま上座に陣取っているのは、西尾健治だった。リーダー然としている。というよりは、威張っている。何段も重ねた木箱に腰を据え、高いところから年下の少年たちを睥睨する姿は、さながら時代劇の牢名主だ。

——敦人兄さんがいた頃は、あんな人じゃなかったのに。

辰樹は変わった。しかし西尾とて変わった。以前は頼りがいのある兄貴といったふうだったのに、最近は偉ぶるところばかりが目に付く。辰樹に認められたがっているのか、やたらと言動がぎらついている。

だが西尾より、もっと驚く変貌ぶりを見せた男がいた。白鳥和巳だ。

港人はその日、白鳥の笑顔をはじめて見た。それどころか彼は車座の中心にいた。白鳥を取り巻いているのは中高生の男子たちだ。全員が頬を赤らめ、目を輝かせている。白鳥の話に真剣に耳を傾けている。息を殺して聞き入り、ときに早口で質問を発する。

白鳥の甲高い声は、断片的にしか聞きとれなかった。

「ほら、インベーダーゲームと一緒さ。……トーチカに隠れながら攻撃……動ける角度と発射数は限られてる……だから陣地は有効に使わなきゃいけない。うん、そうだ。覚えが早いぞ……」

「おまえら『未来少年コナン』は観たか？　いや違う……おびき寄せて、こんなふうに罠を……」

「いいか。機転をきかせるんだ。『キャプテンフューチャー』では……キャプテンみずから、宇宙船をつくって……」

ファンタグレープの缶を片手に、白鳥が地べたの紙になにやら書きつけている。少年たちが紙に顔を寄せ、真顔でうなずきあう。

ゲームかアニメの話らしい、としか港人にはわからない。部活で忙しい港人は、テレビアニメをろくに観ていない。未来少年コナン。キャプテンハーロック。ダイターン3。ガッチャマン。キャプテンフューチャー。どれもタイトルを把握しているだけで、内容はまったく知らない。

――攻撃？　罠？　あいつら、SF小説でも書くつもりか。

「いざというときを、つねに想定するんだ……」

「……先手をとることが重要だ……」

白鳥を含め、全員が熱に浮かされたような目をしていた。恍惚の境地に見えた。蔵の奥にいた青年が数人、唐突に立ちあがった。

「われわれはァ、この革命が、歴史の必然であることをォ――。既存の勢力の解体と、理想の実現を目指してェ――」

港人は呆気にとられた。

しかし、誰も笑わない。青年が演説をつづける。

「農民や労働者への搾取をォ、これ以上許してはならないィ。われわれはここで立ちあがるべく、果敢かつ勇猛にィ――」

どこかで聞いたような言いまわしであり、声音だった。白鳥を囲む少年たちとはまた違う、憑かれたような目つきだ。

顔に血がのぼっている。唾を飛ばしては、拳を振りあげる。そんな彼を、少女たちがうっとりと見上げている。

港人は立ちあがった。限界だった。

少女たちの車座に割って入り、小百合の腕を掴む。

「帰るぞ、小百合」

「え……でも」

小百合の視線が泳ぐ。港人は決然と言った。

「駄目だ、帰るんだ。これ以上遅くなったら、叔父さんも叔母さんも心配する」

親を引き合いに出され、ようやく小百合はうなずいた。

従妹の腕を引き、港人はあとも見ずに土蔵を出た。

辰樹が土蔵に戻ったのは、港人が去ってから約二十分後だった。

「さっきまで敦人の弟がいたぞ」と西尾に知らされ、辰樹は「へえ」と蔵の中を眺めまわした。

白鳥が視界に入った。

見るからに、彼はご満悦であった。はじめてできた取り巻きたちをはべらせ、自身の

「作戦」とやらを熱心に伝授している。

　西尾は西尾で、傘下を集めてお山の大将を気取っている。奥では濁酒(どぶろく)で酔った団員が、思い思いに下手な演説を喚いている。

　——団員に酒を飲ませていると、港人は悟ったかな。

アルコールはよくも悪くも人の心を解きはなつ。濁酒の樽は、以前からこの土蔵にあった。だが「好きに飲んでいい」と解禁したのは最近のことだ。

　——もし知ったとして、港人は兄の敦人に密告するだろうか。

　そこまで考えて、馬鹿らしい、と辰樹はかぶりを振った。この状況下で、どうやって港人が敦人に告げ口するというのだ。電話は通じず、郵便は届かない。なのに、いったいなにを恐れているというのか。

　——恐れる？

　辰樹は含み笑った。恐れるだって？　なにをだ。敦人に知られることをか？　身の内に巣食う、この煮詰まった激情と殺意をか。知られたなら敦人に軽蔑されると、尻の青いガキのように怯えているのか。

　辰樹は迷いを払うように頭を振った。いま一度、白鳥たちを見やる。

　彼らは酒に酔ってはいない。それ以上に、空気に酔っていた。ジュースを片手に、額が触れそうなほど顔を寄せている。アニメやゲームを引き合いに出しては、死角からの攻撃がどうの、不意打ちがどうのと唾を飛ばしている。

その脇では数人が、白鳥愛蔵のＳＦ小説を読みふけっていた。『スラン』『オッド・ジョン』『人間以上』……。どの作品も、現人類より優秀な人類が誕生し、社会から迫害を受けるというストーリイだ。とくに後者二作品は結末こそ異なるものの、どちらも新人類だけの集団を築く話である。白鳥が、彼らになにを伝えたがっているかは明白だった。

視線に気づいたのか、白鳥が顔を上げる。

辰樹を見てにやりと笑い、

「長寿と繁栄を」

右手を挙げ、中指と薬指の間を広げてみせた。テレビ番組『宇宙大作戦』で、バルカン人がやる挨拶ポーズである。

辰樹は苦笑し、同じポーズで応えてやった。

3

雨がふたたび降りはじめていた。

次第に強さを増している。やけに雨音が大きい。

はじめのうち、その音は雨にまぎれて誰の耳にも届かなかった。トタン屋根を叩く雨太鼓にかき消されていた。

だが、うんざりと雲を仰いだ男の一人が気づいた。

「おまえら見れ！　あれ見ぃ！」空の一点を指さして叫ぶ。

つられて皆も顔を上げた。次の瞬間、ぽかんと口を開ける。

ヘリコプターが旋回していた。

雨に霞んではいるが、迷彩柄の機体は見てとれた。自衛隊のヘリコプターだ。やたらに大きな雨音と思ったのは、ローターの回転音が混じったせいだったのだ。

村人たちはわっと歓声をあげた。救援だ、と思った。

子供も大人も、家々から転げ出て天を仰いだ。その中に岩森もいた。愛子も、元市もいた。

しかしヘリコプターは、山の上を旋回しているばかりだ。いっこうに高度を下げようとしない。

「なじょしたんだぁ」

「ひょっとして、着陸できねぇんでねぇか」

それが正解だろう、と岩森は思った。

山間の鵜頭川村に、ヘリコプターが着陸できそうな平地は皆無である。ヘリが安全に離着陸するには、テニスコート二面分の空間が要るとなにかで読んだ。しかし村の平地は九割が田圃で、それを縁どるように段々畑が取り囲む。人々は敷地のほんの一角に住居を建て、身を寄せ合って暮らしている。

テニスコートや野球場はおろか、ヘリポートになりそうな屋上を持つ病院もない。村の子供らは小学校も中学校も隣の鷺見市へと通うから、校舎さえない。場所の問題だけでなく、強さを増しつつある雨も鬼門だ。いったん雨がやんだのを見てヘリを離陸させたに違いないが、不運にもまた降りだしている。空中の視界がいったいどうなっているのか、地べたにいる岩森には想像もできなかった。

「あっ」叫びが湧いた。

「なんぞ落としてったぞ」

「林のほうだ、拾え」

若者が駆け出した。先頭は、西尾と取り巻きたちだった。タカシとノブオがあとを追う。矢萩衆と降谷衆も、入り乱れながら走った。

日本では航空法によって、空中からの物資の投下は禁止されている。ただし災害下の自衛隊はその限りではない。

救援物資を支給していったんだ、と岩森は確信した。林の木枝を緩衝材代わりに、食料、水、医療品等を投下したに違いない。

これで、とりあえずの窮状は解消されたというわけだ。住民の心にもすこしは余裕が生まれるだろう。

われ先にと駆けていった西尾たちが、林から戻ってきた。ネットに包まれた大きな物資を、引きずるように抱えている。

枝に引っかかったネットを下ろしたせいか、誰の顔も擦り傷だらけだ。むろん、全身ずぶ濡れである。

しかし表情は輝いていた。出迎えた村人たちの顔も、一様に笑顔であった。

歓声と拍手があがる。誰からともなく隣人と肩を叩きあい、笑みを交わしあう。およそ三日ぶりと言える、なごやかな空気であった。

だが、その空気も長くはつづかなかった。

村長不在の鵜頭川村において、誰が物資の管理をするか——。公会堂に集められた家長たちは、満場一致で「管理人」に矢萩吉朗を選出した。

救援物資はリヤカーに積まれ、倉庫に運びこまれた。矢萩工業の倉庫であった。投下の衝撃で壊れないようにか、どの物資も特殊な梱包をほどこされている。開梱および仕分けは、明朝にまわされると決まった。

その物資が、夜のうちに盗まれた。

倉庫の見張りには、矢萩工業の若い社員が一人立っていたきりだ。犯人は見張りを棍棒で殴って昏倒させ、南京錠を壊して物資を奪っていった。

南京錠は、ハンマーで叩けば壊れる程度のしろものだった。もとより鍵をかけて眠る習慣すらない村人だ。今回に限らず、防犯意識はおしなべて低かった。

「おい、誰に殴られた」

「顔を見ていねえんか」

村人は見張りを口々に問いつめた。しかし彼はぼんやりとした顔で、

「なにも見てねえ」

「後ろから、いきなりやられた」と繰りかえすだけであった。

いきりたった村人たちから、「一軒一軒押しかけていって、村じゅうをしらみ潰しに捜せ」との声があがった。だがその何倍もの住民が、家宅捜索に反対した。

「おれん家はなんもしとらんぞ。なんで家捜しなんぞさせねばなんねぇんだ」

「疑われるようなことは、なんもしてねぇ」

「うんだ、うちに土足であがりこまれるなんて御免らて」

侃々諤々(かんかんがくがく)と男衆が言い合う中、ふと、一人の若者が言った。

「――だいたい吉朗さんが、きちんと管理しきれてねがったのがいけねぇんでねぇか？」

数秒、沈黙があった。

その空気を読みとって、自警団員が尻馬に乗った。

「うんだ。管理がなってねがったんが悪い。管理責任ちゅうやつだ。責任と咎(とが)は、管理者が負わねばなんね」

「だいたいその責任を決めるために、手間ぁかけて公会堂で選挙したんでねか？　間違いなくこいつは吉朗さんのヘマだ。そっつらツケを、おれらが払わされんのはおかしいわね。なあみんな？」

村民の八割が、内心で望んでいた台詞であった。

一気に風向きが変わった。矢萩姓以外の男衆は、わっと自警団員の言葉に飛びついた。

「そんだそんだ。吉朗さんの不手際を、こっちに押っつけらっても困るて」

「信用して任せたてがに、このていたらくではな」

「偉そげなこと言うて引き受けたからには、最後までまっとうしてもらわねば」

男たちは異口同音に、吉朗の責任を言いたてた。

「いまそんげこと言うても、しゃあねえろうが」

「吉朗さんに任すて言うたんは、ほかでもねぇお前さんたちでねっか」

と矢萩姓の男たちが慌てて反駁したものの、すでに多勢に無勢であった。全住民の一割に満たない矢萩衆は、取り囲まれて小突かれ、罵倒された。

村人たちは失望し、消沈していた。いったんの喜びと安堵があっただけに、その落胆はひとしおであった。

やるせない怒りと不満は、誰かにぶつけるしかなかった。いまの矢萩衆は恰好の獲物だった。そこにはむろん、長年の圧政への意趣返しも含まれていた。

糾弾は一時間以上つづき、矢萩衆が撤退したのちもおさまらなかった。

報復を恐れ、矢萩吉朗は屋敷に閉じこもった。

代わりに大手を振って道をねり歩きはじめたのが、降谷辰樹率いる自警団だ。

「物資を盗んだ犯人を突き止める」

「村の治安は誰かが守らねばならねえ。犯罪を増やすな。女子供を守れ」

「敬一を殺した犯人も探す。警察が来る前に、必ず見つけてみせる」

そう彼らは公言した。

いまや村の若者の七割強が自警団に所属していた。残る三割も、ほとんどが支持者であった。

大人の女衆は、「女子供を守れ」と宣言した彼らを好意的に迎えた。対する男衆は苦笑いで、自警団をやや遠巻きに眺めた。

一夜が明けて、男衆はふたたび事なかれ主義の仮面をかぶりはじめていた。彼らは片目で現在を見、もう片目でいずれ戻る日常を見据えた。矢萩に対する失望と軽侮の念は消えていないが、「今後どう転ぶか」を薄目で見守る算段であった。

彼らは矢萩の様子をうかがっても、自警団をうかがいはしなかった。

「ガキどもが跳ねかえりよってよ。まあほっときゃいい。ちょっとばかし無茶したとしても、おれたちが拳骨をくれてやればすぐにおとなしくなるさ」

と高をくくっていた。

その侮りを、若者たちは敏感に察した。

矢萩に対する憤懣。打算で掌をかえす大人たちへの反感と反発。どす黒い感情が、自警団に深く根を下ろしつつあった。

辰樹は、憤る団員たちをただ眺めた。いっさい諫めなかった。西尾が好き勝手にふるまい、白鳥が取り巻きを増やしていくのを、無言で見守った。

「また怪我人が出たぞう。今度は頭を殴らって、鶏を盗まれた」

との報せを受け、岩森が吉見医師とともに駆けつけたのは午前十一時のことだ。

頭部を殴られた青年は、降谷秀夫であった。屋号〝松下〟の次男坊だ。襲われた兄嫁をかばって、大助に鼻骨を折られた青年である。

道へ横たえられた秀夫は吉見を見るなり、

「大助に、やられました……」と苦しげに言った。

「だども、後ろからやられたんだろう。はっきり顔が見えたのか?」

吉見医師が問う。秀夫は顔をしかめて唸った。

「声が、聞こえました。『ざまあみろ』と、言っとった。……あんげ事を言うのは、大助のほかにねぇ。あいつに決まってます」

秀夫は、硬い棒状のもので後頭部を殴打されていた。派手な出血だが大した傷ではない。さいわい、めまいや吐き気もないという。

「小屋から救援物資を盗んだやつと、同じ手口でねっか」

野次馬から声があがった。

「あれも後ろから忍び寄って頭をボカン、だったろうがよ。先生、よう傷を調べてください。きっと凶器だって同じらて。つまり同一犯人さあ」

「ということは、物資を盗み出したんも大助のやつに違いねぇて」

群衆が熱を帯びはじめる。

「おいおい、そう決めつけるなって」

慌てて吉見は手で制した。

「だいたいなんで大助さんが、倉庫から物資を盗む必要がある。あの一件で面目を潰したのは、ほかならぬ父親の吉朗さんなんだぞ」

「なんでって、そらぁ一番食うに困ってるのは矢萩のやつらだもの」

野次馬の若者が叫んだ。

「あのまま小屋に置いといたら、村のみんなで分けねばならねかったろうよ。だども夜のうちに盗まれたことにしてしまえば、矢萩の丸もうけでねぇか」

「うんだ。考えてみれば、鍵の甘い倉庫に運び入れた時点でおかしいわね」

「最初からそのつもりだったんさ。だいたい矢萩の手引きなしに、あっつけ簡単に盗み出せるわけがねぇわ」

「大助のやつぁ、ただでさえ大食いだすけな。食うにこと欠いたら殴ってでも盗み出す、いかにもあいつのやりそうなことだわね」

「いや待て。ちょっと待てって」

吉見は立ちあがった。

「仮に――仮にだ、物資を盗んだのが大助さんだとしよう。だとしたら翌日すぐに、同じ手口で秀夫くんを襲うのはおかしくないか。それでは『どっちも自分の犯行だ』と喧伝して歩くようなもんでねぇか。大助さんは確かに、ちっと線の切れたとこがあるけども――」

「先生、なに言うとるんですか」

野次馬の背後から、のそりと影があらわれた。

西尾健治であった。彼は冷笑を浮かべて、

「大助のやつに、理屈は通用しませんて。それぁ長年近くであいつを見とったおれらが、一番わかっとることでないですか。あいつは殴りたいときに殴る。犯したいときに犯す。それを長年許してのさばらせてきたんが、父親の矢萩吉朗だ」

そしてその結果が、敬一の死にざまです――。

低く西尾は言った。気づけば彼は、従者のごとき若者たちに囲まれていた。西尾も若者たちも、一様に頰に嘲笑を貼りつけている。

これが自警団か――。岩森は思った。

動きが早い。にわか団とは思えぬほど統率が取れている。噂では、自警団のナンバーツーは西尾と白鳥だそうだ。

西尾を見つめる団員の目つきには、陶酔と尊敬があった。彼らを従えた西尾の瞳も、勝ち誇ったように光っていた。

岩森は、無意識に辰樹を目で探した。

――いた。

西尾の斜め後ろに立っている。一人だ。西尾のように取り巻きをはべらせてはいない。なぜか辰樹は、岩森を見ていた。まともに目が合った。

肌が粟立つのを、岩森は感じた。

辰樹は、数日前に再会したときと同じ眼をしていた。冷えきった感情のない瞳だ。その底に、よどんだ怒りと恨みをたたえていた。

岩森は唇を噛んだ。

彼には辰樹が理解できた。なぜならその瞳は、かつての岩森自身の瞳だったからだ。

勉強したかった。貧しさゆえ、進学をあきらめざるを得なかった。貧困の根は両親にあった。父は無計画に子を産ませるだけ産ませ、酒に逃げる弱い男だった。母は母でそんな父に逆らえず、陰で愚痴を垂れ流すだけだった。

十代の頃、岩森はすべてを恨んでいた。

集団就職で上京してからも同じだ。表向きは金の卵ともてはやされながらも、身を粉にして働かねばならない暮らしだった。胸に絶えず怒りをくすぶらせていた。親を憎み、社会を敵視していた。

爆発しなかったのは、ひとえに節子と出会ったおかげだ。彼女との出会いは、岩森の人生を一変させた。

やがて愛子が生まれ、岩森は誓った。

おれは父とは違う。この子のいい父親になってみせる——と。

愛子におれと同じ苦労はさせない。負の連鎖はおれの代で終わりだ。この子に精一杯の愛情をそそごう。望むだけの教育を受けさせてやろう。でき得る限りの機会と選択を与えよう。おれは両親の轍は踏まない。けして彼らのようにはならない。

依存や執着ではない愛情がこの世にあると、節子は教えてくれた。正しい愛しかたを、彼女によっておれは学んだ。

——でも辰樹には、おれにとっての節子がいない。

辰樹は外界へ脱出することがかなわなかった。邂逅のチャンスがなかった。いまの辰樹は、節子と出会えなかったおれの姿だ。

村を出られず、兄を失い、親友を失い——。そうして、辰樹は変わった。

喧騒の中、岩森は辰樹としばし見つめあった。

先に目をそらしたのは、辰樹だった。きびすを返す。背中を見せ、雑踏の向こうへと足早に消えていく。

岩森は短く息を吐いた。事実上の決裂であった。

目と目のやりとりで、辰樹は悟ったに違いない。岩森は二度と彼の側に立ちはしないと。岩森の中にあった共感は、〝大人側〟からの同情に変わってしまったと。

秀夫の手当てを終えて帰る道すがら、岩森は吉見に申し出た。

「すみません。勝手ながら、明日からお手伝いは控えさせていただきます」

「明日から？　なぜだい」

「娘のそばにいてやりたいんです。先生だっておわかりでしょう、いまの村内の状況を。――愛子を、もう一人にしておけません」

4

元市宅の昼食は粥だった。今朝から卵は付かなくなった。

乏しい食料ながら有美は精一杯工夫しているらしく、大葉で巻いた焼き椎茸、佃煮、車麩の味噌汁が出た。味噌汁は、顔が映りそうなほど薄かった。

「辛気くせぇ飯だ。こんげ粗末なもん出しくさって、まったく」

朝から酒びたりの元市が、乱暴に膳を押しのける。

「もらいもんの大和煮の缶詰がまだあったろうが、あれを開けれ。愚図愚図するな、さっさとせぇ」

有美はおろおろするばかりだった。代わりに立ちあがったのは隆也だ。

台所から戻った隆也が、缶詰と缶切りを無言で父親に差しだす。元市は缶詰をひったくり、おぼつかぬ手つきで缶切りを使った。

ふたたび手酌で酒をはじめる。息子にも嫁にも背を向けた姿勢だった。背中に、はっきりと拒絶が浮かんでいた。

岩森は膳にビニール風呂敷をかけ、離れへ運んで愛子と二人きりで食べた。酒びたりの元市を、愛子に見せたくなかった。

元市は高圧的ではあるものの、普段は気前のいい豪放な男である。しかし、いまは美点が消えていた。恐怖が元市を変容させていた。

――やりかえされるのでは、という恐怖だ。

現在、矢萩吉朗の威光は地に落ちている。すべての火種となった大助は反省するどころか、さらに猛り狂っていると聞く。吉朗父子への反感と白眼視は、強まるばかりであった。

鈍感だった矢萩衆も、さすがに怯えに染まりつつあった。かつて尊大だった者ほど、その怯えは深かった。やってきたことをやりかえされるのではないか。過去のおこないが跳ねかえってくるのではないか――という怯えだ。

雨足は弱まりかけている。だが救援のヘリコプターが再訪する気配はない。食料も物資も薬品も、乏しくなる一方であった。

不安と焦りが人々を追いこむ。神経を、心を、じりじりと削りとっていく。

「愛子、お父さんのお粥も分けてやろう」岩森は言った。

愛子が即座に首を振る。

「ううん、いい。お腹いっぱい」

嘘だと、娘の表情でわかった。

岩森の胸がちりっと疼く。確かに愛子は食の細いほうだ。だがこんな薄い粥と味噌汁で満腹になるはずはない。

お菓子やジュースだって欲しいだろう。普通の子供ならいま頃は「あれが欲しい、これが食べたい、おうちに帰りたい」と泣き喚いているはずだ。

——節子が生きていた頃は、あれほど〝いい子〟じゃなかった。

——いまの愛子は、なんというか……あの歳にしては、聞き分けがよすぎる気がします。

彼自身が、有美にこぼした台詞が思いだされる。

岩森は笑顔をつくり、手付かずの味噌汁を娘の膳に置いた。

「ごめん愛子。いままで黙ってたけど、じつはお父さん、お麩が嫌いなんだ。残したら有美おばちゃんに怒られるから、お父さんのぶんまで食べてくれるか？」

麩は高蛋白質食品であり、汁を吸うぶん満腹感を得やすい。

愛子がこくりとうなずいた。早く救援が来ますように、と岩森は強く祈った。

ほぼ同時刻。矢萩廉太郎は、玄関の軒先に置かれた紙袋を発見していた。

親を呼ぼうとして、思いなおす。

——いやがらせかもしれない。

矢萩姓の家に、村民の厳しい目が集まっているのは知っていた。もしそうだったら、親には言わず庭に埋めてしまおう。

犬の糞か。いや、鼠の死骸かもしれない。まさか爆弾ではあるまいと、覚悟を決めて紙袋を開けた。

しかし、どちらの予想もはずれた。

紙袋に入っていたのはＨＩ－Ｃの缶ジュースが三本と、賞味期限が一昨日の魚肉ソーセージが三本。そしてビールの空き瓶に詰めた水と、白桃の缶詰であった。

空の袋を逆さに振ると、折りたたんだ紙片が舞い落ちた。広げてみる。漫画雑誌から切りとったらしい、大場久美子のピンナップであった。

――港人だ。

廉太郎の肩から力が抜けた。

胸の底が温かくなった。顔が泣き笑いにゆがむ。食料より水より、親友が自分を忘れていないことが嬉しかった。

廉太郎は急いで廊下を走り、紙袋を両親のもとへ届けた。

だが予想に反し、両親は笑顔ひとつ見せなかった。喜ぶどころか舌打ちし、忌々しげに眉根を寄せた。

「なんだ、たったのこれっぽっちか」

「商店の子ならもっと融通できるでしょうに。こういうときに、生来の心根が出るものよね。けちくさいったら」

廉太郎は愕然とした。「そんな言いかたって……」と反論しかけ、言葉を呑む。

「水だってもっと持ってこれたはずだろう。片手間のほどこしか、馬鹿にしやがって」

「見てこのソーセージ、賞味期限切れよ。残飯を態よく押しつけたってわけね」

誇りつづける両親の横顔が、醜くいびつに見えた。

廉太郎は黙って部屋に戻った。

廊下をたどりながら、無意識に手で心臓を押さえる。たったいま温もったはずの胸は、硬く冷えきっていた。


その頃、港人のもとには乾物屋の忠司が訪問していた。小百合の兄であり、秋田犬リュウの飼い主でもある従兄だ。

「港ちゃん、小百合を家まで送ってくれたそうだな。すまねがった。おれぁ、ほかの用事で忙しかったすけ」

「いいんだ」港人は首を振った。

「ところで」忠司が素早くまわりをうかがい、顔を近づけてささやく。

「D——大助のこと、聞いたか」

「大助？　またなにかあったの」

港人も声を抑えて問うた。忠司が身をかがめろと手でうながす。二人は庭の植え込みの陰へしゃがみ、額を寄せあった。

「ほんの三十分くれぇ前のことさ。地蔵通りの指物屋の前でな、べろべろに酔っぱらった大助が、見まわり中の辰樹さんに因縁つけてきよった」

「大助が、なんで辰樹さんに？」

「わがらね。だども『物資が盗まったのはおまえの差し金だろう』だの、『親父に言って馘首にしてやる』だのと絡んできたらしい。もちろん辰樹さんは相手にしねがったわね。だどもあの野郎、なんと匕首を抜きやがった」

「そんな」港人は瞠目した。

「辰樹さんはなじょしたのさ。無事なんか？　まさか刺されたんじゃ」

「いや。さっきも言ったように、大助のやつぁ酔って千鳥足だった。辰樹さんは、ウインドブレーカーの袖を切られただけで済んださ。だども、自警団の巡回中のことすけな。辰樹さんより、西尾さんたちのほうが怒ってしもうて」

忠司が言葉を切り、にやりと笑う。

「大助がどうなったと思う？　十数人がかりで、袋叩きよ」

忠司は歯を剝いていた。心底楽しそうに目を輝かせていた。

慎重に、港人は尋ねた。

「忠司兄ちゃんも、そこにいたんか？」

「いんや。残念ながら、おれが駆けつけたときはとっくに終わっとった。先に着いた吉見先生が、大助の具合を診とったよ。大助のやつぁ、地べたで血まみれのぼろきれみてぇになっとった」

「――死んではいないんだよね？」

港人はおそるおそる訊いた。忠司が吐き捨てるように、

「ふん、あの生き汚ねぇやつが死ぬわけねぇさ。骨は何本か折れとったようだが、内臓に刺さったりもしてねぇとよ。ただし三日四日は動けんそうだ。いまは自宅に運びこまれて、うんうん唸りながら寝とるわね」

「矢萩の衆から、自警団に苦情は？」

「矢萩吉朗はだんまりだ。意外らろ？　たぶん物資の件の失態が、よっぽどこたえたんでねぇかな。だども、ほかの大人どもや吉見先生には『やりすぎだ』と言われたな。辰樹さんが『正当防衛だ。大助は刃物を持ってたんだぞ』と反論したら、言いかえせずに黙ったけども」

　いい気味だ、と忠司は笑った。

　しかし港人は笑えなかった。匕首を抜いたという大助。袖を着られたという辰樹。多勢に無勢のリンチ。なにもかも、別世界のことのようだ。

「……それで忠司兄ちゃんは、大助がやられたって教えに来てくれたんか？」

「しまった」忠司が額をぴしゃりと叩く。

「やいや、ついよけいな話が長うなってしもた。そうでねぇんさ。港ちゃんを、集会に誘いに来たんらった」

「集会……って、また自警団の？」

「ああ。今回の大助の件は、こないだと違って自警団に味方する声のほうが大きかった。とくに女衆のほとんどが、おれらの味方についたわね。風向きが変わった、ちゅうやつかな。団員もずいぶん増えたことだしな。士気を高めるためにも、ここらでいっぺん集まっといたほうがいいろうが」

なんのための士気だ、と港人は訊きかえさなかった。

断るべきか、しばし迷う。あの集会の空気は嫌いだ。自警団の主張には賛同できない。だが行かなければ、情報も手に入らない。

――廉太郎のためにも、なにが起こっているか把握しておかないと。

この孤立がどれほどつづくかわからない。救援が来るまであと数日、もしかして一週間か十日かかるかもしれない。

その間に、村民の矢萩に対する悪感情はおさまるだろうか。それともさらにエスカレートするだろうか。先の見当がつかなかった。

「うん、おれも参加するよ」港人は決心した。

「したら、このまま行くぞ。もちろん親父さんには内緒な」

忠司が唇に指を当て、立ちあがる。

港人は「ちょっと待って」と言いざま、倉庫へ走った。手にＨＩ－Ｃの缶ジュースを二本持って戻る。むろん冷えてはいないが、忠司は相好を崩した。

「さすが港ちゃん、気が利くのう。ありがとよ」

「ううん」

これで、在庫の数が合わないとばれても「忠司兄ちゃんに頼まれて渡した」と言いわけが立つ。忠司の名を出せば、父は拳骨ひとつで許してくれるに違いない。

「さ、行こう」

港人は従兄の肩を押した。

集会は、閉めきった土蔵の中でおこなわれた。

外から覗けぬよう、明かりとりの窓すら暗幕で覆っている。漆喰壁はひとすじの光も通さず、真昼だというのに真の暗闇であった。天井から吊るした石油ランプだけが、濁った薄赤い光を投げ落としている。

辰樹は木箱の壇上から、集まった団員に声を張りあげた。

「大助の一件は、すでに皆の耳にも入っていると思う! やつは白昼堂々、匕首を抜いてわれわれに襲いかかってきた。そのとき切りつけられた跡が、これだ!」

彼はウインドブレーカーを掲げてみせた。

袖の部分が大きく切り裂かれている。集まった少年少女たちから、呻きとも唸りともつかぬ声が洩れた。

「だが心配はいらない。自警団はただちにやつを制圧した」

拍手が湧いた。最初はまばらだったが、次第に大きくなっていく。

辰樹は拍手が静まるまで待って、

「われわれは大助から、匕首を没収することに成功した。諸君、ここで思いだして欲しい。あの敬一を刺した凶器もまた、鋭い匕首状の刃物であったと！」

一転して、土蔵が静まりかえった。

辰樹がつづける。

「われわれは、敬一が眠る氷室へ向かった。――しかし遺体の傷口は、残念ながら大助の匕首とは一致しなかった」

団員たちが、口ぐちにため息を洩らす。失望のため息であった。

辰樹は思わせぶりに彼らを見まわしてから、

「――つまりやつらは、まだなにか隠しているということだ！」

と吠えた。

ふたたび土蔵が静寂に包まれる。

港人は困惑した。辰樹らしからぬ決めつけであった。

こもった空気に、港人は熟柿の臭いを嗅いだ。嗅ぎなれた臭いだ。酔漢の呼気であった。それも、一人や二人ではない。

――後方で、酒をまわし飲みしているやつらがいる。

閉めきってこもった土蔵の空気に、熱気と体温と奇妙な一体感、そしてアルコールが満ちはじめている。

手に柄杓が押しつけられるのを感じた。隣に座る忠司からであった。

柄杓に顔を近づける。予想どおり、酒だ。それもそうとうに強い。口をつけて飲むふりをし、港人は柄杓を反対隣の青年へまわした。

壇上では、辰樹が拳を振りあげている。

「確かに傷口と刃は合わなかった。だがそれだけで、犯人が大助でないなどと思えるか？　答えは否だ。われわれは、やつを知っている。他人を躊躇なく殴れるやつだ。他人めがけて、刃を躊躇なく突き出せるやつだ。そんなやつが、この村に二人といるか？いないだろう。やつのほかに犯人はいないと、われわれは肌で知っている。この村で生まれ育った、われわれこそがわかっている！」

これは誰だろう、と港人はいぶかしんだ。

彼の知る降谷辰樹は、知的でスマートだった。こんなふうに泥くさく声を荒げ、証拠なく感情的に人を糾弾するような男ではなかった。

「ということは、凶器はまだほかにあるということだ。さあ諸君、考えろ。となれば誰が隠している？　大助が信用してあずけるとなれば、身内以外にはあり得ないではないか？　つまり大助には、血縁の共犯者がいるのだ！」

辰樹が叫ぶ。合いの手を入れるように、壇上で西尾が同調する。

「そうだ諸君、気をつけろ。共犯者は一人とは限らないぞ。二人か？　三人か？　それとも矢萩全員か？　気をつけろ、疑え！　おれたち団員以外は誰も信用ならん。すべてを疑え！」

港人の左隣に座る忠司の喉仏が、ごくりと動いた。右隣の青年も同様だった。二人とも息を詰め、目を爛々とさせて壇上を見つめている。

——うずうずしていやがる。

港人は眉をひそめた。ここにいる全員が、騒動の顛末を知っている。大助が袋叩きにされたと知っているのだ。誰一人、暴力に怯えていなかった。

団員たちは「すかっとした」「ざまを見ろ」と猛っていた。騒ぎに居合わせた者は快哉を叫び、居合わせなかった者は「次こそはおれも」と焦れていた。

暴力へのハードルが低くなっている。港人は実感した。

団員は、われこそは正義だと思いこんでいる。これはただの暴力ではない、制裁であり、正当な鉄槌だと信じきっている。

「われわれは、村を守らねばならない！　諸君の手で、女子供を守れ！　村の財産を守れ！　そのためには、疑え！　つねに最悪を想定しろ！　甘っちょろい考えは捨てろ！　甘ちゃんのままでは、なにも守れない！」

辰樹の張りのある声が響きわたる。漂うアルコールの臭いが濃い。酔いが、正気を鈍麻させる。ランプだけが照らす薄暗い空間を、興奮と酩酊が支配していく。

「ここに集結せし学生労働者諸君、立ちあがれ！　村内の支持は、われわれに傾いている！　風はわれわれに吹いている！　むろん、既存の権力による妨害はあるだろう、しかし屈するわけにはいかない！　いまこの瞬間、われわれは断固として、実力闘争に決起する！」

港人は唖然と辰樹を見上げた。

――学生労働者諸君、だって？

そうだ、これに似た光景をテレビで観たことがある。しばらく前に都会で流行った学生運動だ。確かにこんな言いまわしで、こんなふうに肩をいからせ、独特の抑揚をつけてアジテーションしていた。あの学生たちに、いまの辰樹はそっくりだ。

「おう、決起するぞ！」

最前列の青年が立ちあがった。

それを皮切りに、われ先にと聴衆が立ちあがりはじめる。

「決起する！　実力行使だ！　実力闘争に決起するぞ！」

彼らは声を揃えて吠えた。青年や少年だけではなかった。少女も拳を振りかざし、怒号を発していた。どの顔も真っ赤に上気し、汗みずくだった。

港人も立ちあがった。彼らの意見に賛同はできないが、興奮状態のさなかで異分子と見なされては危険だ。忠司の真似をして、拳を突きあげた。

熱を帯びた聴衆の中から、ひときわ高い声が湧いた。

「辰樹さん！　凶器といえば、矢萩吉朗は雉撃ちをするてぇ！　あいつら、猟銃を持ぇとる！」

一瞬、虚を衝かれたような沈黙が落ちた。

数秒ののち、さざ波めいたざわめきが広がっていく。

「そうだな。やつらが銃を持ち出したらまずいて」

「矢萩には重機もあるしな」

「いまさらなんだ。そんげ事は、もう織り込み済みでねぇか」

さっきの声は誰だろう、と港人はいぶかった。「矢萩吉朗は雉撃ちをする」と叫んだ声の主は。

――辰樹親衛隊の、タカシの声に似ていたような。

ざわめきはつづいている。興奮から一転、団員は〝銃や重機を持ちだすかもしれない強大な権力〟への対抗策を具体的に練りはじめていた。熱狂に冷水を浴びたどころか、むしろ嬉々としていた。

港人のすぐ横で、忠司が叫んだ。

「やられる前に、やるしかねえぞ！」

誰かが賛同する。「そんだ、やられる前に、こっちが先にやるしかねえ！」

「打って出るぞ！」

「向こうに武器があるなら、奪ってしまえ！」

「そうだ奪え！」

あちこちから声が上がった。暗すぎて顔は見えないが、忠司の言葉に賛同する声ばかりだ。「決起する！」と叫んだときより、さらに熱を帯びている。

――やられる前にやれ。

――向こうが銃と重機を使って、食料や女を奪いに来る前にやれ。

――あっちには人殺しがおるぞ。なにをするかわからんぞ。

忠司の陰に隠れて、港人は辰樹を目で追った。

いつの間にか辰樹は、木箱の壇から下りていた。さっきの熱狂的なアジが嘘のように、白じらとした顔で団員たちを眺めまわしている。瞳には熱のかけらもなかった。額にも頬にも汗ひとつない。

その腰で、『スター・ウォーズ』のキイホルダーが音もなく揺れていた。

5

夕方前に、雨がやんだ。

岩森は離れの窓を開けて空を見上げた。あいかわらず夕焼けの茜は見えず、どこまでも陰鬱な灰色の雲がつづくばかりだ。

――でも、空の色が明るい。

間違いない。雲の層が薄くなりつつある。都会暮らしに慣れて久しいとはいえ、岩森とて山間の寒村育ちだ。空模様を読むのには長けていた。

――長雨は、どうやら峠を越したらしい。

岩森は背後の愛子を振りかえった。

娘は畳の上で昼寝中である。枕もとには、隆也から借りた本が数冊積まれていた。愛子にタオルケットを掛けなおしながら、誰かと話したい――と岩森は痛切に思った。雨がやんだようだと一緒に喜びたい。この安堵感を、自分以外の人間とわかちあいたい。

愛子を起こすのは忍びなかった。となれば相手は一人しかいない。母屋で家事をしているだろう矢萩有美だ。

――ついでに、なにか手伝いをしてくるか。

平常時ならばいざ知らず、この状況ではいろいろと男手が必要だろう。隆也は菜園に出かけている時間が長いし、元市は酒びたりだ。たかが居候でも、猫の手よりはましに違いない。

足に馴染みつつある長靴を履いて、岩森は離れを出た。

だが台所の窓から、煮炊きする香りは漂ってこなかった。

まさか粥にできる米もなくなったか、と青ざめる。これは恥を忍んで、吉見医師に米と味噌を借りに行くしかないか――。覚悟して、岩森は母屋の引き戸を開けた。

まず耳を襲ったのは、怒号であった。

岩森は立ちすくんだ。廊下の向こうで元市と有美が揉みあっている。いや、元市が有美に摑みかかり、有美は逃れようとしている。

元市が、有美の髪を後ろから摑んだ。細い首がのけぞる。有美が悲鳴をはなった。

その声で、岩森はわれに返った。

慌てて長靴を脱ぎ、廊下を走る。元市の肩を摑み、腕ずくで引き剝がした。

汗と体臭と、アルコールが入り混じった悪臭が鼻を突く。酔いで元市の眼球は、真っ赤に充血していた。

「なにをしてるんです」

暴れる元市を羽交い締めにし、岩森は叫んだ。

「乱暴はやめてください、元市さん」

「やがましい。嫁にもろうた女になにしようが、おれの勝手だ。すっこんでろ」

身を揺すって元市は喚いた。

廊下を這うように有美が逃げていく。腰が抜けて立てないらしい。髪はざんばらで、両の頰が腫れていた。

「いったいどうしたんですか。有美さんがなにをしたって言うんです」

「なじょしたも、なにもあるかぁ。あれを見れ」

元市が顎で指す。板張りの廊下に、数枚の藁半紙(わらばんし)が散らばっている。

藁半紙には、新聞の活字を切り貼りしたらしい文字が躍っていた。『有美は』『よそ者の間男と』『逃げようとしテる』『裏切り者』『売女』『イン乱』『内部から』『ふル谷に手引きをしてイル』――。

一瞬の隙ができた。元市が頭を振り、岩森に後頭部を叩きつけてきた。すんでのところで岩森はかわした。鼻骨を折られるのはまぬがれたが、わずかに前歯に当たって唇が切れた。

羽交い締めにした腕が緩む。元市が岩森を振りはらった。

体勢を入れ替え、二人は対峙した。元市が荒い息を吐き、血走った目で岩森を睨めつける。

「出て行け！」

元市は叫んだ。

「うちの嫁をたぶらかしくさって、よそ者が。ちっと甘い顔見せたら、調子にのりやがってよう。この家にこれ以上居座るんでねぇ。ガキぃ連れて、とっとと出て行け！」

「いや待って、落ちついてください」

岩森は必死に元市に呼びかけた。

「誤解です。あんないやがらせを真に受けちゃいけません。よりによって、有美さんが裏切り者だなんて……。あり得ませんよ。元市さんだってご存じでしょう。彼女はお嫁に来てから、この家にずっと尽くし……」

「やがましい。黙れ！」

唾を飛ばして元市は喚いた。浴衣の裾をはだけ、脛もあらわに腰を落とす。

「――出て行がねぇってんなら、おれがこの場でひねり殺してやるぞ。それとも、おれにできねぇとでも思うか？　あ？　なまっ白いインテリお坊っちゃんよう」

唸るように言った。瞳に憎悪が、油膜のように浮いていた。

岩森は一歩退いた。

初老にさしかかっているとはいえ、元市は体格がいい。胸板が厚く、上腕には瘤のような筋肉が盛りあがっている。

なにより、元市は暴力慣れしていた。人を力で押さえつけることにためらいのない男であった。中腰にかまえた姿勢に、怒気が漂っている。

有美が床に這ったまま、短く叫んだ。背後に、岩森は人の気配を感じた。三和土に影がさす。元市の瞳の動きにつれ、思わず岩森は振りかえった。

隆也がいた。

菜園から帰ってきたらしい。隆也は対峙する岩森と元市、床に這いつくばる有美を無言で見比べ、そして――。

きびすを返し、立ち去った。

岩森は元市に向かい、両手を挙げた。

「わかりました」

降参のポーズであった。ほかに手立てはなかった。

隆也が加勢してくれていたなら――と思うが、詮無いことだ。胸に、隆也への苦い失望が広がっていた。

「出て行きます。おれたちはすぐに出て行きますから、有美さんにこれ以上乱暴しないでください。お願いします」

両手を挙げたまま、元市から目をそらさずに岩森はすこしずつ後退した。いまの元市に背中を向けたなら、その瞬間に飛びかかられてねじ伏せられる気がした。いまの元市は、手負いの野犬さながらであった。毛穴という毛穴から、憤怒と憎しみが匂い立っている。

長靴を片手に摑み、岩森は離れへと駆け戻った。履くいとまはなかった。さいわい水は引きつつある。ひどいぬかるみだが、もはや足首まで泥に浸かるほどではない。

離れへすべりこみ、引き戸を閉めた。錠がないため、心張り棒代わりに傘を嚙ませる。

元市が追ってくる気配はなかった。

岩森はため息をついた。

——もう、この家にはいられないな。

とはいえどこへ行けばいいのだ、と考えこむ。もとより旅館もホテルもない村だ。常ならいざ知らず、この状況下に子連れで寝泊まりさせてくれる家などあるまい。

——吉見医師のところへ行くしかないか。

正直、それは避けたかった。表面上取りつくろってはいるものの、節子の件でのわだかまりは、いまだ残っていた。

だがいまは、そんなことを言っていられる局面ではない。

愛子がいる。岩森一人ならばどうとでもなるが、愛子を野宿させるわけにはいかない。

わだかまりがどうのと、贅沢は言っていられない。

「……愛子。起きろ、愛子」

せめて娘を安心させるべく、岩森は笑顔をつくって揺り起こした。


午後九時半。

岩森は空き地に駐めた、ホンダN３６０の運転席にいた。

オールドグリーンのN３６０は隆也の車である。元市の目を盗んで、有美が味噌むすびの包みとともにキイを貸してくれたのだ。

「ほんにすみません。まさかこんなことになるなんて。申しわけねえですが、お義父さんがおさまるまで、愛子ちゃんと主人の車にいてもらえませんか……」

幾度も頭を下げてくる有美に、

「いえいえ、そんな。キイまで貸していただいて」

と岩森は頭を下げかえした。車中泊できるなら御の字だ。すくなくともこれで、今夜は吉見医師に泣きつかずに済む。

岩森は診療所から道一本離れた、人気のない山沿いの道にN３６０を駐めた。

車中泊していると、村民に知られたくなかった。自分たち父子が元市の家を追い出されたとなれば、さらによけいな噂が立つだろう。怪文書の送り主が誰であれ、これ以上の軋轢は避けたかった。

N360の車内は、軽自動車にしては広かった。居心地も悪くない。

有美がくれた味噌むすびを、岩森は愛子と頬張った。子供の拳ほどのおむすびだったが、食欲のない二人にはちょうどよかった。庭で摘んだらしい大葉で巻いてあり、胡瓜の古漬けが添えられている。デザートのつもりか、いちご味の飴玉まで入っていた。

岩森は飴を二つとも愛子にやった。「明日食べるね」と、愛子が大事そうにスカートのポケットへしまう。

「ごめんな、愛子」

謝った岩森に「ううん」と愛子は首を振った。

「こっちのほうがいい。有美おばちゃんは遊んでくれるし、好きだけど……。お父さんと二人だけのほうがいい。ここは鍵があるし、外からおっかない声がしないもん」

言いにくそうにつぶやく。

「そうか、ごめんな」

岩森は愛子を抱き寄せた。

数日風呂に入っていないせいで、子供特有の甘酸っぱい体臭が濃くなっている。いとおしい匂いだった。目がしらが熱くなった。

娘の髪に顔を押しつけ、頬擦りする。

「ごめん、愛子。……ごめん」

食べ終えてしまうと、愛子はじきに眠気を訴えた。

岩森は娘をタオルケットでくるみ、後部座席へ横たえた。長く昼寝したというのに、夜も愚図らず眠ってくれるのは有難い。いや、幼い本能が眠りに逃避させているのかもしれなかった。

岩森は運転席のシートにもたれた。曇った夜空を、フロントガラス越しに眺める。読みどおり、雨はあれから降っていない。

――有美さんを置いてきてしまったが、大丈夫だろうか。

いまさらなことを思う。

だがまさか、彼女を連れ出すわけにはいかなかった。いま愛子と有美と三人で家を出ようものなら、あの怪文書を認めたも同然だ。

――いったい誰が、あんないやがらせを。

元市の家を出る間際、「相手に心あたりは?」と小声で尋ねた岩森に、

「封筒の宛名は、女文字のようでした……」

と有美は口ごもりながら答えた。

十中八九、矢萩の女衆だろうと岩森は睨んでいた。この極限状態において、自分より下位の者を求める人間の業を感じた。

——隆也さんが、ちゃんと有美さんを守ってくれるといいんだが。

そう願って、ハンドルに額を付ける。

望み薄だとはわかっていた。あきらかに舅に殴られた有美を目にして、あのとき隆也は背を向けた。暴君の父親に抑えつけられてきた青年の、みじめな生きざまがあの動作にあらわれていた。

愛子が熟睡しているのを確かめ、岩森は車のエンジンをかけた。

ボリュームを精一杯絞り、カーラジオの周波数をいじる。やはり雑音ばかりだ。まれに人の声がまぎれたが、残念ながらロシア語だった。海の向こうのほうが電波が近いとは、なんとも皮肉な話だ。

岩森は思いきって、つまみを大きく左へまわした。すこしずつ右へ戻していく。

なにやら声を拾った気がして、手を止めた。

ふたたび慎重につまみを戻す。確かに人の声だ。後部座席の愛子をうかがいつつ、聞こえる程度にボリュームを上げた。

「——われわれは、……いま、ここに確信する……、——村の体制そのものの変革……せねば、勝利はないと——……」

岩森は息を呑んだ。

カーラジオから流れる男の声に聞き覚えがあった。息を殺し、耳を澄ます。

「われわれはまず、既存の体制の転覆をはからねばならない……。権力を倒し、真に勝利するためには……力の行使もやむなし――……」

――辰樹くんだ。

われ知らず、岩森は身をのりだした。

まぎれもなく降谷辰樹の声だ。学生運動の闘士さながらの口調で、顔の見えぬ聴衆に向かって熱い檄を飛ばしている。

でもなぜ、ラジオに彼が。いったいどうやって。

そこまで考え、岩森ははっとした。

――CB無線か。

いわゆる市民ラジオというやつだ。個人事業者が、近距離間での通信に使う無線システムである。通信機器を扱う岩森の会社では、何度か話題となってきた。

CB無線の利用者は、主に大型トラックの運転手だ。無線従事者免許なしでも開設許可さえとれば使用できるという手軽さから人気を博したものの、改造無線機や無許可の発信者が相次いだため、社会問題化しつつある。

岩森はこめかみを押さえた。

「地蔵通りへ来るといつも胸が苦しくなる」と訴えていた、上窪の隠居を思った。

狭い村内とはいえ、凄まじい速さで支持層を広げ、団員を増やしていった自警団を思った。

上窪の隠居は「大助が地蔵を壊した祟りだ」と言っていた。そして白鳥の自宅は、まさに地蔵通りにある。

あきらかに団体行動には不向きで、はずれ者な白鳥を辰樹がナンバーツーに据えた理由。団員たちの統率された動きと伝達の速さ。そして団員たちの、あの憑かれたような瞳の色――。

――白鳥の家に、無許可のCB無線局があるのか。

そういえば「白鳥はアマチュア無線が趣味だ」と敦人から聞かされたことがある。まだ辰樹も敦人も、高校生だった頃のことだ。

上窪の隠居のペースメーカーに影響を与えたのは、無線局の送信電波とみて間違いあるまい。

無線は概して障害物に弱い。いまだ外部と繋がらない理由は、特殊な地形と土砂のせいだろう。しかし村内で連絡を取り合うだけなら、CB無線で充分だ。

――なるほど、団員が迅速に集合できた理由はこれか。

しかもこの無線は、おそらく洗脳装置としても使われている。

辰樹たちが土蔵を溜まり場にし、たびたび集会をおこなっていることは岩森とて知っていた。とはいえ、それだけでは足りない。昼のうちに熱狂に浮かされたとしても、家に帰って親の顔を見、一夜を過ごせば陶酔の波は引く。

醒めさせないためには、絶えず熱を吹きこみ、扇動しつづける必要がある。だが高校生以下の少年少女は、夜間においそれと外出できない。災害下ならば尚更だ。

——だからこその、CB無線か。

岩森は目を閉じた。まぶたの裏で想像した。

いまこの瞬間にもイヤフォンを耳に挿し、この無線を聞いているだろう若者たち。親に気取られないようにと自室で布団をかぶり、目を輝かせているだろう自警団員。

辰樹の声がつづいている。

「学生労働者諸君、……いまこそ、権力による搾取をわれわれの手で粉砕し、撤廃しようではないか、……われわれはもはや、手段を選んではいられない……、組織された暴力こそが、唯一の打開の道……」

岩森はぞくりとした。

——学生労働者諸君だって？

権力による搾取を粉砕？　手段を選ばない？　組織された暴力？

あきらかに辰樹は、過去の運動家の口調と語彙を借りていた。借りものの言葉で、若者たちを扇動しようとしている。

岩森の知る限り、学生運動は三里塚闘争で大量の逮捕者を出して以来、さらに尻すぼみとなっていた。党派間ゲバは激化しているとはいえ、一般市民や学生から運動の波ははっきりと引いている。

辰樹の意図が摑めなかった。

彼の目的はいったいなんなのだ。まさか本気で、この村に革命を起こそうとしているのか？　災害に乗じて？　都会の若者たちが失敗しつつある手で？　だとしたら、辰樹ほどの賢い青年がなぜ――。

ラジオから流れる辰樹の声からは、明確な意志が伝わってきた。

彼は他人を扇動し、駆り立て、突き動かそうとしている。それだけは確かだ。声音からはいささかの迷いも感じられなかった。

学生運動の手口と言いまわしを真似ているのは、おそらく戦略的な演出に過ぎない。

ただし〝権力側〟とやらへの憎悪と反感は本物であった。

岩森は、低く呻いた。

――それほどに、きみは現状を呪っていたのか。

輝かしい未来を閉ざすきっかけとなった、兄の死を。親の横暴を。青春を無為に浪費させ、搾取するばかりの矢萩一族を。

岩森は顔を伏せた。やるせなかった。

ラジオから辰樹の声が流れつづけている。

「……この闘争に勝利することが、われわれの為すべき革命の第一歩……。学生労働者諸君、立ちあがれ……。革命の朝は近い……いまこそ目覚め、組織を固め、闘いにそなえ……、われわれは、断固――……」

6

孤立してから、五日目の朝が訪れた。

雨は完全にやんだ。あいかわらず道路状況はひどいが、水はだいぶ引きつつある。

床上浸水していた家々は、近所総がかりで井戸水を汲み、床や土間から泥まじりの汚水を洗い流しにかかっている。ありったけのクレゾールや洗剤を使ってはいるものの、村にある在庫ではとても追いつかなかった。

「一刻も早く、行政の医療防疫車に来てもらわねば」と皆は口を揃えて嘆いた。

ただし矢萩一族は例外だった。

矢萩姓の屋敷が建ち並ぶ帯留町は、集落の中でも微高地である。どの家もさらに盛り土をして基礎を上げ、床を高く設計している。

そのおかげか、矢萩衆で浸水被害に遭った家は皆無に近かった。ただでさえ水が貴重なこの状況下で、彼らは「備えあれば憂いなし」と胸を撫でおろした。

しかしその安堵も、長くはつづかなかった。

朝七時、矢萩廉太郎は大きな破裂音で目覚めた。

寝巻きのまま、慌てて廊下へ飛び出る。サッシのガラスが割れ、大小の破片が床一面に散っていた。

紙に包まれた拳大の石が、ガラス片に混じって板張りに転がっている。塀の外から投石されたらしい。廉太郎はかがみこみ、石に手を伸ばした。

「触るんでねえ！」

台所から出てきた母が叫んだ。

数秒遅れて、父の勝利も廊下へ駆けつける。

だが廉太郎はすでに石を拾い、包み紙を広げていた。新聞の活字を不揃いに切り貼りした、異様な文面が目に入った。まるきり、テレビドラマに出てくる脅迫状だ。

――女どもは　カえらない

――女どもハ　おまえラを　見はなした

――ザマをみロ

「……なにこれ。なんのこと？」

廉太郎は顔を上げた。母の目じりが痙攣するのがわかった。血の気を失った頬が真っ白だ。その表情に気づいて、勝利が母に詰め寄る。

「おまえ、なにか知っとるんか」

「いんや、べつになんも……」

「いいから答えれ。女子衆（おなご）がおれらに隠れて、こそこそやっとったのは気づいとるわね。この『女ども』ってぇのは誰のこった。『帰らない』てぇのはどんげな意味だ。言え」

勝利が、母の胸倉を摑んだ。揺さぶられて母が悲鳴をあげる。

廉太郎は止めようと父の肩を摑んだ。だが遠慮がちなその手は、容易に撥ねのけられた。

「……光恵さんが」

顔をそむけたまま、母が口をひらく。

「光恵さんが『赤ん坊がいるのに、これっぽっちの食料ではお乳が出ねえ』って言うから……。『うちの男衆に任せておいたら、飢え死にしてしまう。自警団は女子供を守るって言うてるもの。うちの人が寝てしもうたら直談判してくる』って……」

「はあ？　馬鹿でねぇのか」

勝利は目を剝いた。

「あっつけなガキどもの言うこと、信用したんか。だいたい直談判てなんだ。なにを言いに行くてぇんだ」

「……自警団に、入れてくれって言いにさ。雑用でもなんでもするすけ、食料を分けてくれって。光恵さんはじめ、赤ん坊のいる嫁が、夜中にこっそり抜けだして……」

「この、馬鹿が！」勝利が怒鳴る。

「なんで止めねがったんだ。いや、なんで夜のうちにおれに言わねがった。ほしたら嫁たちが出て行くのを止められたてがに、おまえってやつぁ――」

「だって、しょうがねえわ」

ひらきなおったように、母は勝利を睨めあげた。

「赤ん坊のためだもの、しょうがねえねっか。食べるものもねえ、お乳もあげらんねえでは、女は食わしてくれる先を頼るほかねぇさ」

「おまえ、なにを……」

「ふん、腹ぁ痛めて産んだ子を生かすためなら、女はなんだってするわね。ガキだろうとよそ者だろうと、ちっと頭下げるくれぇ、なんちゃこたねぇ。威張りくさるだけで赤ん坊一人養えねえ男に、なんの価値があろうばさ」

勝利の顔面に朱がのぼった。妻めがけて右手を振りあげる。廉太郎は、今度こそ両親の間に割って入ろうとした。

だが、父の手が振りおろされることはなかった。

わななく腕を、勝利はゆっくりとおろした。口を閉ざし、無言で背を向ける。

家を出ていく父親の背を、廉太郎は無言で見送った。

光恵を含む矢萩の嫁三人が、自警団に駆けこんだという噂は、またたく間に村全体に知れわたった。むろん勝利以外の矢萩一族も、早々に知ることとなった。

嫁に逃げられた夫たちは怒りに猛った。その怒りがおさまると、恥じてうなだれた。

村人たちはみな、額を付けてささやきあった。

「嫁に見捨てらったら、男は終わりだて」

「女子(おなご)は冷たいのう。沈む泥舟を見はなすのが早(は)え」

「だども、ほんとに寝がえったんらろっか。向こうだって食料はそんげ豊富でねぇろ。赤ん坊連れの女子を、そうほいほいと引き受けっか？」

「いやあ、嫁どもが家にいねえのは事実……」

一人がそこまで言いかけて、「もしや、自警団に殺されたんでねぇろうな」と声をひそめる。

「まさか」

「いやいや、冗談ごとでねぇて。なんせあのガキどもは、矢萩衆が敬一を殺したと思いこんどるすけな。弔い合戦のつもりで、報復に女子を殺すくらいのこたぁしてみせっかもだ。……こっては近ぇうち、また村に血が流れるかもしんねぇ」

しかし流れたのは、矢萩の血ではなかった。

自警団の根城である土蔵にタカシが駆けこんできたのは、午前十時半のことだ。

「大変だ！　に、西尾さんが――」

西尾健治が、何者かに腹を刺されたという一報であった。

鋭い刃物で西尾は脇腹を抉られていた。凶器の匕首は、かたわらに落ちていたという。

だが敬一と違って息があったため、ただちに吉見医師の診療所へと運びこまれた。

吉見は応急処置を済ませ、西尾になけなしの抗生剤を与えた。

「出血がひどい。刃が肝臓を傷つけとる。いまの診療所じゃあ輸血もできんし、長くはもたせられんよ。一刻も早く大病院に搬送しないとな」

西尾は苦しい息の下、「……誰にやられたか、わからん。顔は見えんかった」とだけ洩らした。それきり、昏睡状態に陥った。

むろん殺されてなどいない光恵たちは、かくまわれている土蔵で「矢萩の仕業らて！」とヒステリックに泣き喚いた。

「わたしたち女をとられたすけ、矢萩の男衆が報復に出たんらわ」

「なんせ向こうには、人殺しがいるもの。誰だか知らねぇども、大助さんと共謀んなって敬一さんを殺したやつさ。大助さんが怪我で動けねぇでも、きっとそいつが動きまわってるんだぁ」

女たちの顔は紙のように白く、一様に目を吊りあげていた。手が震え、顔筋が痙攣していた。うち一人はその場で貧血を起こして卒倒した。

――罪の意識から成る、被害妄想だな。

辰樹は冷静に思った。

矢萩一族を裏切ったという罪悪感が、怒りと不安を当の矢萩へと転化させるのだ。わたしは悪くない、わたしを追いこんだあいつらが悪いんだ、いやそうであって欲しい――という思いが、女たちを狂乱状態へ追い込む。

彼女たちのヒステリーは、またたく間に土蔵の団員たちへ感染した。

それでなくとも、団員は暴れたがっていた。己の暴力衝動が解放されるときを待ちわびていた。村によって長く抑圧されてきた暗い怒りを、わだかまりを、一刻も早く解きはなちたいと願っていた。浮足立ち、血気にはやっていた。

西尾が流した血。女たちの叫び。刺激は十二分だった。

白鳥が団員に読ませた〝より優秀な新人類が台頭するフィクション〟も効果的だった。彼らは矢萩の横暴に耐えてきた自分を、フィクションの主人公と同化させた。耐えぬいた末に決起する、英雄的なセルフイメージに酔った。

午後三時。

辰樹は自警団代表として白鳥をともない、タカシとノブオを従えて土蔵を出た。鍛冶町の公会堂で、大人たちと会合を持つためであった。

「犯人を探さねば」と主張する自警団に対し、大人側は「救援を待て」「犯人探しは、村長と連絡がとれてからでいい」と繰りかえした。

矢萩吉朗は顔を見せなかった。代わりに公会堂に訪れたのは弟の元市だった。元市は泥酔していた。酒くさい息を吐いては周囲を威圧し、声を荒げた。自警団を「嫁泥棒」呼ばわりする一幕すらあった。会合は、わずか三十分で終わった。

土蔵へ戻った辰樹は、

「思ったとおりだ。あいつらぁ全員、共謀だ」

と吐き捨てた。

白鳥は唸り、タカシとノブオは涙を浮かべて歯噛みした。

「あいつらの言うとおりにしとったら、敬一さんと西尾さんの二の舞だ。ちくしょう、このままじゃおれらまで殺られちまう」

タカシたちの怒りと涙は、団員のさらなる燃料となった。

日が落ちる前に、辰樹はCB無線を使って「集合せよ」と団員に呼びかけた。最後の一押しは無線を通してでなく、辰樹自身の肉声でなくてはならなかった。

一時間後、若者たちは土蔵に集まった。

下は十五歳から上は二十四歳まで、およそ百人。村の人口の約九分の一である。座っていては入りきれないと、全員が立つよううながされて詰めこまれた。

辰樹は熱弁をふるった。

「これ以上、村にはびこる不正を許してはならない！　正しめるためには、われわれが立ちあがるほかないのだ！　だが、立ちあがってどうする？　腑抜けた民主主義のもとでは、真の平和は勝ちとれない。ならば闘争だ！　われわれは平和と安寧をこの手にするため、皮肉なことではあるが、まず闘わねばならないのだ！　わかるか！」

おう！　と団員たちが拳を振りあげて叫んだ。

「われらは声高くここに宣言する！　不正の礎のもとに築かれた、偽りの権力を倒すのはいまだと！　勝利のためには、既存の方法を試している暇はない！　いまのわれわれには、組織された暴力を行使する以外に道はない！」

声を張りあげながら、われながら下手な猿真似だ、と辰樹は自嘲した。

この演説の大半は、社会主義学生同盟の委員長だった村田能則からの盗用である。しかし聴衆はオリジナルなど知るよしもなく、辰樹のアジテーションに熱狂していた。

滑稽だ――。辰樹は頰の内側を嚙む。

だがいまさら後戻りはできない。賽はすでに投げてしまった。滑稽だろうと無謀だろうと、やり抜くほかはない。辰樹は声を高めた。

「おれたちの手で、やらねばならない！」

おう、と嵐のような声が応える。土蔵の空気がびりびりと震える。

辰樹はひときわ口調に力をこめた。

「決行は今夜だ！　学生労働者諸君、心をひとつにせよ！　闘え！　やられる前にやれ！　いいか、これは防衛のための避けがたい闘争であり、同時に革命だ！」

7

運転席の窓ガラスを叩く音で、岩森は目を覚ました。

ガラス越しに覗きこんでいる顔に、すこし驚く。〝託児所の後家さん〟こと降谷邦枝であった。殺された敬一の母親だ。

「おはようございます」

半分寝ぼけながらドアを開け、岩森は間の抜けた挨拶をした。

「邦枝さん、どうしてここに」

「いえね。畑の見まわりついでに足を延ばしたら、藪の向こうに車が見えたもんで。ところで岩森さん、おはようでねぇで〝おそよう〟ですて。もうじき昼ごはんの時間です」

「えっ」

岩森は腕時計を覗いた。

短針が確かに11を過ぎている。運転席のシートにもたれ、ダッシュボードに足を乗せた窮屈な姿勢だったというのに、十時間以上寝入ってしまったらしい。

――あの離れじゃあ、気を遣って熟睡できなかったってことか。

後部座席を見やると、愛子もまだ眠っていた。

娘も同じ気持ちだったのか、と胸がちくりと痛む。体は正直だ。どんなに狭くとも、元市の気配がないだけで安穏に眠れるのだ。

邦枝はN360を指さして、

「元市さんとこの、倅さんの車ですね？」と訊いた。

「はあ、いろいろありまして……」

岩森は言葉を濁した。邦枝が微笑む。

「だいたい察しはつきます。元市さんは、吉朗さんより面倒なとこありますものね。そんでも、倅さんが有美ちゃんをかばってくれるならいいんだけど」

ため息まじりの台詞だった。岩森は相槌に困った。

「そんで岩森さん、昨夜はごはんは食べなすった？」

「え、ああ、はい。有美さんにおむすびをいただきました」

「ほう。だどもいまの矢萩では、こっつばかおむすびしか出せませんでしょう」

邦枝は指で「これっぽっち」と大きさを示してみせ、

「よかったら、うちに寄りなせ」と言った。

岩森が慌てて手を振る。

「いやそんな。申しわけないですよ」

「遠慮しねばっていいですて。岩森さんでなく、愛子ちゃんのためらすけ。どうせうちはいま託児所も閉めとって、子供は誰もいないんさ。——にぎやかだった家に一人でいるんは、岩森さんが思う以上にせつねぇことですて」

邦枝が睫毛を伏せる。

岩森は返す言葉に詰まり、いま一度愛子を振りかえってから頭を下げた。

「では、ありがたくお邪魔させていただきます」

後部座席に身をのりだして、手で娘を揺り起こす。

「おい、愛子。よかったな。託児所の邦枝さんにお呼ばれしちゃったぞ。邦枝さんのこと、おまえも覚えてるだろう？」

隆也のＮ３６０は、託児所の通りから一本離れた空き地に置かせてもらった。

この車が隆也のものだと知っている村民は多い。託児所の敷地内に駐車しておいたなら、口さがない連中になにを言われるかわかったものではなかった。

――ただでさえ、矢萩に風当たりの強い時期だしな。

胸の中でつぶやく。愛子の靴を脱がせ、岩森は丁寧に足を拭いてやった。

「ほら愛子、ご挨拶は？」

「おじゃましまーすー」

妙な節をつけて、歌うように愛子が言う。邦枝が笑った。本心からの笑顔に見え、岩森はほっとした。

邦枝は焼き鱈子（たらこ）と昆布（こんぶ）の佃煮を添えた白米のおむすびに、わかめと切干大根の味噌汁、ゆで卵をふるまってくれた。卵はやや緩い半熟で、歯で割ると黄身がとろりと舌にあふれた。

「卵とはありがたい」

「みんな気ぃ遣って、なんやかんやと持ってきてくれるんですわ。だども、女一人では食べきれねぇすけね」

食後には濃いお茶と、驚いたことにクリームを挟んだビスケットが出てきた。数日ぶりの菓子らしい菓子であった。

愛子はわれ先にと手を伸ばし、口に入れた。いつもなら「こら、行儀が悪いぞ」と叱

るところだが、岩森も同じく手を出してしまう。口の中に広がる甘みを楽しみ、一口二口嚙んで飲みくだしてから、

「あ、ありがとうございます。こんな貴重な」

とようやく頭を下げた。

「煙草屋の清作さんが持ってきてくれたんです。ありがたいことだども、お茶飲みに来てくれる人もいなくなったすけね。訪ねてくれる人はおっても、みんな気まずいんだか、仏壇に線香上げるとそそくさと帰ってしまう」

そう言って、邦枝は仏間に目をやった。

仏壇には邦枝の亡夫の遺影に並んで、敬一の写真が飾られていた。庭から切ってきた花や、野の花があふれんばかりに供えられている。

岩森は慌てて畳に両手を突いた。

「すみません、ご無礼を。先に敬一くんの御霊前に手を合わさせてもらうべきでした。ほんとうに、自分たちのことばかりで恥ずかしい」

「いいんですて。あんたは子連れなんらすけ、子供優先で当たりまえ」

「申しわけありません。遅ればせながら、お線香を上げさせてください」

岩森は愛子を立たせ、仏壇の前へ二人で座った。

まず一礼する。香炉を見るに、線香は折って寝かせる宗派らしい。蠟燭から火をもらった線香を寝かせ、掌を合わせた。愛子も厳粛な顔で拝んでいた。

長押には見覚えあるカーキ色のウインドブレーカーが吊るしてあった。敬一が、殺されたとき着ていたものだ。

岩森の脳裏を、かすかに違和感が駆け抜けた。なんだろう、頭の片隅に、なにかが引っかかっているような——。

「お父さん?」

呼びかけられ、はっとした。愛子が怪訝そうに見上げている。

「ああいや、なんでもない」

岩森は笑った。一瞬よぎった違和感は、正体を摑めぬまま消えていた。愛子をうながし、岩森は邦枝の待つ居間へと戻った。

その日の邦枝は饒舌だった。「みんなそそくさと帰ってしまう」と愚痴ったのは本音だったらしく、敬一の思い出話をし、亡くなった夫の話をし、

「雨がやんでくれてよかった。早よう敬一をお墓に入れてやりたい」

と言っては涙ぐんだ。

矢萩の嫁数人が自警団のもとへ駆けこんだことや、西尾健治が刺されたことも話題にのぼった。どちらも岩森は初耳であった。

邦枝が懐紙で目じりを拭って、

「健ちゃんもね、昔はうちの託児所であずかっとったんですよ」

「ぼくも西尾くんから聞きました。なんでも敬一くんとは、兄弟同然に育ったとか」

「あの子が、そんげこと言うてくれましたか」

　邦枝が目を見ひらく。岩森はうなずいた。

「ええ。赤ん坊の頃から知っている仲だ。敬一は誰かに殺されるようなやつではない。もしそうだとしたら逆恨みに決まっている、と」

「そう、そうですか……」

　声を詰まらせ、ふたたび邦枝は懐紙を目に当てた。低い嗚咽が、居間に響いた。


　愛子が昼寝の床についたあとも、岩森は邦枝の話し相手をつづけた。一方的な聞き役だが、苦ではなかった。

　もともと岩森は、自分について話すのが得手ではない。相手にしゃべらせて、相槌を打っているほうが楽な性分だ。かつて吉見医師の酒に付きあわされたときも、ひたすら彼の話をおとなしく聞いたものである。

　――ま、聞きすぎるのも良し悪しだがな。

　やがて陽が落ち、岩森は「そろそろおいとまを」と腰を浮かせた。

「いえいえ、夕飯も食べていけばいいわ。泊まっていきなせ」

　と邦枝は誘ってくれたが、さすがにそこまでは甘えられない。丁重に断った。

　別れ際、邦枝は愛子にビスケットの残りとサイダーを二本持たせた。岩森にはおむすびの包みを渡してくれた。腐らぬよう、中身は梅干にしたという。この時季にはありがたい気遣いであった。

岩森父子はN360を駆り、ふたたび山沿いの林近くへ戻った。

岩森は後部座席で寝入る愛子を見て、「ほんとうにこの子はよく眠る」と感心した。眠りに逃避している可能性はあったが、安らかな寝顔を眺めるとほっとできた。いい夢をみていてほしい、と思う。そしてできることなら、この子が目覚めたときに救援隊が到着していてほしい。剣呑な現実を、これ以上見せたくなかった。

愛子を起こさぬよう、岩森は静かにドアを開けて外へ出た。

長く運転席に座っていると、下肢がむくんで血のめぐりが悪くなる。寝る前に、すこしでも歩いておきたかった。

空を仰いで、瞠目した。

月が出ている。冴え冴えと光る、真っ白で大きな月だった。

上空の風はまだ強いらしく、ともすれば雲に隠れてしまう。しかし約二十日ぶりに見る月は、驚くほど明るく感じられた。

頬が思わず緩んだ。希望が湧いてくる。これなら明日明後日にも、ほんとうに救援隊が来るかもしれない。

岩森は林に踏み入った。

予想どおり、足場はあまりよろしくなかった。泥で、ずるずると長靴の底がすべる。

そういえば革靴を離れに忘れてきた、とようやく気づいた。救援が来てから、車を返すついでに回収するとしよう。どのみち革靴は、まだまだ無用の長物だ。

林のなかばまで来たところで、岩森は足を止めた。

月光が枝葉の隙間から射しこみ、あたり一帯に放射状に降りそそいでいる。雲の切れ間からそそぐ薄明光線そっくりだった。宮沢賢治言うところの「光のパイプオルガン」だ。

岩森はしばし、恍惚と光のカーテンに見入った。荘厳な眺めだった。光とはこんなに美しいのか、と感じ入る。ひさしぶりに拝めたからこその感動であった。

だが、背後からかすかな音がした。

岩森は瞬時に陶酔から醒めた。無意識に音の方向をうかがい、身を硬くする。

三メートルほど離れた木の陰に、男のシルエットが見えた。はっきりと視線を感じた。身を隠しもせず、こちらをうかがっている。

岩森の背を、冷たいものが這いのぼった。

ぱきり、と枝を踏む音がした。岩森は、今度は動かなかった。

もう一人、気配がある。いや、一人ではない。その後ろにもいる。斜め後方にもいる。全部で何人いるのか、見当もつかなかった。

見ている、と岩森は確信した。

おれを見ている。おれが誰なのか、向こうはおそらく知っている。

焦るな――。岩森は自分に言い聞かせた。

こちらの怯えを悟られてはならない。足を速めてもいけない。なにごともなかったように、平然と歩け。ゆっくり林を出て、車に――。

そこまで考えて、恐怖が岩森の胃を突きあげた。

――そうだ。車には、愛子が。

やつらがもし、とうに車を占拠しているとしたら。

想像しただけで冷や汗が滲む。動悸が早鐘を打ちはじめる。

冷静に、冷静に。胸中でつぶやきながら岩森は歩いた。

靴底で、苔が湿った音をたてて潰れる。背後からも同じ音がした。すくなくとも四人以上いる、とその足音から岩森は察した。

怯えで研ぎ澄まされた嗅覚に、男たちの汗が匂う。若い男の体臭だった。

笑ってやがる――。一歩一歩進みながら、岩森は確信した。空気でわかる。やつらは笑いながら、楽しみながらおれを追っている。

十中八九、自警団の団員たちだ。辰樹のアジに乗せられ、猛っている。自分たちを「狩る側」だと見なしているのだ。徒党を組み、数を増やしたことでさらに驕っている。

首すじに、彼らの嘲笑を感じた。岩森の背から、頭皮から、粘い汗が噴きだす。

「……よそ者……」

低いささやき声がした。岩森の心臓が跳ねた。

石につまずきかけ、数歩たたらを踏む。転倒はまぬがれたが、さらなる汗がどっと噴きだした。もし転んだなら、その隙に取り囲まれて袋叩きにされそうな恐怖があった。よそ者、の一言にこめられた敵意が、恐怖をいや増していた。

耐えきれず、岩森は足を速めた。

ついてくる足音も、同じだけスピードを上げる。苔を踏む音が、さっきより近い。距離が詰まっているのだ。さらに近づく。迫ってくる。いまにも、うなじに息がかかりそうだ。

——エイキチが。

岩森は喘いだ。

頭蓋で、母の声が反響している。

——エイキチがおまえを捕まえて、さらっていってしまうて。

——ああ、おっがねぇこと。

耐えきれなかった。ついに地を蹴り、岩森は走った。

全身に月光を感じた。林を抜けたのだ、とわかった。

前方のN360に目を凝らす。車内に異変はないようだ。安堵で弛緩しそうな足の筋肉を、意志の力で引き締めた。

若者たちが林を出て追ってくる気配はなかった。ささやき声が、かすかに耳に届く。

「待て」

「……まだだ」

「本番は……辰樹さんが……」

声を無視し、岩森は素早く運転席に乗りこんだ。ドアをロックしてエンジンをかける。

車が震えだし、ややあって、愛子のむずかるような寝言が聞こえた。

岩森は体を伏せ、ガラス越しに外をうかがった。

若者たちの影は、すでに闇に消えていた。

第五章

1

【X県大水害　救援及び復旧活動に関する報告書】（一部抜粋）

X県大水害において、県内全域に及ぶ大停電が県庁から発信されるはずの救援要請をさまたげ、初動が大幅に遅れたことは広く知られた話である。

十九日朝、これ以上の降水は危険とみたR駐屯地司令の独断により、自衛隊隊員数名が三ルートから派遣された。隊員は無線機を担いで徒歩で土砂を越え、県庁および市役所へと向かった。

七時間後に市役所へ到着した隊員が、市長から救援要請を直接受諾。ただちに偵察小隊が駐屯地を出発した。

政府は災害二日目の十九日にようやく災害対策本部を設置。人命救助ならびに道路の早期復旧を最優先に救助活動がおこなわれた。しかし相互連絡の不備はつづき、救援は遅々として進まなかった。

夕方より防疫対策ならびにヘリでの救援物資の輸送が開始。大雨による視界不良で、山間部の孤立集落には着陸できずじまいとなったものの、多くの地域で物資の投下に成功した。

四日目には市街地を中心に、電力の供給をはじめとするライフラインが徐々に復活。平野部の避難地域に給水車、医療防疫車等が到着した。

2

全戸停電中の鵜頭川村を、中潮の月が皓々と照らしていた。薄墨を流したような雲はいつの間にか切れ、夜空は漆黒ではなく微妙な青みを帯びつつある。

時刻は深夜十一時。

音もなく、ある家の窓がひらいた。

それが合図のように、各家で次つぎと窓が開(あ)いた。ある家では勝手口がそっと開いた。またある家では枝折戸(しおりど)が静かにひらいた。一人、また一人と影がすべり出てくる。二階の窓から忍び出た影は壁を伝い、木を伝って路上へ下り立った。

彼らのうち数人は、ラジカセを手に提げていた。ごく低い音で、スピーカーから音を鳴らしている。歌ではなかった。辰樹の演説を録音した、カセットテープを再生しているのだった。

「……真の平和は勝ちとれない……皮肉なことで……われわれは平和と安寧をこの手に……まず闘わねば……」

独特の単調な抑揚だった。低い音で鳴らすと、どことなく異教の呪言(まじごと)めいて響く。旋律を繰りかえすことで陶酔を生む、独特のリズムであった。

夜の路上へ出た自警団員は、土蔵へは向かわなかった。代わりに隊ごとに散った。各々の位置は事前に決められている。ある隊は電柱の下に、ある隊は壊れた祠の前に集結した。

空気は湿って重かった。雀蛾(すずめが)が群れ飛んでいる。水はあらかた引いたが、地面はいまだ泥濘の沼だ。

団員は長靴ではなく、一様に厚底の運動靴を履いていた。底に鋲(びょう)を打って、すべらぬよう細工をほどこした靴である。

一隊は六、七人で編成されていた。ほとんどが青年および少年だが、少女も混ざっていた。志願兵であった。八割の少女が手引き役にまわされたが、二割はみずから襲撃隊に立候補した。

今夜の自警団員は、全員腕時計を着けてくるよう厳命されていた。時刻は秒単位できっちり合わせてある。持っていない者は友人から借りるか、もしくは親の時計を無断で持ちだした。

午後十一時半、各隊の隊長はラジカセの音量を上げた。

「権力を倒すため……既存の方法を試している暇はない……われわれには、組織された暴力を行使する以外に道は……」

彼らは目を閉じ、辰樹の声に聞き入った。単調なリズムとイントネーションがここちよかった。言葉の内容より、そのリズムが重要だった。彼らを突き動かす旋律であった。

肌が、心臓がざわめく。ときに低く、ときに高まって団員の胸を熱く揺さぶる。じりじりと時を待つ焦燥感。まとわりつくような湿気。耳のそばを通り抜けていく蚋の羽音。村ぐるみの節制による、耐えがたい空腹感と渇き。

数日風呂に入っていないため、誰の体も臭った。その臭気が、さらに猛りを駆り立てた。むっとするような体臭だ。若い牡そのものの臭いであった。

さらにラジカセのボリュームが上がった。

「……おれたちの手で、やらねばならない……決行は今夜……」

辰樹の声が高らかに響いた。団員は恍惚として聞き惚れた。頭の芯が痺れていた。じっとしていられず、立ちあがって歩きまわる者がいた。爪を嚙んで衝動を押しころす者がいた。にやにや笑いをこらえきれぬ者がいた。

中にはむろん、怖気づく者もいた。「ほんとうにやるのか、やれるのか」と、自問自答を繰りかえす者もいた。そんな彼らの迷いと不安を、ラジカセから流れる辰樹の声はゆっくり溶かしていった。

葛藤が消えたあとに残ったのは、奇妙な高揚と、熱い血の疼きであった。若者たちはいまや、心をひとつにしていた。荒い息を吐き、目を血走らせて、体を間断なく小刻みに揺すった。

狩りがはじまろうとしていた。人間すべてが肚の奥に隠し持っている狩猟本能に、いましも火が点きつつあった。

団員の多くが武器を用意していた。薪や樫の棒を手にした者。野球のバットを持つ者。手斧を携えた者さえいた。

「斧を振るうつもりはねえ。ただ矢萩のやつらが、猟銃を持ちだすかもしれねぇすけな。ただの用心だ。自衛のためさ」

だがその言葉とは裏腹に、手斧の重みと厚みは、いやが上にも彼らの血を騒がせた。刃のにぶい光に、こめかみが激しく脈打った。

風のない夜だった。

月光は、今夜を祝福するかのごとく明るかった。

どこかで甲高い笑い声があがる。正気を失いかけた声だった。夜気を震わせた声の昂ぶりは、ごく自然にあたり一帯へと伝播した。

見慣れたはずの景色が、団員たちの目に一変して映った。はじめて見る異国の風景のように、すべてがどこか遠い。自分たちがこれからやるはずの行為にも、不思議と現実感は薄かった。ただ、興奮だけがあった。

「決行は今夜だ……」

辰樹が再度、ラジカセから喚く。

ああそうだ、今夜だ。彼らは思った。今夜——いや、いまだ。いまこの瞬間だ。おれたちはついに解放されるのだ。この鬱屈から。不満から。抑圧から。血のしがらみから。この村から。

「……学生労働者諸君、心をひとつにせよ！　闘え！　やられる前にやれ……！」

座っていた団員が立ちあがった。

焦れて動きまわっていた者たちが、自然とその後ろへつく。

規律正しいとは言いがたい動きだ。身のこなしも素人くさい。だが彼らは、同じ熱に憑かれていた。その熱が彼らの目を、手足を操った。

「……これは防衛のための避けがたい闘争であり、同時に革命だ……！」

誰かが手を伸ばし、テープの再生を止めた。代わりに無線に切り替える。白鳥の無許可無線局から放たれる、不法CB無線だった。

白鳥の芝居がかった声が流れた。

「——いいぞ。行け」

待ち焦がれたGOサインであった。

団員は肩を寄せ、闇を疾走した。

3

襲撃に真っ先に気づいたのは、矢萩康平であった。蚊帳を吊る手を止め、振りかえって耳をそばだてる。

なにか物音がしたようだ。しかし犬の吠え声にかき消されてしまった。今夜はやけに隣家の犬がうるさい。老いぼれてからは吠えることもなくなり、寝てばかりだった犬が、十数分前からさかんに吠えている。

苦情の電話を入れてやらんばなんねぇな――。そう考えたところで「いや、電話は通じないんだったか」と舌打ちする。

まったくいい災難だ。停電でテレビは観られない。冷蔵庫も洗濯機も使えない。夜ともなれば、灯りは石油ランプと懐中電灯のみと来ている。

その懐中電灯はといえば、女房と子が寝間へ持ちこんでしまった。晩酌にも付き合わぬ女房は、とっくに子供たちと高いびきだ。

――ほんに近ごろの女子(おなご)は、生意気でいけねえ。

嫁いできた頃の女房は、おとなしい女だった。だが子を産むごとにいけ図々しくなり、三人産んだいまは、康平が声を荒げたくらいではびくともしない。

「結婚するなら家付き、カー付き、ババア抜き」などという言葉が流行って久しい。あんな戯言を許すのは、都会の腑抜け男だけだと思っていた。しかしテレビの普及とともに、こんな田舎にもあれよあれよという間に〝意識改革の波〟とやらが押し寄せ、気づけばこのざまである。

「テレビを真に受けやがって。そんげ態度、村では通用しねえぞ」と康平が怒鳴っても、女房や子供は「はいはい」と受け流すだけだ。

――男の沽券が失われつつある。

康平は舌打ちした。それだけではない。矢萩の沽券もだ。

この土砂崩れで孤立してからというもの、矢萩一族は踏んだり蹴ったりであった。まさか吉朗さんが、ああまでしょげかえるとは思わなかった。まさか大助があそこまで撲ちのめされるとは思わなかった。そして数人とはいえ、嫁たちが赤ん坊を連れて裏切るなどと、いったい誰が予想しただろうか。

――くそ、全部この長雨のせいだ。

かぶりを振り、康平は蚊帳を広げなおした。

犬はまだ吠えつづけている。この調子で一晩じゅう吠えられてはかなわない。かといって雨戸を閉めるわけにもいかない。康平は、人一倍暑がりなのだ。クーラーが使えないいま、窓も雨戸も閉めて寝ようものなら、あせもだらけになってしまう。

暑くとも防犯のために――などという意識は皆無だった。当然だ。顔見知りと親類ばかりのこの村で、いったい誰が不埒（ふらち）なふるまいに及ぶというのだ。もしそんな真似をすれば、そいつ当人だけではなく、一族郎党が村に住めなくなってしまう。自殺行為だ。いや、一族全員を殺すも同然であった。

――殺す。

頭に浮かんだその単語に、康平はひやりとした。

そういえば先日、村で殺人があったばかりではないか。たてつづけに起こった問題で霞んだものの、犯人はいまだ捕まっていない。人殺し野郎は、いまもそ知らぬ顔で村内をのさばり歩いている。

やはり雨戸を閉めようか、と一瞬迷ったが、やめた。

肝心の大助はまだ動けないはずだ。それにまさか、矢萩の家は襲うまい。吉朗の前では口にしないが、康平とて、犯人は大助以外あり得ないと思っていた。

ようやく蚊帳を吊り終わる。

ふと、康平は夜気の中に異臭を嗅いだ。

きなくさい臭いだ。火薬が焦げたような、蒸れたような――それでいて、確かに嗅いだ覚えのある臭いであった。

その正体に思いいたる前に、庭先の茂みが鳴った。

同時に足音がする。泥を踏みしめる湿った音だ。一人ではない。二人でも、三人でもない。もっと多い。

黒い影が見えた。先頭の影が、縁側に片足をかけている。泥まみれの運動靴。光る白目。すべてが、夜気の中で奇妙なほどあざやかだった。

若者だ。康平は思った。年のころは二十歳前後。上半身は裸で、下は洗いざらしのジーパンだった。

どこかで見た顔だ――。康平がいぶかると同時に、剝きだしの肌が、汗でぬめるように光っている。

「こんばんは、主任」

と青年は言った。

康平の口から「ああ」と合点の声が洩れた。

声でわかった。矢萩工業で外注として使っている、電気屋の倅であった。おとなしい、従順な青年だ。――すくなくとも、昨日までは。

だが、いま目の前にいる青年は別人のようだった。瞳が暗い光をはなっている。例のきなくさい臭いを、全身から発散している。

父の臭いだ、と康平は悟った。

かつて康平の実父も、酔って女房子供を殴るたび、この臭いを撒き散らしていた。拳を振りあげて幼い康平や弟を撲ち、母の髪を摑んで引きずりまわした。そんなとき、必ず室内にはこの臭いが満ちていた。

間違いない。これは、怒りと暴力の臭いだ。

呆然とする康平を後目に、青年の背後から人影が続々とあらわれる。彼らは手に手に薪や斧を握っていた。康平は、ようやく彼らの正体を察した。

——自警団。

そうか、こいつらは自警団員か。

兄の伸平が、自警団員に殴られたのはつい先日のことである。往来に広がって歩くなと注意しただけで、袋叩きにされて肋骨にひびを入れられたのだ。

——なぜその自警団が、おれの家に。

おれはなにもしていないぞ。康平は後ずさった。

まさかおれが、伸平兄貴の実弟だからか？　それとも大助の従兄だからか。だとしたらいい迷惑だ。おれはなにひとつ関係ない——。

康平は忘れていた。眼前の青年を八つ当たりでひっぱたいた日のことも、酒の席で犬の真似をするよう強要した夜のことも、記憶からきれいに抜け落ちていた。

「なんだ、おまえら。いったい……いったい、なにを」

声がうわずった。気づけば、隣家の犬は静かになっていた。

「なにを？」先頭の青年が繰りかえす。

「なにをだってよ」

「なにをだって」

低いくすくす笑いが、室内を這う。

「知りたいですか」

先頭の青年が土足で縁側にあがりこむ。敷居をまたぎ、畳へ泥の足跡を付ける。迷いのない仕草だった。背後の若者たちも、彼につづいた。

康平の真正面に立ち、青年は彼を半目で見おろした。

「いつも世話になってきた、その礼をしたいと思いましてね。——主任」

彼らは六人いた。そして全員背が高く、体格がよかった。

康平の瞳が、ゆっくりと絶望に塗りつぶされていった。

康平からやや遅れて襲われたのは、矢萩光恵の亭主であった。

彼の屋敷は、康平の家よりは戸締まりが厳重だった。しかしお手伝いの少女が自警団に所属していたため、手引きで難なく侵入できた。

間取りについて、自警団は光恵から情報を得ていた。団員は一直線に亭主の寝間を急襲した。

「なんだ、おまえらぁ」

喚く亭主を殴り倒すと、団員の半数は台所へ入り、半数は家中に散った。

台所へ入った一団が狙ったのは、酒であった。たいていの矢萩の家には、つけとどけの上等な日本酒が揃っている。若者たちは、一升瓶をその場でらっぱ飲みに呷(あお)った。まわし飲みしながら、光恵の亭主をロープで後ろ手に縛る。

昨夜、辰樹は団員をこう煽った。

「力で制圧しろ。どちらが上か、暴力をもって思い知らせろ。恐れるな。暴力は、革命を成し遂げるための手段でしかない」

抽象的な台詞だった。団員の大半は、こまかい意味など理解していなかった。

わかっているのは今晩が「暴れていい夜」だということだ。そして許可したのは、ほかならぬ辰樹だ。肝心なのは、その点のみであった。

彼らはたちまち酒に酩酊した。ある者は気が大きくなり、ある者は怒りをあらわにした。反吐を撒き散らしたのち、目が据わる者もいた。眠っていた暴力衝動を、アルコールが解放して後押しした。

一升瓶を抱えた団員が、笑いながら障子戸を蹴り倒した。それが合図となった。

光恵の亭主は、矢萩工業の事業部長だ。無能で尊大だった。女房に社員をこき使わせて恥じない男でもあった。矢萩姓ではない社員の九割が、彼に恨みを抱いていた。

光恵の亭主は、庭へ蹴りだされた。

転がった彼を指さし、団員の一人が怒鳴る。

「知っとるか。こいつぁ辰樹さんに、家の水汲みをさせとったんだぞ」

「水汲みだけでねぇ。薪割りも、勝手口の掃き掃除もやらせとった」

「ふざけやがって。辰樹さんの仇だ、思い知れ」

憤怒の火はたやすく燃えあがった。

光恵の亭主は多勢に取り囲まれ、殴られ、蹴られた。殴られては失神し、痛みでまた目を覚ました。肉を叩く音と、骨の折れるにぶい音がつづいた。

靴音が、どやどやと階段を駆けおりてくる。家捜しに走った団員であった。彼らは光恵の着物や貴金属、現金などを手にしていた。

「見てみい、これ。正絹の付け下げらて。くそ。派手なもん着やがってよ」

「でかい石のついた指輪らのう。なんだこれ、ルビーか？　贅沢しよって」

青年たちが忌々しげに舌打ちする。

まだ中学生らしき少年だけが、不安げだった。

「だども、この家の奥さんは自警団で保護してる人らろ。その人の持ちもんに手を出すのは、まずいんでねぇの」

しかし青年たちは、それを一笑に付した。

「ふん。保護して赤ん坊に乳やってくれ、ってのがあの女どもの頼みだったでねぇか。そいつはちゃんとかなえてやったわね。だども家を守ってくれとまでは頼まれとらん。だいたい、おれたちに間取りを教えて亭主を差し出したんらすけ、そらぁこの屋敷を差し出したんと同じことさ」

「おう。それに辰樹さんだって言うてたぞ。資本家階級のブルジョワ権力を打倒しねばなんねぇ、ってな。こんげ高い着物だの宝石を持っとるやつぁ、まさにブルジョワってやつでねえか。違うか？」

「違わねえ！」

「おう、われわれは資本家階級の私有財産を否定する！　没収だ、没収！」

けたたましい哄笑が湧いた。

青年の一人が、新たな酒瓶の栓を抜いた。

同時刻、すべての矢萩姓の家が自警団に襲撃されていた。

亭主は引きずり出され、打ち据えられた。抵抗する者は口がきけなくなるまで叩きのめされた。止めようとした女房も殴り倒された。

難を逃れたのは寝たきりの年寄りと、辰樹が「将来の闘士」と評した乳幼児だけだった。子供であっても、小学生以上で反抗した者は容赦なく殴られた。

自警団の若者たちは家を打ち壊し、家財を略奪した。

矢萩衆は寝間着のまま逃げまどった。中には女房子供を捨て、われ先にと愛車へ逃げ込んだ亭主もいた。

だが自警団は、夜半のうちに車からガソリンを抜いていた。エンジンをかけようと悪戦苦闘する亭主らを、団員は車内から引きずり出して打ち叩いた。

矢萩工業の重機も被害をまぬがれなかった。大半は本社の鷺見市にあるが、村内にもトラックやクレーン車は数台置かれている。どの燃料タンクにも、容赦なく砂糖がぶちこまれた。

逃げた矢萩衆の中には、犬をけしかけられた者もいた。犬は飼い主の猛りに呼応した。

躊躇なく獲物に躍りかかり、手足を嚙んで引き倒した。狩猟向きの、忠実かつ俊敏な犬たちであった。

とくに秋田犬や紀州犬は、疲れを知らず走った。

4

『拝啓

元気か。田植えの手伝いに戻ってやれず、済まなかった。たまには帰りたいが、貧乏学生の身ゆえ旅費の工面が難しい。

電話もなかなかできず、済まない。下宿には黒電話が一台あるが、大家の目が厳しく、新参者にはそうそう順番がまわってきません。

辰樹や皆は元気か。土蔵の主はいま誰になっている？　おまえが継ぐのはまだ早いかと思い、託していかなかったが、おおよその想像はつく。出入りは程ほどにしておくようにな。あまり入りびたると、父さんたちにばれてしまうぞ。

辰樹への伝言、伝えてくれたか？　先日手紙を出したが、返信がない。やつも忙しいのだろう。承知の上だが、寂しいことです。

おまえは健康に注意して、野球に邁進するように。廉太郎くんと仲良くな。では父さん母さんによろしく。

五月朔日　敦人』

窓の外から、喧騒が響いた。

港人はびくりと肩を震わせた。兄からの手紙を折りたたみ、学習机の抽斗(ひきだし)にしまう。

はじまってしまったか、と眉を曇らせた。

計画どおり、自警団の若者たちが夜襲しているのだ。港人のもとにも、集合せよと連絡があった。だが無視した。いま頃、忠司は港人の不在に気づいている頃だろう。

――辰樹さんも、気づいたかもしれない。

敦人の弟である港人に、辰樹はときおり鋭い目線を投げかけてきた。探るような目つきだった。造反を予期したような瞳でもあった。

――もし運命が狂わず、辰樹さんが推薦をもらえていたなら。

上京し進学したのが、兄でなく辰樹だったなら。

ならば、いまも二人の友情はつづいていただろうか。きっとそうだ、と港人は確信していた。兄はこの村から辰樹を思い、たまの手紙を心待ちにし、喜んで彼に返事を書いただろう。

――だとしたら、いまのこの惨状はなかっただろうか。

港人はカーテンを薄く開けた。

窓越しに自警団員たちが見えた。矢萩姓ではない通行人を取り囲んでいる。おそらく

「ガキは早く家に帰れ」とでも注意され、反発したのだ。胸倉を摑んで凄んでいる。

つづく光景は見たくなかった。港人はカーテンを引いた。

辰樹が煽る「革命」とやらになんの意味があるのか、港人には理解できなかった。

——権力の否定？　社会の転覆？　下剋上？

しかし矢萩を倒してどうなる。暴力で制圧したところで、雇用形態までは変えられまい。矢萩工業が雇い主で、彼らが社員であることになんら変わりはない。

いわゆるストや春闘のように、従業員の待遇改善や賃金の引き上げを訴えるなら理解できる。だが彼らはいきなりの反乱を、大逆転劇をはかっていた。

無謀すぎる。港人はかぶりを振った。

都会で起こった学生運動は、ほんの子供の頃にテレビで観た。正直、格好いいと思った。あんなに若いお兄さんたちが、大人と対等に渡り合うだなんてすごい、と純粋に憧れた。

しかし港人が小学生のうちに、運動は急速にしぼんでしまった。あさま山荘だのハイジャックだの、テルアビブ空港乱射事件だのと、あれよあれよという間に彼らは凶行に走り、世論の支持をなくしていった。がっかりだった。

むろん彼らのやったことは、まるきり無意味ではないだろう。労働者の立場は運動以前より向上したはずだ。社会構造だって、なにがしか変わったに違いない。それでも彼らが掲げた理想には、遠く届かなかった。

――辰樹さんほど賢い人が、わかっていないはずはないのに。

たとえ矢萩の衆を暴力で制圧したところで、天下は一日二日のことに過ぎない。救援が来て日常が戻れば、彼らはただの従業員に戻る。解雇されるかもしれないし、暴行犯として逮捕されるかもしれない。

さっきまで入っていた布団を、港人はめくった。丸めたタオルや衣服を、掛け布団の下に詰めこんでいく。やがて、人が寝ているようなかたちに布団が盛りあがった。

そっと襖を開ける。

廊下を忍び足で歩く。勝手口から表へ出て、倉庫へ走る。

廉太郎のもとへ行くつもりだった。彼の父である矢萩勝利は、吉朗の女房お気に入りの甥っ子である。自警団の標的リストでは、かなりの上位に位置するはずだ。襲撃される前に、一家ごと逃がしてやりたかった。

――約束したんだ。あいつと一緒に甲子園に行くって。

懐中電灯の光を頼りに、港人は倉庫のダイヤル錠をはずした。ついでに、物資をいくらか持っていってやろうと目論んでいた。

ものの腐りやすいこの時季は、どの家も備蓄がとぼしい。商店街にそっぽを向かれたなら、矢萩の家は米、味噌、佃煮くらいしか食うものはないはずだ。

とくに廉太郎の家は、竈(かまど)を潰してから電気炊飯器に頼りきりだと聞いた。煮炊きができないなら、すぐ食べられる菓子やジュース、缶詰類が嬉しいはずであった。廉太郎の喜ぶ顔が脳裏に浮かんだ。

しかし棚に行き着く前に、港人の肩を武骨な手が摑んだ。

「なじょしてんだぁ」

港人は硬直した。父だった。

いつの間に、と思う。音で気づかれて、あとを尾けられたのか。それとも倉庫に忍んでくると勘付かれ、あらかじめ待ち伏せされていたのか――。

後者だろう、と港人は悟った。廉太郎の家に食料を届けたことも、きっと父は察していた。察しながら、現行犯で捕まえようと待ちかまえていたのだ。

「こっち向け」

父が低く言う。港人は動けなかった。

「向け」

もう一度言われ、ゆっくりと体ごと振りかえる。

思いきり、頰を張られた。加減のない平手打ちだった。口の中に血の味が広がる。

父の骨ばった手が、港人の首根を摑んだ。

「矢萩勝利の倅か? あのガキのとこへ、行こうとしとったんか?」

父が猫撫で声でささやく。

港人は答えなかった。同じ側の頰を、再度張られた。あきらめて無言でうなずく。

ふん、と父が鼻で笑った。

「馬鹿な真似しくさって……。ったく、うちの息子はどいつもこいつも、ろくなガキとつるまねぇな」

太い指が、港人の顎を摑んだ。無理に顔を上げさせられる。威圧するように、父が顔を寄せてくる。

「いいか港人。勝利の女房子供が飢え死にしようが、うちの知ったことでねえ。おれぁあいつとは、昔からうまが合わねぇんだ。どうしても行くと言うんなら、おまえはもううちの――」

父がわずかに息を吸った。

次の瞬間、港人は父の目に唾を吐きかけた。口の中を切った血まじりの唾を溜め、狙いすまして噴いたのだ。

父が呻いた。目を押さえ、一歩退く。手の力が緩む。

港人は前傾姿勢になった。肩と腕に渾身の力をこめ、両手で父を突きのけた。

父が倒れた。見えなかったが、商品棚の崩れる音でわかった。

背後から父の喚く声が聞こえる。かまわず港人は走った。

怒声が次第に遠くなっていく。闇を疾走しながら、港人は歯を食いしばった。父に対する――いや、大人に対する憎悪と失望が、腹の中で煮えていた。

辰樹の気持ちが、ようやく理解できた気がした。

5

「お義父さん、あのう……わたしたちは、もう寝みますが」

どっかりとあぐらをかいた背中に、有美はおそるおそる声をかけた。

元市は朝から、休みなく手酌で飲みつづけていた。有美に「肴の用意をしろ」とも言わず、小皿に盛った塩を舐めては杯を呷る。今日二本目とおぼしき一升瓶が、すでに空になりかけていた。

「お義父さん」

いま一度声をかけた。だが舅は振りかえらない。ため息を呑み、有美がその場を立ち去りかけたとき。

「――の、仕業だと思う」

地を這うような声がした。

「え?」

有美は足を止めた。元市が振りかえらぬまま、

「あのけったくそ悪りい投げ文さ」と唸る。

「おめえは、どごのどいつの仕業だと思うんだ。……やいや、虫も殺さねえようなおとなしげな顔して、たいそうな恨みを買っとるみてぇだな、うちの嫁御は」

「そんな」

有美は笑おうとした。笑って、冗談として終わらせてしまいたかった。光恵の仕業ではあるまい、と有美は察していた。たかがいやがらせに、光恵は手の込んだ真似などしない。それにあの封筒の筆跡には、見覚えがあった。

——中学の、元同級生の文字だ。

字を払う角度に独特の癖があった。おそらく本人は気づいていない癖だ。元同級生は、有美と同じく他姓から矢萩へ嫁いだ女であった。

結婚直後は、有美にべったりだった。しかし男児が生まれて光恵に仲間入りを許されると、一転して有美をいびりはじめた。そのくせ降谷側の親戚で集まったときは、

「ごめんね有美ちゃん。ああしないと、うちの子供がいじめられちゃうから」

と上目づかいでおもねってきた。

——わたしが標的になっている間は、自分は安泰だと思っているのね。

有美は唇を噛んだ。

元同級生の気持ちは、わからないでもない。他姓から矢萩もしくは大根田へ嫁いだ女は、この村では玉の輿とされる。だが、気の休まらない結婚生活であった。

婚姻後は、矢萩側である夫が圧倒的優位に立つ。たとえ跡継ぎたる男児を産もうが、地位は変わらない。それどころか矢萩の男衆には、下女のごとき扱いを受ける。

元同級生が「わたしは有美よりましだ」「自分より下の存在がいる」と思いたい心境

は、許せはしないものの理解できた。とはいえそれは、あくまで平常時でのことだ。

――いまはそんな場合でないでしょうに。なんて真似を。

いい迷惑だわ、と有美は胸中で吐き捨てた。

一方で、怒りは自分自身にも向いていた。

彼女の言動を「理解できる」「わからないでもない」などと、八方美人を気取って野ばなしにしてきたツケがこれだ。いやなことはいやと、もっと早くに言えばよかったのだ。

――わたしは、節っちゃんみたいになりたかったのに。

岩森――いや矢萩節子は、快活で物怖じしない少女だった。曲がったことが嫌いで、聡明で、誰をも恐れなかった。そんな節子に、有美は強烈に憧れた。

いま思えば隆也に恋したのも、彼が「節子の従兄」だったからだろう。有美は節子の身内になりたかった。親友よりも、もっと濃い間柄になりたかったのだ。

だがいまや、夫への恋は冷めた。隆也は見栄えだけ立派な、はりぼての王子様だ。節子と似ているのは、その整った容姿だけだった。

なのに有美は、いまだこの家を出る勇気がないままだ。

「――なじょした、有美？」

舅の声だった。はっと有美はわれにかえった。

同時に、声がひどく近いことに気づく。体温も近い。うなじに生ぬるい息がかかる。饐えたような、元市の体臭が嗅ぎとれた。

「なじょでもいいわ。おい、座れ。こっちで酌せえ」

熟柿くさい息が、ぷんと鼻を突く。

腰に手をかけられ、二の腕が粟立った。

舅に尻を撫でられたり、顔を寄せて匂いを嗅がれたのははじめてではない。そのたび冗談にまぎらせてかわしてきた。かわせるだけの余裕が、そのときはお互いにあった。

——でも、いまは。

腰を摑んだ手に、有無を言わせぬ力があった。

いま振りかえったなら、舅の眼は笑っていないはずだ。有美は確信した。欲望にぎらつき、唇は唾液でぬめっているはずだ。見ずとも、それがわかった。

逃避したいのは、かつての同級生だけではないのだ。あの女が日常を取り戻したいと願い、いつもどおり「下位の者」を見出したくて怪文書を送りつけたように、元市も己の優位性を取り戻そうとあがいている。

そのために彼は、力を誇示しなくてはならないのだ。弱者を踏みつけ、服従させられるだけの〝力〟を。

有美は舅の手を避けようとした。だがその前に、尻を鷲摑みにされた。

「痛っ」

思わず声をあげる。その悲鳴が、元市の嗜虐心に火をつけた。

元市はものも言わず、有美を畳にねじ伏せた。有美は抵抗した。必死に手足を振りまわし、身をもがいた。

元市は頑健な男だ。背こそ低いが、筋肉で押し固めたような体軀をしている。酔いでてらてらと光る顔は、子供の頃に見た酒呑童子の面を思わせた。この体格の男にのしかかられては、華奢な有美ではなすすべがなかった。

胸乳（むなち）に顔を押しつけられ、有美の全身に鳥肌が立つ。元市の耳の後ろから、アルコールと加齢臭と、脂っぽい体臭が入り混じって立ちのぼる。

いやだ、と有美は思った。

これだけはいやだ。耐えられない。舌を嚙んで死んだほうがましだ。

有美は体をねじり、元市の脇腹を膝で蹴りあげた。体勢からして、さほどの威力はなかったはずだ。しかし元市は、反撃に虚を衝かれたらしい。押さえつける力が、わずかに緩んだ。

その隙に、有美は右腕をもぎ離した。舅の頭頂部に、思いきり肘を叩きこんだ。

元市が呻き、体ごと横へ傾ぐ。

畳を這って有美は逃げた。だがその前に、肩を摑まれた。

有美の首が、真横へ曲がった。ねじ切れるほどの勢いであった。

平手で殴られたのだと気づいたのは、数秒後だった。

右頰が熱い。痛いというより、痺れている。

頭が真っ白になった。抵抗が止まる。いまさらながら恐怖が湧いてくる。殴り殺されるかもしれない、と身がすくむ。

駄目押しのように、もう一度平手が襲った。今度は左頬を張られた。

一瞬にして、顔じゅうが熱を持つ。みるみる腫れていくのがわかった。歯茎から、歯が浮いたように感じた。

元市の手がブラウスにかかった。引き裂かれる。ボタンが飛ぶ。

有美は歯を鳴らしていた。顔は熱いのに、悪寒がひどい。荒れた元市の掌が、無遠慮に彼女の素肌を撫でまわす。

有美は叫んだ。叫んだつもりだった。

しかし口から洩れたのは、ひゅうひゅう鳴る呼吸音だけだった。悲鳴は、喉の奥で固く縮こまっていた。

6

岩森は、愛子とともに、狭い車内で息をひそめていた。

つい数時間前、岩森は林で若者たちに追われ、車の中へ逃げこんだ。事態が切迫しているらしい、と彼は悟った。悟らざるを得なかった。

辰樹と決裂したあの日を、まざまざと思いかえす。あの日の辰樹の眼。親しみのかけらもない、凍えるようなまなざしを。

岩森はハンドルに突っ伏した。

——どうする。どうすればいい。

岩森と愛子がここにいることは、すでに自警団にばれている。このN360が矢萩隆也の車だということも、村民には周知の事実だ。

若者たちは先刻、岩森をいたぶるだけで解放した。岩森ごとき、いつでも捕らえられるからだ。彼は都会帰りの青白いインテリで、しかも子連れの身である。いつでも狩れる、取るに足らぬ相手だと見なされていた。

——勝機があるとしたら、その一点かもしれない。

岩森は目を閉じ、黙考した。

確かに彼は東京の大学を卒業し、現在はホワイトカラーと呼べる業種に就いている。鶏頭川村の人々が知る岩森像は、そこで固定されてしまっている。

数年前に辰樹の進学相談にのったときでさえ、岩森は己の生い立ちや過去をほとんど語らなかった。「おれも同じような村の出身で、父親には苦労させられたよ」程度に、さらりと打ち明けたのみだ。

しかし実際の岩森は、貧しい山間の村に生まれた余り子だった。残酷な兄たちに追われ、幼い彼はしばしば山に身を隠した。息をひそめ、気配を殺すすべを覚えた。

——おれ一人なら、たぶん一晩じゅうでも走りまわれる。

さすがに三十の坂を目前に、体力は落ちつつある。デスクワークばかりで運動不足なのも否めない。とはいえ岩森には、経験があった。

かつての岩森はしぶとい子供だった。食事抜きにされたなら迷わず山へ走り、木の実や蔓(かずら)をかじって飢えをしのいだ。父親の不意の打擲(ちょうちゃく)にも、泣き声ひとつ上げなかった。父も兄もそんな彼を「可愛げがない」とさらに厭(いと)った。

一度だけ反撃し、下の兄を撲殺寸前まで叩きのめしてしまったことがある。

白目を剝き、舌をだらりと垂らした兄の顔をいまでも覚えている。脱力した体のぞっとするような重みが、すんでのところで岩森を正気に戻らせた。

自分の中にひそむ狂気と暴力性を、あの日、岩森ははじめて自覚した。以後、彼は兄たちに反撃しなかった。逃げまわるだけにとどめた。知恵を絞って追っ手をまくことで、エイキチを――いや、「凶暴な自分」を封印した。

――車を置いて、出るしかないな。

苦渋の決断だった。だがほかに選択肢はなかった。この色のN360は目立ちすぎる。それに軽自動車に籠城したところで、取り囲まれたなら数時間ともたない。

――問題は、愛子を連れてどこまで走れるかだ。

いくら猛った自警団とはいえ、こんな幼な子まで傷つけはしまい。理性ではそう思う。しかし集団の暴走が理性を塗り潰してしまうさまを、岩森はすでに知っていた。

正義と革命の名のもとに、生身の人間に火炎瓶を投げつける男たちを見た。ゲバ棒と呼ばれる角材を他人にためらいなく振りおろし、ブロックの塊を投げつける学生たちを目の当たりにしてきた。

そして下の兄を撲殺しかけたあの感触は、いまでも拳に残っている。人は、たやすく暴力衝動に支配される。

――逃げきれるだろうか。

さいわい愛子は父に似て、運動能力が高い。走るのは速いし、木登りも得意だ。むろん、しょせんは保育園児である。大人の脚にかなうはずもない。だが賭けるしかなかった。

――有美さんはどうなっただろう。

頬の内側を嚙んだ。自警団がほんとうに〝革命〟および〝下克上〟を目論んでいるならば、矢萩元市は標的リストの上位に入る存在だ。となれば元市と同居している隆也と有美とて、ただでは済むまい。

降谷の出身である有美を、自警団が見逃してくれるかどうか――。確率は、五分五分に思えた。

――信頼できる誰かに愛子を託して、有美さんを助けに行きたい。

だが、誰に？　と自問自答が湧く。「安全な場所」で思いつくのは、吉見の診療所か降谷邦枝の家くらいだ。診療所には西尾が収容されている。そして邦枝は、殺された敬一の母である。いくら荒れ狂おうと、自警団がこの二軒までも襲うとは考えにくい。とはいえ……。

い。

――そうだ、ＣＢ無線。

岩森はカーラジオに飛びついた。

ＣＢ無線を傍受すれば、自警団の動向が把握できるかもしれない。

しかし、すぐに落胆した。若者たちはとうに所定の位置についていた。道は完全に封鎖され、占拠されているようだ。いま人家のある集落へ向かうなど、火に入る虫に等しい。

――やはり林に身をひそめて、逃げまわるしかないか。

「お父さん」

愛子の細い声がした。

不安の滲んだ声だ。子供ながらに異常な空気を感じとっているのだろう。岩森は後部座席に腕を伸ばし、愛子を抱きあげた。

「しーっ」

静かに、とささやきながら、愛子の頰を己の胸へ押しつける。

左手で、カーラジオを切った。

「なあ愛子、ごっこ遊びしようか」

娘を助手席におろす。できるだけ平静を装った。

「いいか。いまから朝になるまでの遊びだぞ。〝絶対にお父さんの言うことを聞かなきゃいけないごっこ〟だ。『どうして？』とか『なんで？』と訊くのも駄目。一から十までお父さんの言うとおりにするんだ。できるかい？」

愛子が「どうして」と訊こうとし、やめるのがわかった。言葉を呑み、「うん」とうなずく。いまにも泣きそうに、口もとが震えている。

岩森はいま一度娘を抱きしめた。

鼻の奥がつんと痛んだ。節子、と胸中で妻の名を呼ぶ。

節子、頼む。おれにこの子を守らせてくれ。きみを失ったとき、おれは弱かった。弱い男だと思い知った。だが愛子の前で、弱い父でありたくない。

岩森は愛子を離し、いま一度「しーっ」と言ってから、業務用かばんを探った。

書類の綴り紐が出てきた。三本を結び合わせる。次いで長靴の爪先にちり紙を詰めこみ、サイズを合わせた。結び合わせた綴り紐で、長靴を脛へぐるぐる巻きに縛りつける。

――これで、少しは走れるはずだ。

子供の頃に裸足で野山を駆けていたせいで、岩森の足の裏はいまでも肥厚して固い。だがいま村を浸しているのは汚水まじりの泥である。破傷風や疫病が怖かった。それでもいざとなれば、裸足で走るしかないだろう。

ほかに持っているのは文具くらいだ。武器になりそうな先端の尖ったものといえば、カッターナイフにボールペン。ないよりましかと、ペンケースごとポケットにねじ込む。

「愛子、車を降りるぞ」

岩森はささやいた。

愛子がこくりと首を縦に振る。その頭を、やさしく岩森は撫でた。

「ようし、いい子だ。——大丈夫だぞ、お父さんがついてるからな。なにがあっても、お父さんは愛子と一緒だ」

周囲に人の気配はなかった。懐中電灯や松明の明かりも見えない。

自警団はいま頃、集落の寝込みを襲っているだろう。容赦ない襲撃のはずだ。だが矢萩の衆とて、一人か二人はその手をすり抜けて逃げおおせるかもしれない。

逃げた彼らが思い浮かべる先は、山もしくはこの林だ。村内に、ほかに身を隠せる場所はなかった。自警団は彼らを追い、必ずここへやって来る。

——その前に、準備しておかなくては。

岩森は愛子とともに車を離れ、藪をかき分けて歩いた。地面はやはりぬかるんでいる。しかし走れないほどではなかった。

林の中まで月光は届かないが、夜目に慣れさえすれば懐中電灯なしでも動ける。足もとを見ると、靴底の跡がくっきり泥に残っていた。

「お父さん、これ」

愛子に呼ばれ、振りかえる。

岩森は目を剝いた。愛子がショルダーフォンを携えていた。いつの間に車から降ろしたのか、ストラップを握りしめ、顔を赤くして泥の上を引きずっている。

「愛子、そんな重たいの、置いてきていいんだぞ」

「でもお父さん、これ大切なんでしょ」

岩森は返答に詰まった。ショルダーフォンをこの場に置いていくか、数秒迷う。結局は、愛子の手から受けとって斜め掛けにした。

CB無線によれば、若者たちは薪や斧を手にしているという。咄嗟の盾くらいには使えるだろう。

壊れたなら、そのときこそ置いていく——。そう決めて、岩森は「行くぞ」と娘の背を押した。

7

誰かが持ちこんだラジカセから、テイスト・オブ・ハニーの『今夜はブギ・ウギ・ウギ』が大音量で流れていた。

昨年の大ヒットナンバーだ。中高生たちが、深夜ラジオで繰りかえし聞いた曲である。軽快なテンポの、いわゆるディスコ・サウンドというやつだった。割れ鐘のような音で流しながら、若者たちは夜の村を疾走した。

その頃、矢萩伸平は畳に土下座し、妻とともに許しを乞うていた。

抵抗する気は失せていた。凄まじい音でがなるラジカセとともに、若者たちが障子を蹴破って現れた光景は、悪夢さながらだった。

先日、仲平が「おい、道に広がって歩くな」と注意したのは、ほんのかるい気持ちからだ。相手は赤ん坊の頃から知っている青年だった。仲平の息子と同学年で、身近で成長をつぶさに見てきた相手でもある。

息子は進学を機に上京したが、青年は村に残って矢萩工業に入社した。現場で見かけるたび、「頑張ってるか」「やってるな」と声をかけてやっていた。その延長上のつもりだった。

しかし次の瞬間、仲平は取り囲まれ、数人がかりで殴りつけられていた。吉見医師の手当を受け、自宅で平静を取り戻したあとも、仲平はなぜ自分があんな目に遭わされたのか理解できなかった。どうして青年が怒り、自分が殴り倒されたのか、かいもく見当がつかなかった。

――だども、いまならわかる。

仲平は奥歯を食いしばった。

いま目の前にいる若者たちは、どれもよく知っている顔だった。

――でも、おれの知っているあの子たちではねえ。

外見はそっくりでも、まったく別のなにかだ。異国人、いや異星人にすら思えた。もはや、言葉や情の通じあう相手ではなかった。

すぐ横で妻が震えている。妻は啜り泣きながら、

「ヨウちゃん、アキちゃん……なんで……」と呻きを洩らしていた。

どちらの子も、息子の中学時代の後輩だ。妻はいつも、彼らにカルピスやら贈答品の洋菓子やらをふるまっていた。目をかけ、可愛がってやっていた。だが彼らの双眸には、いまや親しみのかけらもなかった。憎悪と軽蔑で凝り固まっていた。

「――貧乏人にほどこすのは、楽しかったか」

蹴りあげた利き足が、妻の体の脇をかすめた。悲鳴が湧いた。ヨウちゃんと呼ばれた青年が唸る。

「ええ、楽しかったかよう。婆あ」

呂律がまわっていない。酔っているのだ、と伸平は気づいた。妻の泣き声にかぶさるように、隣家から物の壊れる音が響く。隣は、矢萩勝利の家だった。同じく矢萩工業の幹部だ。破壊音は隣からだけでなく、四方から聞こえてきた。伸平の膝が折れた。力なく、彼はその場にへたりこんだ。

その頃、港人は大音量のディスコ・サウンドを背に聞きながら走っていた。『矢萩勝利』の表札を見つける。裏へまわって、枝折戸から敷地内に忍びこんだ。就寝中なのか、石油ランプの灯りは見えない。港人は庭を迂回し、廉太郎の部屋へと向かった。

窓ガラスを叩く。三回叩いてやや間を置き、また三回叩いた。

窓がひらいた。

「――港人か」

「廉太郎！」

突き出された親友の顔に、港人はほっとした。

気のせいだろうか、廉太郎の頬が数ミリほど削げたように見える。食えているのか、と聞きたかったが、会話を交わす時間はなかった。

「逃げれ」

港人は早口でささやいた。

「説明はあとだ、まず逃げれ。服は寝間着のままでいい。親御さんたちを叩き起こして、靴だけ履いて出ろ」

言い終えぬうち、廉太郎の背後で悲鳴と破裂音がした。遅かったか、と港人は舌打ちした。

廉太郎が両親の寝室を振りかえり、躊躇(ちゅうちょ)している。港人は叫んだ。

「いったん逃げれ！　あとで助けに戻ればいい。おまえだけでも、この場は逃げれ！」

「だども、く、靴」

「スパイクでいいねっか！　早よう！」

廉太郎が窓辺から消えた。数秒後、見慣れたスパイクシューズが降ってくる。慌てて港人は手を伸ばして受け止めた。

廉太郎がサッシから身をのりだし、庭の芝へ飛びおりる。同時に、女の高い悲鳴が湧いた。

「母さん」廉太郎の肩が跳ねる。

港人は親友の体を抑えるように抱いた。

「待て、おまえまで捕まったら元も子もねぇ。——いまは走れ。走って助けを呼んで、必ず戻って来るんだ」

廉太郎が蒼白な顔でうなずく。

その手に、港人はスパイクシューズを押しつけた。

月が銀貨のように大きく、明るかった。

港人と廉太郎は喧騒を後目(しりめ)に、物陰の闇を縫って走った。

自警団の襲撃は、傍目にも秩序をなくしつつあった。本来なら各隊にはリーダーがおり、陣形を崩さぬよう指示しているはずだ。だがどの隊も、とうにまともな陣形など保っていなかった。

団員はみな、酒に酔っていた。興奮ゆえか大半が半裸になっている。

棒を振りまわしながら往来を走りまわる者がいた。音楽にあわせて踊る者もいた。その肌に、誰のものとも知れぬ返り血がこびりついていた。

——辰樹さんは、指揮をとっていないんだろうか。

港人はいぶかしんだ。

白鳥がいないのは、CB無線機に付きっきりだからだろう。刺された西尾が不在なのは当然だが、リーダーである辰樹が姿を見せないのは不気味だった。

混乱はいまや、帯留町を越えて村じゅうに広がりつつあった。

向かいの玄関戸が唐突に倒れ、中年の男が転げ出てきた。額から血を流している。家内から青年が駆け出てきて、その襟首を摑んだ。男が悲痛な声をあげた。

あの二人を知っている――。港人は気づいた。

青年と男は、実の親子だ。息子が実の父を追いまわし、殴打しているのだった。男の顔がみるみる腫れあがり、鮮血にまみれていく。

「どうだ」息子は笑っていた。

「わがガキに撲ちのめされる気分はどんげだ。おまえが殴る立場で、おれが殴られる側で、一生決まってると思ってらか。自分が撲ちのめしてきたガキに、同じようにやりかえされる気分はどんげだ、ほれ、言ってみれ」

血の繫がった父親を殴りながら、青年は高笑いをはなった。

正気ではない、と港人は顔をそむけて走った。

酒よりも、青年は暴力に――力に酔っていた。肉体的暴力。支配力。破壊力。他人を制圧できる己の力に、なによりも陶酔していた。

――なにが革命だ。

これはただの私怨だ。混乱に乗じて、自分たちを虐げて抑圧してきた者たちに報復しているのだ。ただの復讐だ。

胃のあたりから、苦い嫌悪が突きあげた。

気づけば、同様の光景はあちこちで繰り広げられていた。鍬(くわ)や鎌を手にした青年たちがいた。刺叉(さすまた)を持って駆ける少年がいた。彼らの半裸の肌は汗ばみ、月光を反射して鞣(なめし)革(がわ)のように光っていた。多くの家で玄関戸が打ち壊され、窓ガラスが割られた。

通りの酒屋や小間物屋も襲われた。倉庫の鍵が壊され、一升瓶やビールがケースごと持ちだされている。

略奪がはじまったらしい。これでは「女子供には手を出すな」の戒律も、いつまで持つか危うい。

「おい、こっちだ」

脇から廉太郎が裾を引く。港人は慌てて方向転換した。

そうだ、いまは誰かを心配する余裕はない。一心に廉太郎と走るしかない。

「山へ、逃げよう」

荒い息を吐きつつ港人は言った。

「一晩山に隠れて、朝を待つんだ。明るくなれば、自警団だって正気に戻るかもしれん」

望み薄とは知りながら、そう相棒にささやく。

自警団は、山にも追跡隊を送り出しているに違いなかった。だが平地で逃げまわるよりは、まだしも勝機があるだろう。日頃の練習で鍛えた港人たちの体は、荒れ地の追走劇にこそ有利なはずだ。

――うちの商店は大丈夫だろうか。

そっと胸中でつぶやいた。

団員は、いや暴徒は矢萩姓ではない商店まで襲いはじめている。略奪はさらに拡大していくはずだ。そうなれば、煙草屋とて標的のひとつだ。

忠司兄ちゃんが、暴徒たちを止めてくれないだろうか――。そう考えかけて「無理だな」と打ち消す。港人が逃げたと気づいて、忠司が「裏切り者」と激怒している可能性だって高い。

「やめれ、やめれ、おい」

鎌を持った青年が、叫びながら通りを走っていく。

「うちの店だ。やめれ――壊すな」

「やだあ、お母さん。お母さん」少女の悲鳴が重なる。

小間物屋の息子と娘だった。港人は顔をしかめた。彼ら兄妹も、自警団員のはずだ。なのに暴徒は委細かまわず店を打ち壊し、商品を強奪していく。

だが他人を憐れむいとまはなかった。

港人は廉太郎の背中を追い、狭い小路をひた走った。

犬の吠え声が聞こえた。繋がれている犬の声ではない。あきらかに移動しながら近づいてきている。しかも、複数だ。

やつら、犬まで放したのか——。港人の顔から血の気が引いた。

犬の機動力は人間の比ではない。むろん体力も、探知能力もだ。

鵜頭川村に、犬を飼っている家は多くない。村が貧しかった頃の名残だ、と港人の祖父は言う。愛玩用の動物を養う余裕がなかったため、集落に習慣が根付かなかったのだ、と。例外は、猟師が連れていた猟犬くらいだ。

高度成長期に入ってからは、ペットとして犬を飼う家も増えている。とはいえペットはペットだ。放したところで、すぐ狩りができるはずもない。けれど。

——けれど、猟犬の子孫が少数ながら残っている。

前方の廉太郎が、方向を示すべく腕を振りながら小路の角を曲がる。港人は強いて頭を無にし、親友につづいて走った。

8

岩森は愛子とともに藪にひそみ、遠くの喧騒を聞いていた。

目は、だいぶ闇に慣れてきたようだ。

もともと岩森は夜目のきくたちである。幼い頃から父に殴られ、兄に追われ、朝まで山中を逃げまわった。そんな経験を繰りかえすうち、いやが上にも視力が発達した。目だけではない。あの頃は勘も鋭かった。己の身を守るため、つねに感覚を研ぎ澄ましていた。

安らぎには遠い暮らしだった。同じく酔った親に殴られて、手足に障害の残った子供を何人も見てきた。毎日の警戒で皮膚は過敏になり、顔つきまで尖った。兄たちには「こいつ、狐じみた顔しとるな」と笑われた。

――あの頃の自分を、思いだせ。

岩森は己を叱咤した。

あれから十五年以上経っている。子供時代とまったく同じに動くのは不可能だろう。しかし知識と逃走本能、そして皮膚感覚ならば失っていない。体の奥底にまで、沁みついているはずだ。

岩森は蓬（よもぎ）を摘んで揉み、汁を愛子の首すじや手足に塗りつけた。虫除けである。余った汁は自分の体に塗った。人は痛みを我慢できても、痒みは我慢できない。虫に刺されながら気配を消すのはむずかしい。

追手は、まだ来ないようだった。

「ここにいなさい」

愛子に言い置き、岩森は静かに藪を出た。

柔らかい泥の上を、行きつ戻りつする。一方だけへ向かう足跡を残すわけにはいかない。角度を変えながら、泥地に無数の足跡をつけていく。

「おっと」

岩森は後方へ飛びすさった。草むらに、トラバサミが仕掛けてあった。苔と草で巧妙に隠してある。草を分けて調べると、中型から大型獣用のトラバサミだった。

――こいつに挟まれたなら、大の男でも脚の骨が粉砕骨折するぞ。

こんな命令を下すのは白鳥だな、と岩森は察した。

白鳥和巳はオカルト系だけでなく、人間狩りをおこなう世紀末系SFにも造詣が深い。この手の作戦を練る人物は彼しかいない。

――枝の間にも、仕掛け矢があるかもしれないな。

こうなれば、つねに最悪の事態を考慮しておくのがよさそうだ。

岩森は足跡を泥に刻みながら歩き、木陰に獣の糞（ふん）を見つけた。大きさからして、鼬（いたち）か狸（たぬき）だろうか。拾って袖や裾になすりつけた。もし追跡隊に犬がいるなら、その鼻を惑わす必要がある。藪へ戻って、愛子の服も同様に汚さねばなるまい。

さらに8の字を描くように岩森は歩いた。

犬の嗅覚は鋭い。だが訓練していない限り、匂いの新旧の誤差まで嗅ぎとれるほどではない。動けば動いておくほど、犬はあたり一帯へ撒き散らされた匂いに混乱する。

そろそろいいか、と彼は愛子のいる藪へきびすを返した。

ふと足を止める。目を凝らし、しゃがみこんだ。

ホタルミミズの群れだった。夏にこいつを見かけるのは珍しい。豪雨で土壌があらかた流されたからだろうか。役立ちそうだ、と摑みあげて細工していると、林の向こうから数人の声と足音が近づいてきた。

——思ったより、早い。

岩森は愛子のもとへ駆け戻った。

「愛子、木に登れ」

娘の服に獣糞をなすりつけ、岩森はささやいた。

「ほら、あの枝までお父さんが抱っこしてやる。あとは大丈夫だな？　木登り、得意だもんな？」

愛子は血の気のない顔でうなずいた。その表情に、岩森の胸が一瞬締めつけられる。しかし抱きしめてやる余裕はなかった。

岩森は愛子を抱え、枝が摑める高さまで尻を押した。ちいさな体が枝葉に隠れたのを見届け、自分も木に登る。太い枝に手をかけ、懸垂の要領で体を引きあげた。

数秒ののち、林に黒い影が走りこんできた。

その影を追うように、若者たちの一団が荒々しく踏み入ってくる。

「おらぁ、隠れても無駄らてぇ」

「出てこいや、くそったれが。こっつら藪なんぞに逃げたって、時間かせぎにもならねえて」

糸の切れたような馬鹿笑いが響く。犬の低い唸り声がする。

やはり犬を使ったか。岩森は奥歯を噛んだ。

彼らは本気で〝狩る〟気なのだ。大型獣の狩りに、猟犬は必要不可欠である。いま自警団の目に映る岩森たちは、大型の害獣以外のなにものでもないのだ。

そして犬は忠実かつ、愚直なほど執拗な生きものだ。嗅覚と聴覚に優れ、陸上を時速二十キロから三十キロで走る。犬種によっては六十キロ台で疾走するという。

長距離を走りつづけるスタミナがあり、なにより攻撃力が高い。飛びかかられ、急所に牙を突き立てられたなら、その瞬間にすべてが終わる。

――こりゃあ、ますます逃げまわるほかなくなったな。

つぶやいて、かすかに身を震わせる。犬を放たれることは想定内だった。しかし現実として身に迫ってきたいまは、恐怖しかなかった。

岩森は幹に身を寄せた。短く速く息を吸い、すこしずつ、ゆっくりと細く長く吐く。あらかじめ愛子にも教えておいた呼吸法であった。

影が逃げる。一団が追う。藪を鳴らす音が近づいて来る。

長く呼吸を止めるには、まず肺から二酸化炭素を吐ききってしまわねばならない。肺を空っぽにしてから、ある程度楽なところまで息を短く静かに吸う。

己の真下に彼らがさしかかるのを見はからい、岩森は息を止めた。心を無にし、木に同化するように気配を消す。

息づまるような数十秒が経った。

足音が遠ざかっていくのがわかった。

岩森は細く長く息を吐き、吸いこんだ。新鮮な酸素に、全身の細胞が歓喜するのを感じた。

やや身をかがめ、去っていく一団の背中を凝視する。

最後尾の青年が遅れ気味に走っていた。まさか気づかれたか、と岩森は身を固くした。

だが違った。青年はズボンをずり下げ、股座(またぐら)に突っこんだ手を激しく動かしていた。

自慰しているのだ。気づいた途端、岩森はヒステリックに笑いだしたくなった。と同時に、薄ら寒いものも覚えた。眼前の暴力に彼らが興奮しきっていることを、あらためて実感した。

愛子に合図しようと、岩森は首をめぐらせた。

その刹那、薄汚れた灰白色が視界をかすめる。塀だった。数十メートル向こうに、鼠色の塀に囲まれた建物がそびえていた。

もとは白かったのだろう壁や塀が、風雨にさらされて黒ずんでいる。雨垂れの染みが細長く涙のような模様を描いている。

——廃工場だ。

そうか、あれがあったな。岩森は目を細めた。

節子と結婚して、村へ越してきたときからあった廃墟だ。染料工場だったという噂だが、いまは村人に存在ごと忘れられ、打ち棄てられた存在だった。

——すこしの間でも、身を隠せるかもしれない。

一度だけ、岩森はあの廃工場を見に行ったことがある。門には錠がなく、簡単に敷地へ入れた。窓は割れ、錆びついた機械が放置され、夏蔦（なつづた）や蔓（かずら）が縦横無尽にはびこっていた。

——おれはともかく、せめて愛子に一息つかせたい。

ショルダーフォンをかばいつつ、岩森は木からすべり降りた。音をたてぬよう藪を踏み、降りてきた愛子を下で受けとめる。

向こうへ行くぞ、と指で合図した。

愛子がうなずく。まばたきもせず見ひらいた目に、うっすら涙の膜が張っていた。岩森は無言で愛子の頭を撫でた。いまはそれしかしてやれなかった。

藪歩きは、足跡が残らない利点がある。だがどうしても音を発する。葉擦れがし、踏みしめた小枝が折れる。足を乗せるたび、湿った苔がぐじゅっと水を吐き出す。

——新たな一団が来ないうち、早めに移動しておかねばならない。

岩森は左手で藪をかき分けた。利き手はなるべく守っておきたい。山漆（やまうるし）の低木に気づき、眉根を寄せた。振りかえって愛子に「触るな」と目くばせした。

前方へ向きなおる。途端、岩森はぎくりと立ちどまった。

眼前に背中があった。

しゃがみこんでいる。男だ。黒っぽいジャンパーをひっかけているが、下は寝間着に見える。脂じみた髪が、額に巻かれた白布にかぶさっている。

——頭の傷。それに、あの体格。

岩森は息を呑んだ。なかば無意識に、愛子を片手で引き寄せる。

矢萩大助であった。

袋叩きにされて寝込んでいるという話だったが、ここまで自力で逃げてきたらしい。数日は動けないと言われたはずなのに、さすがの化け物じみた体力であった。

——そうか、さっき走りこんできた影は、大助だったか。

つまり自警団は、大助を追ってきたことになる。厄介だな、と岩森は唇を曲げた。ほかの者ならいざ知らず、自警団が大助を放置して帰るとは思えない。見つけだすまで、林を捜しつづけるだろう。

岩森は、静かに体の向きを変えようとした。

空気を悟ったか、愛子の頬が怯えで引き攣る。

岩森は大きく一歩後退しようとした。そのとき、愛子の足がもつれた。

背中から愛子は藪に倒れこんだ。岩森が抱きとめようとしたが、遅かった。枝葉が激しく鳴った。

大助が振りかえる。岩森と大助の目が、まともに合った。

次の瞬間、大助が獣のように跳ねた。

太い腕に、岩森は胸倉を摑まれた。抗う間もなかった。押し倒され、岩森は地面に背中を打ちつけた。

牡(おす)の体臭が鼻孔を襲った。ひどく間近に大助の顔がある。

なんて顔だ——。岩森は驚愕した。

大助は歯を剝き、両のまなこを吊りあげていた。瞳孔が縮まっている。臭い涎(よだれ)がぼたぼたと岩森の顔に垂れかかる。

理性のかけらもない形相だった。そこには憤怒と、原始的な生存本能だけがあった。

矢萩大助はけして大柄ではない。しかし猪首で胸板が厚く、上腕が太い。矢萩の男独特の体格だ。のしかかられると、岩のような威圧感があった。

大助が、真上から拳を打ち下ろす。

岩森は咄嗟に同方向へ首をひねり、打撃の衝撃を逃がした。兄を相手によく使った手だ。それでも頬が痺れ、歯に衝撃が響いた。

腕を上げて頭部をかばう。二、三度殴られた。腕の上からだった。骨が軋んだが、耐えられぬほどではなかった。

ふいに大助の重みが半減した。

岩森は薄目を開け、愕然とした。馬乗りの体勢のまま、大助は腰を浮かせて腕を横へ伸ばしていた。手の先には怯えた白い顔が——愛子がいた。

岩森は渾身の力で、下から大助を跳ねあげた。

大助がバランスを崩す。地面へ片手を突く。岩森はすかさず大助の足首を摑み、すくいあげた。

仰向けに倒れた大助へのしかかる。形勢逆転だった。

愛子に手を伸ばす大助を見たとき、岩森にはわかった。彼の意図が、手にとるように飲みこめた。理屈ではない。体に電気が走ったように、瞬時に伝わった。

大助は愛子を捕らえ、自警団の若者たちの前へ放り出そうと目論んでいた。自分が逃走する時間かせぎの、生贄として差し出そうとしていた。

岩森は拳を握った。怒りが脳を焼いていた。

――エイキチが。

生まれてはじめて岩森は、他人をこの拳で叩きのめしたいと思った。許せなかった。狂気。暴力衝動。視界が暗くなり、次第に狭まっていく。

だが。

――エイキチが、来ちゃったよ。

岩森の体が硬直した。

大助の鼻柱へ振り下ろしかけた拳を、寸前で止める。代わりに、狙いすまして顎先を払うように殴った。

顎先は人体の急所だ。地面に倒した状態ゆえ、威力は半減しただろう。しかし大助の脳が揺れたのがわかった。手ごたえがあった。

大助の黒目が、ぐるりと裏返る。

間を置かず、岩森はその猪首に前腕を当てて絞めあげた。大助がわずかにもがく。かまわず絞めた。殺す気はなかった。あくまで気絶させるだけだ。

大助の腕が地面に落ちた。

絞め落とした。確信し、岩森はゆっくりと立ち上がった。

人を殴ったのは、下の兄との喧嘩以来だ。だがあのときは、殴りたくて殴ったのではない。反撃がエスカレートしたに過ぎなかった。

——はじめて自分の意思で他人を殴り、首を絞めた。

振りかえり、岩森は愛子を手まねきした。

娘が駆けてくる。腹に体当たりするように抱きつく。

死んじゃったの？　と、唇が無音で動いた。

岩森はかぶりを振り、寝てるだけ、と同じく唇の動きで伝えた。愛子が、ほっと体から力を抜く。

大助は昏倒していた。岩森は迷わず、彼から軍手と編上靴を奪った。そして担ぎあげると、藪の外に横たえた。

——じきに、自警団員が見つけてくれるだろう。

罪悪感は覚えなかった。己を守るために、愛子を犠牲にしようとした男だ。自業自得だと思った。さきほどの怒りが、まだ指先の震えに残っていた。

「行こう」

娘の耳に、岩森はささやいた。

第六章

1

【鵜頭川村事件】

鵜頭川村事件（うずかわむらじけん）は、１９７９年（昭和54年）６月に、Ｘ県北神洞郡鵜頭川村（現・Ｘ県Ｚ市北神区）で発生した内乱事件。

当時鵜頭川村の人口は約９００人。世帯数は２５０から３００戸。内乱を扇動したとみられる自警団は、15歳から24歳の若者が中心であった。

発端はＸ県全域で起こった大水害による土砂崩れのため、山間部に在った鵜頭川村が数日間にわたって孤立したことである。

自警団は当初、混乱に乗じての窃盗や暴行等の防止を目的として結成された。しかし災害の不安の中、住民との衝突が相次ぎ、やがて内乱へと発展した。

——Wikipedia

2

岩森は利き手で、廃工場の錆びた門を押した。

記憶のとおり門は施錠されていなかった。入り口も、簡素な南京錠がぶら下がっているだけだ。

岩森はゼムクリップ二本をほぐし、針金状に長く伸ばした。まず一本を南京錠の鍵穴に差しこみ、固定させる。もう一本で、中を引っ搔くように慎重にまわす。

かちりと音がして、錠がひらいた。

扉を押し開ける。こもってよどんだ空気が鼻を突いた。

見渡す限り、空虚な景色がそこにあった。

名も知れぬ大型の機械が、撤去されぬまま何台も放置されている。どの機器も、全面びっしりと赤錆に覆われていた。

しかし錆よりさらに猛威をふるうのは、はびこる夏蔦や蔓であった。割れた窓や壁の隙間から這いこみ、あたりかまわず巻きついて繁殖している。息づくもののない工場の中、植物の生命力だけが薄気味悪いほど旺盛だ。

――人の気配はない。

「よし愛子、入ろう」

娘を呼び寄せ、岩森は工場へと踏み入った。

明かりとりの窓から、斜めに月光が射しこんでいる。割れた窓から雨が吹きこんだのか、床は濡れていた。しかし浸水というほどではない。

かろうじて壁際の床が乾いている。岩森は息をつき、体の一部と化しつつあったショルダーフォンを下ろした。

そういえば、こいつで大助を殴ってもよかったんだな——といまになって気づく。やはり「あずかった試作品だ、壊すな」と無意識の抑制がはたらいたのか。

父にならい、愛子も壁にもたれてしゃがみこんだ。スカートのポケットを探り、掌を差しだす。

「お父さん、これ」

掌に乗っているのは、二つの赤い飴玉だった。岩森は「いや、二つとも愛子が……」と言いかけ、やめた。

「ありがとう」手を伸ばし、ひとつ受けとる。

飴は貴重な糖分、つまりエネルギー源だ。しかも唾液を分泌させてくれる。口に含んだだけで、滋養が沁みとおっていくようだった。

「お父さん、それ、もしもしできないの？」

飴を頰張りながら愛子が言う。岩森は首をかしげた。

「どうだろう。もしもしの親玉は、まだ壊れたっきりだからなあ」

すくなくとも停電が解消するまで、村の電報電話局は復旧できまい。しかしそうは説明せず、岩森はショルダーフォンを愛子のほうへ押しやった。

「ひょっとしたら、愛子がやったらうまくいくかもしれない。愛子、お父さんの代わりにもしもししてくれるか？　ただし、大きな声は出しちゃ駄目だぞ」

「わかった」

愛子は真剣にうなずいた。

ショルダーフォンの受話器を持ちあげ、ゆっくりと番号を押していく。愛子がただひとつ覚えている、自宅のアパートの電話番号であった。

不覚にも、岩森の目頭が熱くなった。

――なんとしても、この子を無事に帰さなければ。

おれの命に代えてもだ。娘だけは、誰にも傷つけさせはしない。節子の仏壇が待つあのアパートへ帰すためなら、どんな手だろうと使ってみせる。

「もしもし、もしもし」

愛子が一心に話しかけている。

「あれ？　もしもし？　こんにちは？」

娘の声を背に聞きながら、岩森は編上靴の具合を確認した。

大助の靴は、彼には少々きつかった。しかし大きいよりはましだ。せめてもの靴擦れ対策として、蔓から滲み出る粘液を足首と靴の内側に塗りつけておく。

「もしもし？　あれ？　ううん。うん。え？」

愛子が首を傾け、受話器となにごとか問答している。

ごっこ遊びかな、と岩森は微笑みながら娘を振りむいた。だが愛子の顔に浮かんでいたのは、本物の困惑であった。

娘がうろたえ顔で見上げてくる。様子がおかしい、と岩森は悟った。ごっこ遊びではない。愛子の歳で、これほど高度な演技はできない。

「愛子、お父さんに貸してごらん」

待っていたように、愛子が受話器を渡してくる。

耳に当てた。ひどい雑音だ。岩森は顔をしかめ、もう片方の耳に当てなおした。

やはり聞こえるのはノイズだった。耳を澄ましたが、ざらざらした音が鼓膜を打つだけだ。やはり無駄か、とあきらめかけたとき――。

「もしもし？　もしもし、どこの子かな？　もうどこかへ行っちゃった？」

受話器の向こうから声がした。年配の女性の声だ。

岩森は思わず叫びかけ、慌てて息を呑んだ。

「あの――」

興奮で声がかすれた。

「あの、も、もしもし。こちら、鵜頭川村です。X県北神洞郡の、鵜頭川村。そちらは、どこですか。至急、救援を――」

「鵜頭川村？」女の声が曇った。

「あなた、どなた？　わたしの知っている人かしら」

「え――」

「一一九番にかけたのなら、残念ね。……ここも鵜頭川村です。外界へは、繋がっておりません」

落胆で、岩森の体から力が抜けた。

しかし瞬時に気を取りなおす。

「待ってください。じゃあそちらの電話は、なぜ使えるんです。電報電話局はまだ停電中だ。村内の家は、すべて不通のはずです」

「そう言われても」

女は困ったように言った。雑音で語尾が滲んだ。

「確かに、昨日までは使えなかったのよ。……でもさっき受話器を持ちあげてみたら、発信音がしたんです。だから、長野の妹にかけてみようと思って」

「発信音がした？　じゃあ電話は復旧してるのかな。すみません。その発信音に、いつもと違ったところは――」

「待って」女がさえぎる。

冷たいほど平静な口調で、彼女はつづけた。

「まずは名乗ってくださいな。あなたも村の住人なのよね？　だったら先に、そちらのお名前を教えてちょうだい」

「い、岩森です」

はやる気持ちを抑え、彼は名乗った。

「失礼しました。わたくし、岩森明と申します。妻の――いえ、亡妻の名は節子。隣に娘の愛子がいます」

「愛子ちゃん？」

女が声のトーンを上げた。

「でも節子さんとこの愛子ちゃんなら、とっくに引っ越していきましたよ。確か、もう三年にもなります」

「ええ、妻の墓参りに来て、土砂崩れに巻きこまれました。おれは愛子の父です。そう言うあなたは、どなたですか？」

「田所です。田所エツ子と申します。岩森さん……そう、愛子ちゃんを迎えにいらした際に、一度か二度お会いしたことがありますわね。わたくし、〝絵本とピアノのおばあちゃん〟ですわ」

「存じてます。〝ピアノさん〟ですよね」

一拍の間があいた。そののち、二人は声を揃えて笑った。

笑える余裕はないはずだった。しかし、ごく自然に湧いた笑いであった。

エツ子が笑いをおさめて問う。

「いま、どちらに？　愛子ちゃんに怪我はありませんか」

「大丈夫です。いまは森の廃工場に逃げこんでいます。染料工場だったとかいう廃墟ですよ。田所さんは、いま自宅においでですか」

「ええ」

岩森は頭をめまぐるしく回転させた。田所エツ子の家は、一軒だけ離れた高台に位置している。もしかしたら彼女の家だけは収容局が違うか、あるいは村外の収容局からも電波が拾えるゾーンなのかもしれない。

――おれたちは期せずして、その無線ゾーンに入ったのか。

廃工場から田所邸までは、林道を使えば十数分はかかる。しかし直線距離にすればかなり近い。十二分に、電波圏内のはずだった。

――もしこの仮定が正しいなら、村外は停電から復旧していることになる。

「田所さん」岩森は言った。

「どうやらこの通話は、混線で運よく繋がっているようです。おそらく村外の収容局が復旧したばかりで、回線が混みあっているせいでしょう。申しわけないが、できればこのまま切らないでいて欲しい。いったん切れたら、あなたの家の番号にかけ直したところで、二度と繋がる保証はない」

「ええ、切らないわ」エツ子が請け合った。

「外は復旧している可能性があるのね。じゃあ、救援が来るのも近いわね」

「と思います。だがその前に、まず今夜を凌ぎきらなくては。自警団が、暴動を起こしたことはご存じですか」

「暴動？　いえ、わたしが知っているのは自警団が結成されて、大勢の子が入団したってところまで」

「そうですか。では安全のため、絶対に外へ出ないでください。それと……こんなことを頼むのは心苦しいのですが、お宅へ向かってもよろしいでしょうか。おれじゃなく、愛子をお願いしたいんです。安心できる場所で、すこしでも休ませてやりたい」

「もちろんです」

間髪を容れずエツ子が答えた。岩森はほっとした。

「ありがとうございます。でもおれは村に住んでいた期間が長くないもので、お宅までの道がよく――」

「わたしが知っています。案内します」

決然と彼女は言った。

「わたしは脚が悪いもので、自然と道に詳しくなりますの。裏道、近道、通りやすい道、そうでない道、すべて頭に叩きこんであります。では岩森さん、いまから安全な近道をお教えしますわ。まずは裏口から工場を出てくださる？」

「はい」岩森は愛子をうながし、立ちあがった。

裏口は内側から閂（かんぬき）をかけてあるだけだ。木製の閂をはずし、重たい金属の扉を押し開ける。

途端、岩森は立ちすくんだ。

爛々と光る二つの瞳が、眼前にあった。

人間の視線ではない。犬だ。この世でもっとも飼い主に忠実で獰猛な生き物――秋田犬の双眸であった。

肩高約七十センチ、体重五十キロを超える体軀。そして、肉付きのいい太い四肢。剝きだした犬歯の間から、生ぐさい息が臭った。

3

降谷辰樹は、鍛冶町通りの縁石に座りこんでいた。

すぐ目の前では、後ろ手に捕縛された矢萩伸平が膝を突いている。彼を先頭に、何人もの矢萩の男衆が同じ姿勢をとらされていた。全員が手首を縛られ、両膝を突かされ、殴られた顔は腫れあがっている。

まるで時代劇の罪人だな――。辰樹は、他人事のように思った。

その周囲では、喰らい酔った若者たちがはしゃぎ、ロックの曲に合わせて跳ねまわっている。

誰もが酩酊状態だった。浴びるように摂取しているアルコールのせいだけではない。

暴力と血と支配欲に、彼らは酔っていた。

——タカシの顔が見えんな。

近くの若者を呼びとめて「タカシは？」と尋ねると、「矢萩吉朗の家を打ち壊しに行ってます」との返答だった。ヒロユキをサブリーダーに従え、車に三十人ほどを詰めこんで向かったという。

ヒロユキは集会で、「自警団に入れてください」と名乗り出た少年だ。辰樹と作業場こそ違えど、土砂崩れの前は同じく矢萩工業で働いていた。こき使われ、搾取され、ヒロユキはさぞや恨みを溜めこんでいることだろう。

好きなだけたっぷり報復してこい、と辰樹は内心で笑った。

縁石から腰を上げる。罪人さながらに並べられた、矢萩の男衆へ近づく。彼らの間を、辰樹は悠然と歩きまわった。

その視線が、一点で止まる。

矢萩伸平の後ろでひざまずく男が、すがるような目で彼を見上げていた。顎の張った輪郭。一重の目。いまは血にまみれているが、辰樹の父親そっくりだ。

——直樹叔父。

父が溺愛する、二十も歳の離れた弟である。

辰樹はノブオを呼び寄せた。

「おい、なんで直樹叔父がここに？　なにがあった」小声で訊く。

「あのう……、矢萩の康平が、隙をついて直樹さんの家に逃げこんだみてぇです。素直に差し出しゃあいいものを、直樹さんがかくまおうとしたもんで、みんな怒ったんです」

ノブオが答えた。

「どうします？ 釈放しますか」

「ああ、……いや」

辰樹は首を振った。

矢萩康平は、直樹叔父にとって直属の上司にあたる。個人的な情があったのか、それとも復旧後を思って恩を売ろうとしたか。

どちらにしろ、辰樹の答えは決まっていた。

「矢萩をかくまったなら、問答無用で裏切り者だ。降谷の面汚しだ。……かまわん。このままにしておけ」

ノブオがうなずく。

洩れ聞こえたらしく、直樹叔父の面（おもて）に絶望の色が広がった。

辰樹はきびすを返した。

暗い小路を曲がり、喧騒から離れる。

もはや自警団の若者らを煽り、扇動する必要はなかった。彼らは思い思いに暴れ、好き勝手に破壊し、個人的な鬱憤を晴らすため奔走していた。最後の最後に一押しする必要はあれど、しばらく放っておいていいだろう。

辰樹は自宅へ向かっていた。だが、途中で気が変わった。ルートを変え、しばし歩く。大通りへと入った。

嵐はとうに過ぎたらしい。商店のシャッターが壊され、看板が割られ、ガラス片が散乱していた。台風一過、というフレーズが思い浮かぶ。

酒屋はとくに手ひどい襲撃を受けたようで、店の態をとどめていなかった。店主や家族は逃げたのか、それとも二階の自宅で息をひそめているのか、しわぶきひとつしない。

辰樹は煙草屋の軒をくぐった。

降谷港人の、そして敦人の生家であった。

店内は静まりかえっていた。泥だらけの靴跡、倒れた陳列棚。略奪の痕跡は見てとれたが、ジュースや缶詰がこぼれた跡はない。あらかじめ商品は引きあげていたようだな、と察する。締まり屋の清作さんらしい――とうなずきかけ、ぎくりとした。

薄闇に、小柄な人影がうずくまっていた。

框に誰か座っているのだ。辰樹は目を凝らした。正体を見さだめ、ほっと息をつく。この煙草屋の店主――敦人の祖父であった。

「辰っちゃんか」

老爺は平静な声音で言った。

「はい」辰樹もつい、当たり前のように返答した。

「久しぶりだな。敦人がいた頃ぁ、毎日うちに顔見せとったのにな」

「……すみません」

素直に辰樹は頭を下げた。しばしの沈黙ののち、口をひらく。

「敦人の部屋へ行きたいんですが、いいですか」

老爺は答えず、ただ体をずらして脇へ退いた。辰樹は黙礼し、彼の横を通って、二階へとつづく階段をのぼった。

短い廊下のどん詰まりに、見慣れた障子戸があった。

引き手に手をかけ、開ける。

だが、記憶のままの光景はなかった。そうか、敦人の部屋はもうないのだ――と悟るまでに、数秒かかった。

かつて敦人の部屋だった六畳間は、港人の部屋になっていた。

壁には石野真子のピンナップと、漫画雑誌の付録らしきカレンダーが貼られている。床には野球のグローブが転がっていた。型付け用のオイルがぷんと匂う。本棚に並ぶ漫画さえ、辰樹たちより一世代下だ。あの頃の名残といえば、敦人のお下がりらしい辞書のたぐいと、同じくお下がりの学習机のみだった。

月あかりに照らされた学習机の傷を、辰樹はゆっくりと指でなぞった。馬鹿げた相合傘が彫ってある。敦人と、元女子委員長の名を囲った傘だ。

その下に、数人分のイニシャルが彫られていた。

卒業記念にと中学三年の三月に、皆で彫刻刀を使って刻んだのだ。A・Fと敦人のイニシャルの横に、ひときわ大きくT・Fと彫りこんである。降谷辰樹のイニシャルだった。

辰樹は、学習机の抽斗を開けた。

一段目には、港人のノートや教科書が乱雑に突っこまれていた。二段目はスコア帳、書きかけの部誌、『明星』の歌本、年賀状の束などが積み重なっている。

三段目で、手を止めた。

見覚えのある筆跡が目を射る。敦人の字だ。葉書と封書が、無造作に輪ゴムで束ねられていた。

引き抜いて差出人を見る。やはり「降谷敦人」と記してあった。

辰樹は窓際へ寄り、月あかりで葉書を読んだ。

「元気か港人。兄さんのほうは、ぼちぼちだ。スター・ウォーズの二回目をやっと観た。ほんとうは三度、四度と観たいのだが、映画代は高い。食費を削らねば無理です。貧乏学生は、これだから困る。都会はなにをするにも――……」

辰樹はしばし、動けなかった。

三度読みかえし、次いで二通目の葉書を手にとる。三通目、四通目と読んだ。封書もひらいて読んだ。

すべて読み終えてしまうと、辰樹はいま一度、最初から敦人の字をたどりはじめた。

4

秋田犬は、岩森たちを睨んで低く唸っていた。

その牙の鋭さと前脚の太さに、岩森は怯んだ。一歩も動けない。愛子の手が、すがるように彼のシャツを摑んでいる。

「愛子、退がってろ」

岩森は小声で言った。

この体格の犬相手に立ち向かって、無事で済むとは思えなかった。武器ひとつ持たぬ身では、あっけなく嚙み殺されて終わりだろう。愛子を逃がす時間すら、稼げるか危うい。

――しかし、やらなければならない。

娘だけは、なんとしても守ってみせる。亡き妻から託された娘だった。節子を亡くしたいま、岩森が生きる理由は愛子の存在のみだ。

――おれが囮になろう。

岩森は思案した。おれが引きつけている隙に、愛子を木に登らせよう。

しかし大型犬相手に、はたして囮となれるほど走れるだろうか。

娘のためならば命は惜しくない。だが、愛子の眼前で嚙み殺されるのは避けたかった。

おれの無残な死に顔を、娘の記憶に刻みつけたくはない。父の死を抱えたまま施設に送られる愛子を想像しただけで、胸が引き絞られるように痛んだ。

思わず歯噛みしたとき、

「リュウ！」

鋭い声が夜気を裂いた。

犬が、ぴんと姿勢を正すのがわかった。

飼い主か——。岩森はまぶたを伏せた。万事休すだ。あとは平身低頭して「子供だけは堪忍してくれ」と命乞いする以外あるまい。どんなに屈辱的だろうと無様だろうと、娘を守るには相手の慈悲にすがるしかない。

覚悟を決めた岩森の前で、藪が激しく鳴った。

藪間から顔を出したのは、二人の少年だった。体軀こそ大柄だが、童顔だ。高校生に見えた。

先頭の少年と岩森の目が合う。少年の顔が、わずかにゆがむ。

岩森は身がまえた。いざとなればこの少年を殺してでも、という思いが湧いた。

肚の底がざわりと波立つ。自分の体臭が、殺気できな臭く変わるのがわかった。しかし——。

「大丈夫ですか、怪我はないですか？」

少年は岩森に向かってそう問い、

「リュウ、しっ！　おすわり！」と犬を叱りつけた。

犬の双眸が、戸惑いに泳ぐ。

少年はいま一度「おすわり！」と命じた。厳しい声だった。

あきらめたように、犬は地面に尻を落とした。

「おれだ。岩森さん、おれです。後ろにいるのは愛子ちゃんですか」

「み——港人くん、か」

呆けた声が洩れた。

よくよく見れば、眼前の少年は確かに降谷港人だった。敦人の弟だ。恐怖で人相が変わっていて、咄嗟に気づかなかった。

背後の少年にも見覚えがある。だがこちらは誰なのか、まだ思いだせない。

「廉太郎です」港人が相棒を紹介した。

「矢萩廉太郎。おれの友達です。同じ高校で、同じ部活の」

「ああ」

岩森は合点し、うなずいた。煙草屋の前で、矢萩勝利とともに見た少年だった。つまり勝利の息子だ。

——そういえば吉見先生が「廉太郎くんと港人くんは、同じ野球部で仲良しだ」と言っていたっけ。

額の汗を拭い、岩森は尋ねた。

「きみたちは、その……おれを追ってるんじゃないのか。自警団とは違うのか」

「違います」

港人が言下に否定した。

「でもきみのお兄さんは、辰樹くんの」

「それとこれは、べつですから」ぴしゃりと港人はさえぎって、

「いえ、兄貴だって、いまの辰樹さんには味方しないと思います。――だいたい、矢萩姓の簾太郎が自警団に入れるはずねぇですて。おれぁその自警団から、簾太郎と一緒に逃げてきたんですよ」と言った。

「そうか」岩森は納得した。

安堵で、全身から力が抜けた。湧きあがりかけた殺意が、蒸発していく。血が凪いでいく。

港人はリュウと呼ばれた犬を抱き寄せ、喉もとをやさしく掻いた。

リュウが、気持ちよさそうに目を細める。

「そいつは、きみと仲良しの犬なのかい」

「はい。従兄ん家で飼ってる犬です。だども、こいつがここにいるってことは、従兄も近くにいるんだ。早ようこの場を離れたほうがいいです」

「その従兄ってのは、団員だな？　きみ相手にも容赦しなさそうな子なのか」

「普段は気のいい人です。だども、自警団に入ってからはちょっと……」

港人は語尾を濁した。言葉のつづきを察し、岩森は質問を変えた。

「身を隠すあてはあるのか？」

「いえ」

港人と廉太郎の眉宇が、揃って曇る。

「木や藪の多い場所なら隠れられるだろうと、それだけでした。体力には自信ありますし、追いかけっこなら勝てると思って。でも考えることなんて、追う側も追われる側も同じですよね」

声を落とす港人に、岩森は言った。

「きみたち、田所エツ子さんを知ってるよな？」

「え、あ、はい。ピアノさんですよね」

港人が面食らったように答える。岩森はショルダーフォンを顎で指した。

「じつはたったいま、田所さんとこいつで交信できたところなんだ。救援が来るまで、うちの娘をあずかってもらう約束を取りつけた。もしよければ、きみたちも一緒に行かないか」

「え？　いいんですか」

「ああ。犬のエキスパートと同行できるだけでもありがたい。だが、そっちこそいいのか？　きみたちはおれを、さほど知っちゃあいないだろう。ピアノさんのもとへ連れていくなんてでたらめで、きみたちを団に売ったらどうする？」

「大丈夫です」港人はかぶりを振った。

「確かにおれは、岩森さんをよう知りません。ろくにしゃべったこともない。――だども、うちの兄貴は知ってた。兄貴はあなたのこと、好きでした。あなたを信じるというより、おれぁ兄貴の人を見る目を信じます」

「それに、そんなちっちゃい娘さん連れで人を騙すのは、しんどいでしょ」

横で廉太郎が苦笑した。

「おれらもそうです。横にこいつがいるから……お互いの目があるから、おかしげな真似できねぇんだ。親友に、幻滅されとうねぇですからね」

「なるほど」

岩森は頬を緩めた。いかにも青くさい。だがそれだけに納得できる理屈だ。

「では、さっそく田所邸に向かうとしよう。リュウ以外にも犬はいるんだろう？　嗅ぎつけられるのは時間の問題だ。急ごう」

熊笹（くまざさ）の向こうを、岩森は指さした。

エツ子がナビゲートする〝人目につかぬ安全な経路〟に沿い、一同は藪をかき分けて進んだ。リュウは首輪にロープを結わえ、廃工場の裏口に繋いでおいた。

港人と廉太郎は、代わる代わる愛子をおぶってくれた。おかげで岩森は、先導役に徹することができた。

いつもなら十数分で着く道程だろう。しかし音をたてぬよう細心の注意をはらい、沢や谷など険しいルートを経由したせいで、田所邸の門柱が見えるまでには三十分強を要した。

「ピアノさんとこに隠れるってのは、いい案だと思います」

廉太郎が、背の愛子を揺すりながら言う。

「あそこはある意味、治外法権ですからね。べつに忘れてたわけでねぇけど、おれらもピアノさんとこに逃げこもうとは考えつきませんでした」

「治外法権か。言い得て妙だな」

熊笹を手で押し分け、岩森はうなずいた。

岩森と同様、田所エツ子も村の住人にとっては「永遠のよそ者」なのだ。とはいえ岩森とエツ子では、ある一点で決定的に異なる。エツ子が矢萩にも降谷にも属していない、という点だ。

岩森は矢萩元市の客人であり、旧姓矢萩節子の夫だった。その事実だけで、村民は彼を〝矢萩の者〟と見なす。

一方、エツ子は血縁のしがらみをほぼ持たない。

エツ子と村を繫ぐのは「唯一の、ピアノや絵本の先生」という肩書であり、彼女自身が村民と築いてきた関係性だ。

鵜頭川村に住む少年少女にとっては、分かちがたい絆であった。だからこそ彼らは、争いや嵐からエツ子を無意識に遠ざける。

「お父さん、あれ」

廉太郎におぶわれている愛子が、前方を指さした。

薄闇に、白くまるい光が見えた。

田所邸の門柱の灯りだ。内蔵式の電池で光っているらしい。一同は足を速めた。

岩森がショルダーフォンの送話器にささやく。

「田所さん。着きました、全員無事です。……すみませんが、いっときだけ玄関の鍵を開けてもらえますか」

約一分後、エツ子は玄関先で彼らを出迎えた。

エツ子はまず両手で愛子を抱きしめ、次いで港人と廉太郎の肩を抱き寄せた。石油ランプに照らされた少年二人の顔が、ようやく年相応にほころんだ。

港人たちを離し、エツ子が言う。

「岩森さんから、すこし事情を聞いたわ。自警団が暴動を起こしたらしいわね？ わたしは買い出しのとき下りたっきりだから、村の事情に疎いの。知ってるのは、辰樹くんたちが自警団を結成して、矢萩の人たちが立場をなくしつつあるってところまで」

「あ――はい、あの、おれは」

港人がつかえながら言う。

「先に言っておかねばなんねぇですね。おれは、自警団員でないです。辰樹さんとおれは意見が違って、それからここにいる廉太郎も――」

「知ってるわ」エツ子がさえぎった。「港人くんのことは、小百合ちゃんから聞いてる。矢萩姓の廉太郎くんが自警団に入るはずがないこともわかってる。あなたたち、わが家に来て正解だわね。自警団の家捜しリストじゃ、うちは一番後まわしでしょうから」

冷静そのものの語調だった。

なるほど、こりゃあ節子の言ったとおり女傑だ、と岩森は納得した。おれよりよほど頭の回転が早いし、肝も据わっているようだ。安心して愛子を託せる人物だ。

「それで村はいま、どんな状況？　小百合ちゃんたちは無事？　女子供はちゃんと避難できているの？」

「それは、その……」港人が口ごもった。廉太郎と顔を見合わせる。

その無言の返答ぶりに、エツ子はため息をついた。

「いいえ、いいのよ。あなたがたを責めているわけじゃないの。あなたたちは自分を守るだけで精一杯だもの。おまけにこんなちっちゃな子供を連れて、よく頑張ったわ」

「はい、港人くんたちは立派でした。それに比べて、おれは駄目だ」

岩森は肩を落とした。

「女子供が避難できたか、見届ける間もなく逃げました。正直言うと、いまも心配な女性が一人います。もとは降谷姓ですが、矢萩の家に嫁いだ人ですよ。旦那さんが彼女を守ってくれりゃあいいんだが、期待できるかどうか……」

「有美おばちゃんでしょ」

愛子の声が割りこんだ。硬い声音だった。

「お父さん、有美おばちゃんのとこに行ってあげて。おばちゃん、きっと一人で怖い思いしてるよ。おばちゃんもここへ連れてきてあげて」

「愛子」岩森は眉を下げた。

「でもな、愛子。お父さんはおまえと離れたくないんだ。さっきまでは、おまえをピアノさんにあずけて、有美おばちゃんを助けに戻るつもりだった。でもいまは、迷ってる。もしお父さんがいない間に愛子になにかあったら、天国のお母さんに、謝っても謝りきれないからな」

「大丈夫」

娘はかたくなに言い張った。

「愛子、ちゃんと留守番してる。ここでピアノのおばあちゃんと待ってる。だからお父さん、有美おばちゃんを迎えに行ってあげて」

「うん、行きたいのはやまやまだが……」

「──あのう、おれも行きます」

港人が片手を挙げた。

「有美姉ちゃんとは父方の又従姉弟（またいとこ）にあたりますし、盆暮れや祭りじゃあ、いつも世話んなってました。こう言っちゃあれだけど、姉ちゃんが嫁ぎ先でよくしてもらってないのは、みんな知ってて……。だどもおれらはガキらすけ、口出しするわけにいかねぇで、遠くから眺めるばっかでした。だすけ、こんなときくらい」

「お、おれも行きます」廉太郎も声をあげる。

「廉太郎くんは駄目」

エツ子がぴしゃりと諌めた。

「あなたは矢萩の子じゃありませんか。わたしは事情をよく知らないけどね。あなたが外に出たなら、自警団の格好の的になることくらいは承知しています。だから、あなたが出るのは駄目」

廉太郎が詰まった。エツ子が言葉を継ぐ。

「わたしはただの脚の悪い婆さんで、発言権なんてないのは百も承知よ。だから、岩森さんたちに行くなとは言いません。でも廉太郎くんはべつ。ここまで一緒に走ってくれた港人くんのためにも、あなたは愛子ちゃんとわたしと留守番しているべきです」

廉太郎はうなだれた。やがて、渋しぶといった顔でうなずく。

岩森は、港人を見やった。

港人の頰は血の気を失って白く、緊張に強張っていた。兄貴に似てきたな、と岩森は思った。頰の肉が削げ、精悍な青年の顔になりつつある。

「じゃあ、すまんが港人くんはおれと来てくれるか。有美さんを助けるのは、もちろんとして……」

顔を寄せ、小声でささやいた。

「辰樹くんのことも気になる。きみだってそうだろう?」

「はい」港人が首を縦に振る。

岩森はエツ子を振りむいた。

「田所さんは、外部に電話が繋がるか試しつづけてください。いずれ救急に通じるかもしれない。廉太郎くん、田所さんと愛子を頼むぞ」

「あなたがたに、武器のひとつでも渡せたらいいんだけど」エツ子が嘆息する。「生憎(あいにく)うちには、わたしの杖くらいしかなくてねえ」

「いえ、お気持ちだけで充分です」岩森は手を振った。

村の若者たちが手に手に薪雑把(まきざっぽう)や手斧を持ち、走りまわる姿が脳裏にあった。武器を手にしたなら、人は驕(おご)る。驕りは暴力へのハードルを引きさげる。

ああなりたくはなかった。愛子のためにも、正気と矜持(きょうじ)を保ったままでこの村を出ていきたかった。

5

最後にもう一度愛子を抱きしめ、岩森は田所邸を出た。

「岩森さん、それ」

藪を二キロほど進んだところで、港人が低く言った。

港人が指さす〝それ〟に、岩森はようやく気づいた。ショルダーフォンをいまだ斜め掛けに背負っていたのだ。重みに慣れ、すっかり存在を忘れていた。

迷ったが、ストラップを摑んで肩から下ろす。一体化しつつあった枷がはずれ、体が軽くなった。

ショルダーフォンは藪中に隠すことにした。いちおうの目印に、近くの木肌を三角に傷つけておく。運がよければあとで回収できるだろう。

岩森の耳が、かすかな音を拾った。

唇に指をあて港人に「しゃがめ」と合図する。

身をかがめると同時に、数人の足音が近づいてきた。靴が泥を撥ねる音が高い。犬はさいわい連れていないようだ。

鋭い叫びが闇に響く。

「あすこだ！　なんぞ見えっぞ！」

「ほんとだ、光っとる！」

岩森は港人に「動くな」と目くばせした。

息を止め、気配を殺す。足音が眼前を通り過ぎ、遠ざかるまでじっと待つ。

数分後、岩森は藪から顔を出して様子をうかがった。

どうやらうまくだまされてくれたらしい。ホタルミミズを束にして、輪ゴムで枝に縛っておいただけの簡単な仕掛けだ。暗い林の中で数箇所、鬼火のようにぼんやりと光っている。

岩森は目をすがめた。獣道に、仕掛け矢らしき二股の杭があった。

「やはり藪の中を通っていこう。なるべく音はたてないようにな」

その後も岩森は、道中でトラバサミや罠を見つけた。その都度、罠の位置をわずかにずらしておいた。自警団の若者たちは、大半が酔っている。足もとには不注意になっているはずだった。

大助の軍手を使い、岩森は山漆の低木にホタルミミズの罠をいくつか仕掛けた。山漆は、人によっては近づいただけでもかぶれる。皮膚に痛痒い水疱が生じ、全身腫れあがることさえある。

背後から、新たな足音が聞こえた。

会話が聞こえる。酒気を含んだ胴間声に、港人が身を固くした。唇の動きで「従兄です」と告げる。秋田犬リュウの飼い主だ。

リュウはいま、廃工場の裏口にロープで繋いである。ただし工場の機械に巻いてあった、経年劣化もはなはだしいロープだ。千切れるのは時間の問題だろう。

「……でねぇか。くそ、……だいたいおまえが――」

「いまそんげ事言うたって、しょうがねえねっか。……やめれ、おい……」

「なにしてんだぁ、おまえら、ちょ……」

さらに声が近づく。若者たちの荒い声が耳を打つ。

どうやら言い争う団員たちがいるようだ。制する声と、怒声が混ざり合う。仲間割れか、と岩森は察した。驚くには当たらない。血の気の多い若者が多量の酒を呷れば、喧嘩沙汰が起こって当然だ。

好都合だ、この隙に脇を抜けてしまおう――と港人に合図した瞬間、悲鳴が湧いた。岩森の鼻先数センチの枝葉に、鮮血が飛び散った。

港人が声を上げかけ、掌で口を押さえる。岩森も声を呑むのが精一杯だった。

若者の一人が、仲間の腕めがけて手斧を振りおろしたのだ。

刃は、骨になかば食いこんで止まったらしい。手斧を振るった青年が、引き抜こうと柄を動かす。そのたび、悲痛な悲鳴が長く尾を引く。

血の臭いが漂った。

叫喚。怒号。痙攣的な、場違いな笑い声。

掌の汗を、岩森は無意識にズボンで拭った。

見知った青年たちであるはずだった。一人ひとりの名前まではわからずとも、数年間同じ空気を吸って生活したはずの隣人だ。すれ違いざま挨拶を交わし、笑顔で天候の話をした日もあっただろう。

その青年たちが、みずからの仲間に刃を振るっている。

「やめれ……――。もう、やめれってぇ」

「死んでしまうて。な、その斧捨てれ。……間違いだった、事故だったたってことにしてやるすけ。なあ……」

若者たちの声音に哀願が滲んでいた。だが願いもむなしく、さらなる悲鳴が湧いた。

岩森は顔をそむけた。つづきは見たくなかった。

硬直している港人の肩に、手を置く。港人が怯えた目を向けてくる。

慰めてやりたかった。だがいまはできなかった。時間がない。立ち止まることも、後戻りもできない。先を急ぐほかないのだった。

岩森は港人の背を押した。

「こっちだ」

岩森が指さした方向へ、港人が機械的に駆ける。表情がなかった。強いて頭を空っぽにしていると、痛いほど伝わってきた。

岩森は上下の歯を嚙みしめた。いまさらながら、自警団の扇動者に――辰樹に対する怒りが湧いてくる。

こんなかたちで、村への怒りと鬱憤をぶつけてなんになるのだ。そう怒鳴り、胸倉を摑んで揺さぶってやりたかった。辰樹の気持ちがわかるだけに、歯がゆかった。

岩森と港人は駆けた。走って、走って、やがて林を抜けた。

数メートル先に、隆也のホンダN３６０があった。

ている。フロントガラスはもちろん、四方のガラスが粉々に割られている。ボンネットが開い

どうせエンジンはかかるまい。しかし試すだけ試してみようと、岩森は運転席のドアをひらいた。ポケットを探り、キイを差し込む。

予想どおり、エンジンは景気の悪い音をたてたきりだった。

「……すまん、走ろう」

言いながらも、岩森はいま一度キイをひねった。

一拍の間をおいて、エンジンが動きだした。

6

どこかで鶏が激しく鳴くのを、有美は聞いた。

舅の元市が、腹へ馬乗りにのしかかっている。重い。顔にかかる呼気が酒くさい。押さえつけようとしてくる湿った掌と、垢じみた体臭が不快だ。張られた頬が熱い。

なぜ声をあげられないんだろう、と有美は思った。

尊厳ごと踏みにじられようとしているのに、なぜわたしは悲鳴ひとつあげられないのだろう。悔しい。悔しいのに、体の自由が利かない。

節っちゃんなら、こんなとき死にもの狂いで抵抗するはずだ。最悪の場合、己の舌を

嚙んで貞操を守るかもしれない。

かたやわたしは畳に仰向けに倒され、縫いとめられたように動けない。なんという無様さだ。

――いやだ、こんなのはいや。

「……い、や」

有美は喘いだ。

元市が腿の間をまさぐる。荒れた掌の感触に、腹の奥から嫌悪がこみあげる。

「いや、やめ……」

かすれた声が出た。同時に、ようやく体が動いた。

膝を立て、もがく。爪先が畳を掻いた。身を捻じろうとしたが、喉を摑まれた。

苛立たしげに元市が唸る。理性の消えた唸り声だった。有美の喉を摑んだ手に、じりじりと力がこもる。

――息が、できない。

大きな掌が喉を絞めあげてきた。

有美は暴れた。今度こそ満身の力であがき、手足をばたつかせた。

太い二本の親指で、気管が完全にふさがれている。堰き止められた血で、顔が膨れていく。金属音に似た耳鳴りが鼓膜を裂く。

死にたくない。有美は切望した。

死にたくない、こんなところで死にたくない。誰か助けて。お父さん、お母さん。助けて、節っちゃん——。

体にのしかかる重みが、ふっとかき消えた。

誰かの声がする、有美は気づいた。だが、その声と現実がうまく繋がらない。なにが起こったのかわからない。理解できない。

有美は畳を横に転がった。

体を丸め、咳き込んだ。酸素が急激に喉を通る。涙が溢れた。咳が止まらない。肺が悲鳴をあげている。

目の前に、男の脚があった。有美は目線を上げた。

夫の隆也だった。

両の拳を握りしめ、仁王立ちで荒い息を吐いている。頬をゆがめ、満面に朱を注いでいる。

夫じゃないみたいだ——。啞然と有美は思った。こんな形相の隆也を見るのは、はじめてだ。

目で、舅を探した。

なぜか元市は、離れたところで大の字に倒れていた。鴨居からはずれた襖が、くの字に折れて元市の下敷きになっている。

鼻血に顔を染めている舅を、有美は呆然と眺めた。

さきほど聞いた音と、目の前の光景がようやく脳内で繋がる。駆けつけた隆也が、元市を引き剝がして殴ったのだ。有美を助けるために、おそらく生まれてはじめて、父親に逆らった――。

有美以上にわれを失っていたのは、元市だった。蛙のごとく仰向き、首をもたげて息子を凝視している。未知のものを見る目つきであった。

隆也は肩で息をしていた。唇がめくれ、尖った犬歯があらわになっている。臆せず彼は、父の目を睨みかえしていた。

「あ……」

有美は上体を起こした。夫に向かって手を伸ばす。

「……あなた――」

そのとき、背後で縁側の床板が軋んだ。

複数の足音が、板張りに乗りあがるのが聞こえた。叩きつけられる勢いで障子戸が開く。

縁側に、見知った顔の青年たちが数人立っていた。

降谷姓の少年も混じっていた。しかし有美の近しい親戚ではない。一様に、にやにや笑いを浮かべていた。

有美は破れたブラウスの胸もとをかき合わせようとした。だが震える手は、うまく動いてくれなかった。

先頭の青年が、粘っこい目で有美を上から下まで舐めまわす。

隆也の喉が、ごくりと上下した。

7

N360は、畦道の途中でついにエンストした。

車を乗り捨て、岩森は港人とともに走った。ここまで車で来られただけでも御の字だ。民家が立ち並ぶ集落までは、あとすこしの距離だった。

直線では、やはり港人の脚力にかなわない。彼に先導役を任せ、人の気配を確認してもらいながら岩森は駆けた。

遮蔽物のない畦道から、民家の建ち並ぶ方向を見やる。

細い煙が、夜空に数本立ちのぼっているのが見えた。火の手がいくつか上がったらしい。大火事ではなさそうだが、もし燃え移ればあっという間だろう。

痛むふくらはぎを叱咤し、岩森は港人の背を追った。

「——白鳥、別働隊を林から呼び戻したらしいな？」

土蔵に戻った辰樹は、そう問うた。

白鳥がこともなげに手を振る。

「ああ。あいつら酔ってトラバサミは踏み抜きやがるし、漆かぶれは起こすし、挙句の果てには斧をふるって仲間割れだ。怪我人ばかり出て役に立たないんで、撤退させたよ。まあ、きちんと釣果は得たからいいじゃないか」

白鳥が『作戦本部』と呼ぶ土蔵には、辰樹と白鳥の二人だけが残っていた。

西尾は、吉見医師の診療所でいまだ治療中である。代わりにタカシやノブオらが各々の隊を取りまとめている――という建前だが、実際には統率を保っている隊など皆無であった。保つよう、命令してすらいない。

「釣果ってなんだ？」

辰樹は重ねて尋ねた。

「大助だよ」白鳥が得意げに笑う。

「あいつら、林に逃げこんだ大助を無事にとっ捕まえたそうだ。矢萩の連中と一緒に、ひざまずかせておくよう命じといた。だが、一番の収穫はこいつさ」

白鳥は、見慣れぬ黒い機械を掲げてみせた。

「熊笹の中に隠してあったらしい。素敵だろ？　たまにはあいつらも、気の利いた戦利品を持ち帰りやがる」

肩掛けのストラップが垂れ、機械の上部には受話器と押しボタン式ダイヤルが付いていた。どうやら電話機らしい。最先端の『持ち歩ける通信機器』といったところか。

「ほう。こんな代物を持っていそうなのは岩森くらいだな。で、本人は？」

「さあね」

興味ない、と言いたげに白鳥は缶ジュースを啜った。

「あんなよそ者なんぞ、どうだっていいさ。死んだ女房にもべつに恨みはないしな。どこかで震えながらガキと隠れてるんだろう。ほっといたって害はない」

「かもな」

辰樹は白鳥の返答を流した。

あやしいとしたら、廃工場か田所エツ子の家くらいか、と考える。熊笹が群生する地点から、逃げこめる先はそう多くない。幼い娘連れならば尚更だろう。

自警団の襲撃リストから、田所邸は除外されていた。脚の悪いエツ子は脅威ではないし、なにより団員が彼女を襲いたがらない。辰樹とて、強いて命ずる気はなかった。

村の若者たちにとって、エツ子は侵すべからざる存在だ。もし彼女を傷つけたなら、団員のうち何割かの心は離れるだろう。支持率を低下させるリスクを冒してまで、標的にする相手ではなかった。

――だが、岩森がいるとなれば話はべつか。

辰樹は思案した。

その横で白鳥が、得体の知れぬ通信機器をいじくりまわす。

「すごい、まるで『宇宙大作戦』のコミュニケーターとトリコーダーだ。しかもオモチャじゃない本物だぜ。すげえなあ、ファンはみんなうらやましがるだろうな」

子供のように目を輝かせていた。

「そんながらくた。無線代わりにもならんだろう」

辰樹は気のない声で言った。

白鳥は答えない。辰樹の声が耳に入らぬほど夢中なのか、それとも意図的に無視したのか。辰樹は苦笑し、彼の背に向かってつづけた。

「夕方のうちに、タカシに西尾の家を見に行かせたよ。親父さん、別人みたいにしおれてやがったとさ。あの親父は災害からこっち、不幸つづきだから無理もないがな」

白鳥は、やはり応えなかった。


岩森たちにエツ子が託した経路情報は、驚くほど有益だった。

中には「杖を突きながら、よく通れたものだ」と唸るような道もあった。

自警団は、帯留町から鍛冶町通りにかけてを中心に暴れているようだ。エツ子ほどではなくとも、港人も近道には詳しかった。家々の間を縫うように、二人は闇にまぎれて疾走した。

野茨(のいばら)の棘が、シャツの袖や裾を裂く。割れた四つ目垣が脛を打つ。

土塀の陰から小路へ飛びだしかけ、港人がふたたび土塀に身を隠した。

「――見られた」

振りかえりざま、岩森に向かってささやく。

「小路の向こうに見張りがいました。顔を、たぶん見られた。追ってくるかわかりませんが、逃げましょう」

方向転換し、彼らは隣の庭へ飛びこんだ。

走る。あとも見ず走る。自警団が港人の顔を見ただけで追ってくるかどうか、岩森にはわからない。まだ自警団の端くれと見なされているかもしれないし、「廉太郎と逃げた裏切り者だ」と情報がまわったかもしれない。どのみち、逃げておくに越したことはなかった。

紫陽花(あじさい)の花群れをかき分ける。

瞬間、懐中電灯の光が目を射た。顔を正面から照らされる。

待ち伏せされたか、と岩森はまぶしさに目を細めた。

逆光で相手の顔は見えない。体格すら判別できない。殴り倒してでも逃げるほかないか——と覚悟を固めたそのとき、

「旦那」

と穏やかな声が耳を打った。

懐中電灯の光が下ろされる。ふたたび闇に目が慣れるまで、数秒を要した。

「やっぱりそうだ。あんた、節子さんの旦那らろ。どご行くんだね」

上窪の隠居であった。

勝手口の木戸を開け、半身を覗かせている。声を失う岩森に代わって、港人が後ろか

ら身をのりだした。

「上窪のじいちゃん！　おれだ、煙草屋の港人だ。おれらぁ、有美姉ちゃんが心配なんさ。じいちゃん、有美姉ちゃん家がどうなったか知らんかね」

「おう、港ちゃんか。庭から音がしたすけ、誰かと思うたわ」

　隠居がほっと息を吐き、木戸を開けはなつ。

「ほうかほうか、有美ちゃんか。おれぁどんげなったか知らねども、言われてみれば心配だぁな。……よしわがった。お前(め)さんら、うちん中ぁ通って裏口から出なせ。突っ切って行ったら、あすこん家まですぐだすけな」

「あ、ありがとうございます」

　岩森は頭を下げた。

　隠居が「なんのなんの」と彼らを招き入れた。

「おれぁ昔っから心臓が悪いすけ、節子さんには一杯(いっぺ)ごと世話んなったもんだ。こっつら事(がん)では恩返しにもならねぇさ。岩森さん、無理して怪我すんでねぇよ」

「ご隠居こそ、おれたちが出たら、すぐ鍵をかけて奥の間にいてください。この騒ぎがおさまるまで、表には出ないほうがいい」

　そう上窪の隠居に告げながらも、岩森は胸に熱いものを感じていた。

　つい数日前にも、「矢萩の家とひと口に言ってもいろいろだ」と感じた。矢萩だ降谷だと、一括りに決めつけるべきではないのだ。矢萩の客人である岩森を、こうして受け入れて逃がしてくれる人だっている。その事実に、安堵がこみあげた。

夜空を見上げる。

月はさらに冴えわたり、薄荷糖（はっかとう）のように仄白く澄んでいた。


「辰樹さん。辰樹さん、あのう」

息せき切ってノブオが土蔵へ駆けこんでくる。

辰樹は敦人からの封書を、何度目かに読みかえしている最中だった。

「どうした」

便箋をたたみ、胸ポケットにしまって顔を上げる。白鳥は例の通信機器に夢中で、ノブオに見向きすらしない。

「ふ、二つ報告があります」

ノブオが血の気のない頬で叫んだ。

「なんだ、言え」

「はい。ひとつ目は煙草屋の港人が、岩森と逃げとるんが目撃されました。ただし勝利んとこのガキは、いまだ姿が見えんようです」

「そうか。二つ目は？」

「はい、二つ目は――」ノブオが汗を拭った。

「ふ、二つ目は、辰樹さんの、あの、叔父御さんが」

「叔父？　直樹叔父か。どうした」

「はっきりとは、あれなんですが。だども女子らが言うには、どうも五分以上、息をしてねぇようだ、と……。殴りすぎたようです」

打ちどころが悪かったのかも――。蒼白な顔でノブオがうつむく。

「そうか」

辰樹は表情を変えず、短く言った。

「そうか。しかたないな。裏切り者には当然の末路だ。ノブオ、気を遣わせてすまなかった。しかしおれの身内だからと言って、特別扱いするこたぁねえ。おれは血より団の絆を選ぶと、とうに決めとる。ほかのやつらにもそう言っておいてくれ」

安い台詞だった。だがノブオは顔を紅潮させ、感動をあらわにした。

敬礼せんばかりに「はいッ」と叫び、外へ駆けだしていく。シャツの背中一面に、泥撥ねの模様が散っていた。

ふたたび土蔵は、辰樹と白鳥の二人きりになった。

「――これで、何人目の死人だ？」

長い静寂ののち、白鳥が言った。

「まず敬一。次に西尾。そして辰樹くんの叔父で、三人目か？」

「おい、西尾はまだ生きとるぞ」

辰樹は反駁した。しかし白鳥はそれを無視し、

「おれたちゃ、人殺しだな」

と低く言った。

「おれと辰樹くんが、直接殴ったわけでも刺したわけでもない。それでも、おれたちが殺したも同然さ。なあ、感想はどんげだ？　とうとうこれで、自警団は人殺し集団になってしもうたて」

「そうだな」

辰樹は異を唱えなかった。

「救援が来るのも、時間の問題だろう。……警察や自衛隊が突入してくる前に、せめてもの保険をかけておかなきゃあな」

辰樹は腰を浮かし、白鳥に向かって利き手を差しだした。

「おい、そのトリコーダーだかなんだかを、すこしの間貸してくれないか」

白鳥の眉が寄る。

その双眸に反感が浮かぶのを、はっきりと辰樹は見てとった。わかった上で、重ねて乞うた。

「頼むよ、和巳。絶対に返す。すぐ返すから、な？」

数秒ののち、渋しぶ白鳥は立ちあがった。

みずから辰樹に通信機器を手渡しはしない。ただ距離を置くことで「所有権を、いったん譲ってもいい」と意思表示してみせた。

ここまでだな――。辰樹は思った。

白鳥には、自我が生まれてしまった。辰樹の支配の及ばぬ男になってしまった。いくら利用価値があったとはいえ、実権を与えすぎたかもしれない。

――まあ、いいさ。

口の中でつぶやいた。どうせ、もうすぐ終わりだ。なにもかもが終わる。

通信機器を肩に担いで、辰樹は言った。

「確か、軽トラがまだ一台空いとったよな。ヒロユキたちを拾って向かうすけ、留守を頼むぞ」

8

岩森は呆然と立ち尽くしていた。

耳もとを通りすぎる蚊の羽音が、やけにくっきり聞こえた。

元市の家は、門の外からも一目でわかるほど荒らされていた。泥靴の跡が、玄関の踏み石をそれて庭へと向かっている。

有美が丹精した椿の木は折られ、盆栽の棚が倒されていた。寝間から放りだされたらしい蚊帳が、庭石を覆っている。

襲撃した一団は、どうやら縁側から家内へあがりこんだようだ。廊下は土足の靴跡だらけだった。障子戸が倒れ、襖は破れ、茶簞笥の抽斗はすべて引き出されていた。割れた小物や茶器が、畳じゅうに散乱している。

「岩森さん、これ！」

港人が床を指さす。茶器の破片に混じって、血痕が散っていた。

「有美さん！　隆也さん！」

岩森は声を張りあげた。

「元市さん、いないのか！　この血はどうしたんです。誰か怪我したんですか！　有美さん、隆也さん——」

しかし、応えはなかった。焦れたように、港人も声をあげる。

「有美姉ちゃん、おるかぁ！　おれだ、煙草屋の港人だ。おったら返事してくれぇ」

静寂が落ちた。

岩森は港人と顔を見合わせた。

間近に見える港人の顔が青い。目じりが引き攣って、眼球が血走っている。

ふらり、と岩森は一歩前へ出た。

「有美さん、おれは、おれは……、節子に」

あなたになにかあったら、節子に申しわけが立たない——。

そう言いかけて、声を呑む。穴のあいた押入れの襖が、わずかに右へ動くのが見えたのだ。

岩森は港人へ目くばせした。身がまえて、目を凝らす。

息づまるような沈黙ののち、襖が数センチひらいた。かぼそい声が洩れる。

「……港ちゃん？」

若い女の声だった。有美ではない。

港人が、岩森を押しのけるようにして叫んだ。

「小百合！」

今度こそ襖が開いた。這い出てきたのは十四、五歳の少女だった。

次いで、有美が出てくる。ブラウスが破れ、頬が腫れている。毛細血管が何本か切れたらしく、顔面が赤まだらだった。

小百合と呼ばれた少女が、港人へ飛びつく。

「よかった、港ちゃんでよかったあ――。足音が聞こえたすけ、有美姉ちゃんたちと押入れに隠れたの。あいつら、だまされたと気づいて、また戻ってきたんかと思って」

「姉ちゃん〝たち〟？」

岩森が問う。小百合が港人にすがったまま、襖を顎で指した。

襖の奥には、もう一人隠れていた。隆也だった。右の脇腹が、鮮血で染まっていた。

「この人……わたしを、守ろうと」

有美が呻く。その言葉で、すべて察せた気がした。

岩森はかがみこみ、隆也の傷の具合を見た。

「小百合、おまえはなんでここに」港人が問う。

「有美姉ちゃんがまたいじめられてないか、心配で見に来たんさ。そしたら、自警団のやつらが来とってね。旦那さんが危ねぇとこだったすけ、『大助が見つかったってさ。辰樹さんが戻れって言っとるよ。早よう戻らねえと、叱られるよ』って怒鳴ってやったんだぁ。あいつら、舌打ちしながら引きあげていった」

「そうか。ようやった、偉いぞ」

港人は小百合をねぎらった。彼女の額には、冷や汗の玉がびっしり浮いていた。

「ところで、忠司兄ちゃんはなじょした？　リュウなら林で見かけたども」

「こっちに戻ってきとると思う。あ、大助が見つかったってのはほんとうよ。林で倒れとるのを、誰かが見つけて連れ帰ったらしいの。もうみんな、はしゃいじゃってお祭り騒ぎ」

「元市さんは？」

岩森が問うと、小百合はまぶたを伏せた。

「あのおじさんは……連れて行かれた。吉朗さんの弟らすけ、いい土産になるって……」

肌寒いのか、小百合はカーキ色のウインドブレーカーを羽織っていた。兄のものを借りたのだろう、袖も裾丈も余っている。

西尾の部屋にあったのと同じデザインだ、と岩森は思った。

そして降谷敬一も、刺し殺された夜に同じウインドブレーカーを着ていた。辰樹を真似て買ったという新品だ。あれを吉見とともに邦枝に届けた日のことは、よく覚えている。あのときの邦枝の目つき。岩森たちをかくまってくれたときの、反応や口ぶり——。

岩森の脳内で、かちりとかすかな音がした。

うなじが一気に鳥肌立つ。

記憶と、思考の歯車が繋がる音だった。

敬一の胸から腹にかけてを濡らした血。傷を診ていた吉見医師。降りしきる雨。辰樹に憧れて皆が買ったという、制服のごときお揃いのジャンパー……。

彼は掌で口を覆った。そうか、と低くつぶやく。そうか、そうだったのか——。

彼は港人を振りかえり、叫んだ。

「港人くん。有美さんと小百合ちゃんを、上窪の屋敷へ連れて行ってくれ。あの人なら二人をかくまってくれるだろう。おれは診療所へ走って、吉見先生を連れてくる。隆也さん。先生が来るまで、あとすこしだけ頑張れよ」

9

エツ子は受話器を耳にあてていた。一一九番をダイヤルしてきっかり一分待ち、切ってはまたダイヤルする。

エッ子が一連の動作を何度となく繰りかえすのを、廉太郎は障子越しに眺めていた。田所邸の黒電話は、玄関を入ってすぐの廊下にある。お手製らしきフリル付きのカバーをまとい、横には受話器を載せる保留オルゴールが置かれている。いかにもピアノさんらしい、微笑ましい少女趣味だ。

――なのに、一歩外では暴動が起こってるんだ。

日常と非日常の乖離に、あらためて廉太郎はぞくりとした。

愛子は、廉太郎のすぐ隣にいた。うさぎのぬいぐるみを片手に抱き、もう一方の手で『ぐりとぐら』の絵本をめくっている。だが文字も挿絵も、ろくに目に入っていない様子だった。

お父さんが心配なんだろうな、と廉太郎はあわれに思った。当然だ、母を亡くし、父一人子一人の家庭なのだ。父の身になにかあれば、この少女は幼くして孤児になってしまう。

エッ子が受話器を置いた。新たにダイヤルをまわしなおす。一、一、九。九までダイヤルをまわすと、戻るまでが長い。じれったい。エッ子が苛々とコードを指に巻きつける。

――父さんと母さんは、大丈夫だろうか。

廉太郎は頭を垂れた。

父の勝利は、矢萩吉朗の義甥にあたる。母も同じく矢萩の生まれだ。その父母を、自警団員が見逃したとは思えない。せめて大怪我させられていませんように、と祈るしかなかった。

——親を見殺しに、自分だけ逃げてしまった。

だがあのときは、港人とともに走るほかなかったのだ。自分一人では親を守りようがなかった。多勢に無勢で、叩きのめされるのが落ちだ。救援を呼ぶ手伝いができるだけ、この状況のほうが何倍もましなはずだ。

とはいえ、感情は理性では割り切れない。罪悪感がこみあげる。水に落としたインクのように、じわじわと悔恨が胸に広がっていく。

髪を掻きむしったとき、かすかな金属音がした。

サッシが開錠される音だ。廉太郎はぎくりと顔を上げた。

しかし、自警団ではなかった。愛子だ。縁側のサッシを開け、いましも沓脱石（くつぬぎいし）に片足をかけようとしている。

「ちょっ……、愛子ちゃん」

廉太郎は立ちあがり、細い肩を摑んだ。愛子が振りかえらず言う。

「お父さんだよ」

「え？」

「外でなにか光ったの。だから覗いてみたら、ほら」

愛子が指さす方向に、廉太郎は目を凝らした。

脚の悪いエツ子のため、田所邸は石段でなくスロープを多用した造りだ。コンクリで固めた傾斜は門柱の外までつづき、田所邸一軒のためのバス停まで繋がっている。そのスロープの端に、黒い塊が置いてあった。

岩森が背負っていた通信機器だ。

数十分前、廉太郎は出ていく彼らの背を見送った。岩森は機器を斜め掛けにしたままだった。ということは、なんらかの理由で引き返してきたのだろうか。

——もしかして港人が、怪我したのでは。

そう考えた瞬間、背すじが冷えた。

愛子にとっての岩森と同様、いまの廉太郎にも港人が拠りどころだ。相棒と無事に救援を迎えるという希望のみが、かろうじて心と手足を支えていた。

「よし。……おれが見てくる」

廉太郎は、愛子に請け合った。

「おれが行って確認する。だすけ愛子ちゃんは、ここで待ってろ。お父さんと港人がいたら、一緒にすぐに戻ってくるから。な?」

言いながら、横目でエツ子をうかがう。

エツ子は受話器を耳に当てた姿勢で、こちらに背を向けていた。不自由なほうの脚をわずかに浮かせ、壁にもたれている。

声をかけるか迷って、やめた。

わざわざ言うほどのことじゃない。通信機器までは、走ればほんの数秒だ。行って、まわりを見て、すぐ戻ってくればいいだけだ。

廉太郎は静かにサッシを開けた。湿った夜気の匂いがする。汚泥の臭気が鼻を突く。沓脱石に足をおろした。庭を突っ切り、門柱へ走る。道の様子をうかがうべく、体を前へ傾けた。

刹那、彼は後頭部に重い衝撃を感じた。

痛みを感じる間もなかった。

廉太郎の視界が、ぐるりと暗転した。

岩森は、診療所のガラス戸を遠慮なく拳で叩いた。

懐中電灯の光がまたたく。スリッパの足音が近づき、ガラスに腹の突き出たシルエットが映る。吉見だ。

「誰だ。ここには金目のもんなどありゃせんぞ。いるのは老いぼれの医者と、怪我人だけだ。おまえらがどうしても押し入ると言うなら――」

「吉見先生、おれです！」岩森は叫んだ。

「おれだ。岩森だ、開けてください！」

開錠する音がした。ためらいがちに、ガラス戸を覆うカーテンがひらく。

隙間から、無精髭を伸ばした吉見医師の顔が覗いた。

「――なんだ、ほんとうにあんたか」

ガラス戸が開いた。吉見は目を丸くしていた。

「無事だったのか。てっきり元市さんやその息子と一緒に、狩られちまったと思ったよ。よくここまで来られたな。愛子ちゃんは？　有美さんはなじょした」

「話はあとです」

岩森は彼をさえぎった。

「中へ通してください。いますぐ西尾くんと会って話さなきゃ――いや、彼も一緒に来てもらわなきゃならん。一刻を争うんだ、どいてください」

「ちょ、おい、ちょっと待て」

吉見が手で岩森を押し戻した。

「そんなことを言われて、はいそうですかと通すわけがなかろう。『一緒に来てもらう』だと？　なにを考えてるんだ。あれだけの怪我人を、おいそれと動かせるもんか」

「吉見先生」

岩森は吉見に顔を近づけた。

「あなたはこんな狭苦しい集落で、腐りもせず医者をつづけている。その点は立派だ。尊敬しています。しかしいまは、あえて言わせてもらう。――おれを通さないなら、あなたの酒癖の悪さと、泥酔するたび守秘義務を破ってきた責任を、公の場で問うてみせます。そしておれの妻に適切な検査を受けさせず、超過勤務を強いた件についてもだ」

胸倉を摑まんばかりに詰め寄った。

「――あんたは節子に気があったんだよな？　吉見さん」

吉見の目が泳ぐ。

岩森はその肩を強く押した。

「あんたの酒癖は最悪だ。そして、酔って記憶を失くすたちだ。覚えちゃいないだろうから、黙っていたが――。なあ、あんたが五年前、夫のおれの目の前で節子をどんなふうに言ったか思いあたるか？　いまこの場で、すべて再現してやろうか？」

吉見は覿面に青ざめた。たじろぎ、数歩退がる。

彼の目のまわりは、青黒い隈が浮いていた。吉見とて、疲れているのだ。わかっている。だが追及を緩めてやる気は起きなかった。

後ずさりつづける吉見の背が、やがて壁に付いた。

「す――すまなかった」

吉見は片手で顔を覆った。

「節っちゃんのことは、すまなんだ。だども、わざとでねぇんだ。わざと、節っちゃんの手術を遅らせようとしたわけでねえ。あんたから、節っちゃんを奪おうと思ったわけでもねえ。おれは、おれはただ――」

「もういい」岩森はかぶりを振った。

「いいから、おれを中へ通してください。そしてこれからおれがすることに、口出ししないで欲しい。節子にすまないと思う気持ちがほんとうなら、しばらくの間だけでいい。目をつぶっていてください」

10

夜闇の底が、赤く輝いている。

ヒロユキが運転する軽トラを降り、辰樹は一人、その赤を眺めていた。

火事だった。矢萩吉朗の自宅に、団員の誰かが火をはなったのだ。水蒸気の煙を立てながら、長雨で湿った木造の屋敷はくすぶるように焼けていた。

――延焼はなさそうだな。

辰樹は軽トラに乗らず、ヒロユキに「もういい。行け」と合図した。

広大な庭に囲まれた吉朗の家は、隣家までかなりの距離がある。放っておいても、燃え種がなくなれば自然鎮火するだろう。

軽トラを見送って、辰樹は歩いた。

炭屋を過ぎ、米屋を通り、神社を行き過ぎ、灯りの消えたままの電報電話局を後目に、さらに歩きつづけた。

角を曲がると屋号〝搗屋〟の家があった。辰樹自身の生家だ。

家に火の気はなく、静まりかえっていた。玄関戸は開けはなされたままだ。

中を覗きこむ。父の姿はなかった。

事前に祖母と母はタカシの家へ避難させてあった。寝たきりの祖母は、タカシとノブオが二人がかりで布団ごと運んだ。父が『マリンカ』へ飲みに出かけたのを、見はからっての移送であった。

辰樹はポケットを探り、百円ライターを灯した。室内がぼうと浮かびあがる。

カーテンの裾に火を近づけたが、数センチほどを焦がしただけで消えてしまう。辰樹は舌打ちし、着火したままのライターを屑籠(くずかご)へ放り込んだ。

火は、見る間に紙屑へ移った。ちりちりと音をたてて燃えはじめる。オレンジの炎が立ちのぼる。

辰樹は家を出た。

どうせまだ水は引ききっていない。たいした火事にはなるまい。燃やしきらねば、と思うほどの執着さえ、もはや湧かなかった。

土蔵へ戻ると、白鳥が一人で残っていた。

木箱を椅子代わりに尻に敷き、薄暗がりに目を光らせている。

海鼠壁越しに、暴徒たちが起こす喧騒が聞こえた。笑い声。嬌声。ラジカセから、フルボリュームで流れる派手な流行歌。

「待たせてしもうたかな」

辰樹は苦笑した。重たい通信機器を床に置く。

「ほら返すぞ。おまえのものを横取りする気はないさ、安心しろ」

だが白鳥が動く様子はなかった。低く、彼は言った。

「——逃げる気なんだろ？」

しわがれた声だった。

辰樹は片眉を上げた。白鳥がつづける。

「おれが辰樹くんに協力したのは、この一夜のためだ。この糞(くそ)みたいな村と親に、せめてもの復讐がしたかった。あとのことは、どうだってよかった。警察が来たら、おれはおとなしく捕まるつもりだ。——でも辰樹くんは、そうでねぇんだよな？」

白鳥は歯を剝きだした。唇がよじれ、人相が変わっていた。

「逃げてどうなる。あんたは確かに、村じゃあ憧れの神童さまだ。しかし外の世界で、そんな肩書き通用せんよ」

言葉とは逆に、彼の声は切なくかすれた。

「なあ辰樹くん。最後だから、正直に言ってくれ。辰樹くんがおれをこの計画に誘ったのは、罪をかぶせるのに格好の相手だったからだろ？　友達がいなくて、孤独で、妄想と現実の区別がついていないやつ。得体の知れんオカルトだのＳＦだのに逃避して、世間にそっぽを向いているやつ。いかにも大人どもや警察が、要注意人物とみなすキャラクターだよな。洗脳装置にしたＣＢ無線だって、おれのものだ。ガキどもにＳＦ小説を読ませ、煽動して武器を持たせたのだってこのおれだ」

白鳥は言葉を継いだ。

「でもな。おれは、逃げられるなんて思っちゃいない。村は滅茶苦茶だ。怪我人も死人も出とる。警察は、そんげに甘くない。——辰樹くん、妄想と現実の区別がついてないのは、あんたのほうだ」

「かもな」

辰樹は笑った。白鳥がわずかに目を見ひらく。

「その推理は、いい線いっとる。だども半分はずれだ。じゃあな、白鳥」

言い捨てて、辰樹は土蔵を出た。

次に向かった先は、歩いて数分の村役場だった。

無人の役場は静寂に包まれていた。土砂崩れで孤立して以来、ほとんど用をなさない役場であった。

はじめのうちこそ職員が村民の家をまわって避難勧告し、火事への注意を呼びかけていたが、それだけだ。ことに矢萩吉朗が物資の件で面目を潰して以降は、一人も出勤していないと聞く。

——まあ、無理もないな。

辰樹は慨嘆した。役場の職員は全員、大根田村長と吉朗の腰巾着だ。村長と連絡がとれず、矢萩も頼りにならないとなれば、やつらに打つ手はなかろう。役場長も副長も、いま頃は亀のように首を縮めて自宅で震えているはずだ。

役場の戸を、辰樹は無造作に蹴破った。

リノリウムの床は浸水で泥まみれだった。奥の汚水槽があふれたらしく、糞尿の悪臭が鼻を突く。

辰樹は事務室を突っ切り、災害無線のマイクを手に取った。

電源は入らない。自家発電装置が破損しているという噂はほんとうらしい。あきらめて、拡声器だけ拝借することにした。ノブオにでも渡し、がなりながら歩かせるほかなさそうだ。

なにを言わせるかは、すでに決まっていた。

ひとつは「隠れている矢萩の衆、いまのうち投降せよ。もしくは投降させよ。さもなくば、かくまっている家人ごと同罪と見なす」という台詞。

そしてもうひとつは、

「降谷港人、投降せよ。大事な友達は自警団があずかっている。裏切り者は両手を挙げて、鍛冶町通りまで出頭して来い」

という台詞であった。

11

肩の痛みで、廉太郎は目を覚ました。

視界のなかばを黒茶色が覆っている。湿った泥土だ、と数秒置いて気づいた。地面に伏しているのだと理解し、ゆっくりと首をもたげる。

数人の靴と、軽トラのタイヤが見えた。後頭部が激しく痛んだ。

――ええと、最後の記憶は……。

そうだ、ピアノさんの家だ。

どうやら自分は田所邸の前で殴られ、拉致されたらしい。ここまで運ばれた道程は記憶にないが、眼前の軽トラだろうと見当はついた。後ろ手に縛られているらしく、背中へ回された腕の自由が利かない。

――まさか、愛子ちゃんもさらわれたのか?

廉太郎は、目で愛子の姿を探した。

見当たらない。行き過ぎるのは、自警団らしき若者ばかりだ。

すぐ近くに辰樹の取り巻きのノブオがいる。その横に、見知った顔があった。

――ヒロユキ。

ヒロユキを、廉太郎はよく知っている。

小学生の頃、同じチームでともに野球をした仲だった。同じく甲子園出場の夢を抱いていた。しかし家庭の都合で、ヒロユキは高校へ進学できなかった。

「廉太郎ん家は、いいな。金あるもんな」

憎々しげにヒロユキは睨んできた。「矢萩の家に生まれたか、そうでないかだけで人生決まってしまうんらな。世の中は不公平らて」と。

廉太郎は反論できなかった。事実だったからだ。

格差があるのはほんとうで、たかが中学生の自分はなにもしてやれない。世の不公平を正すことも、ヒロユキのため学費を出してやることもできない。

罪悪感は、その後も長く残った。いまもそうだ。盟友を裏切ったかのような悔恨は、胸に居座りつづけている。

廉太郎は目をすがめた。

ノブオとヒロユキの背後には、多数の人影があった。

男たちの群れだ。手を縛られ、ひざまずかされている。二十人、いや三十人以上はいるだろう。西部劇の処刑を思わせる姿勢であった。

列の先頭は、矢萩大助だった。手ひどく殴打されたらしい。変形した顔面が、弾けた血袋さながらだった。

大助の後ろには、伸平、康平といった矢萩工業の幹部たちがつづく。他姓の男も幾人か混じっていたが、九割は矢萩の男衆であった。誰もが顔を腫れあがらせ、鼻孔から顎にかけてをどす黒い血で汚していた。

――まさか父さんと母さんも、この中に。

廉太郎の背を、悪寒が駆け抜けた。

必死に両親を目で探す。見つからない。道路にうつ伏せに転がったまま、彼は精一杯首を伸ばした。

だが、肩にふたたび痛みが走った。激痛だった。鼻さきが泥にのめる。唯一自由になる眼球を動かし、廉太郎は上方を見やった。

ヒロユキがいた。

廉太郎の右肩を、ヒロユキが長靴で踏みつけていた。さらに重みがかかる。ヒロユキが靴底へ、じりじりと体重を乗せてくる。

骨が軋んだ。廉太郎は呻いた。

「ひろ、ゆ……」

ヒロユキは応えなかった。廉太郎の視界が、涙で曇る。

潤む薄膜の向こうに、彼はかつての盟友の薄笑いを見た。

なんだか家内が静かすぎるような——。何十回目のダイヤルを終えたとき、エツ子はそう気づいた。

電話機から離れ、居間を覗く。途端に立ちすくむ。

サッシが開いて、カーテンが夜風に揺れていた。

廉太郎も、愛子もいない。トイレを覗いたが、いなかった。風呂場にも寝室にも見当たらない。居間へ戻ると、ひらいたままの絵本が床に放置されていた。

エツ子は玄関へ向かった。

三和土に愛子の靴と、廉太郎のスパイクシューズが並んでいる。ということは、岩森たちを追って出たのではない。なにか不測の事態が起こったとみていいだろう。

——まさか、連れ去られた？

エツ子は窓の外の闇へ目を凝らした。

なにも見えなかった。人の声も、足音もない。林から草むらから、虫の羽音や蛙の鳴き声が響いてくるばかりだ。

——どうしよう。

エツ子はサッシにすがった。膝から下がこまかく震えはじめた。

——わたしの責任だ。

愛子はもちろん、廉太郎とてまだ子供だ。責任を取れる大人は、この場にわたししかいなかった。彼らがもし拉致されたなら、全責任はわたしにある。

走れたらよかったのに、と痛切に思った。この脚の自由が利いたなら、そしてもっと若かったなら。いますぐ家を飛び出し、走りまわって彼らを捜せたのに。

エツ子は唇を嚙んだ。

いや、やめよう。

たられればは意味がない。外へ出たところで、わたしにはなにもできない。追ったところで追いつけるはずもない。それが現実だ。ならば、自分にできることをやるしかない。

——わたしに残された道はただひとつ、ここで救援を呼びつづけることだ。

後悔も涙も無意味だと、これまでの半生で彼女は思い知っていた。悲嘆に酔ったところで益はない。時間の浪費だ。いまは一秒でも早く、頭を切り替えるべきだ。

岩森と連絡を取ろうにも、再度の混線は望めまい。大人たちが自警団をねじ伏せることも期待できない。ならば、わずかな可能性でも賭けるほかなかった。

エツ子は受話器を手にとった。

震える指で、彼女はふたたび一一九番をダイヤルしはじめた。

12

「――よく来たな、港人」

辰樹が微笑む。

拡声器の呼びかけで、港人が投降したのはわずか数分前のことだ。そしていま、辰樹の眼前に立たされている。

長雨があがったばかりの夜風が、冷えて生ぐさい。

港人は、兄のかつての親友を見かえした。見知らぬ他人を見るような気分だった。

辰樹の背後に火の粉が躍っている。火事で赤く染まる夜空を背景に、逆光になった辰樹の顔は驚くほど端整だった。

まわりの自警団員たちは、とうに自制を失っていた。捕縛された男衆のまわりで、泥酔した団員たちが思い思いに歌い、喚き、凱歌を叫ぶ。摑み合いの喧嘩をはじめる少年たちがいた。ロックの曲に合わせて千鳥足で踊る者がいた。道端に反吐をぶちまける者がいた。かと思えば、座りこんで泣きじゃくる少女がいた。執拗に矢萩大助を小突き、ちょっかいをかける少年たちもいた。

歌い騒ぐ団員たちと対照的に、物影では負傷者が呻いていた。

トラバサミに脚を嚙まれたまま苦しむ青年。片腕を斧で切断されかけた少年。漆かぶれだろうか、半身を紫に腫れあがらせた少年――。だが大多数の団員は、怪我人には目もくれずはしゃぎまわっている。

異様な眺めだった。

現実じゃないみたいだ、と港人は思った。奇妙な浮遊感さえ覚える。足もとが頼りない。

見知った顔ばかりだった。同時にどれも知らない顔だった。日頃は内にひそめていた獣性を、誰もが剝き出しにしていた。

辰樹がノブオに、目で合図した。

ためらわず、ノブオが港人を羽交い締めにする。

「がっかりだよ、港人」

辰樹が数歩、近づいてきた。まだ微笑している。台詞とは裏腹に、その口調はむしろ浮き立ってさえいた。

「敦人の弟であるおまえに、裏切られるなんて思わなかった。卒業後を見据えて、早くも矢萩に恩を売っておくつもりだったのか？　まさか港人が、そんなに計算高いやつだったとはな。飼い犬に手を噛まれるとはこのことだ」

よく言うよ、と港人は内心で吐き捨てた。

兄が村を出て以来、辰樹が話しかけてくれた回数は片手で数えるほどだ。飼い犬呼ばわりされるほど媚びた覚えもなければ、愛玩された記憶もなかった。

「〝お相手〟は矢萩勝利の息子だっけか？　矢萩工業の、未来の幹部候補さまってわけだ。つまりおれたちの未来の上司だな。親友だなんだと青くさい台詞を使って、コネを確保するなんて、おまえはじつに小利巧だよ」

辰樹がかぶりを振る。

この人、瘦せたな――。港人は思った。

顔いろが悪い。青いというより青黒い。ただでさえシャープだった頰が、鋭角に削げている。眼窩は落ちくぼみ、澄んでいたはずの眼光がよどんでいた。

「港人、おれたちはおまえの処世術に口を出す気はない。矢萩の靴を舐めて生きたいなら、好きにすりゃあいい。それもおまえの人生だ。だがな」

ふっと口調が変わった。

「だが、〝今夜〟は駄目だ。今夜、おまえは自警団を裏切った。おれたちを虚仮(こけ)にした。それだけは許されない。見逃してやれないんだ。――なんでかは、わかるな？」

港人ははっとした。

気づけば、思い思いに暴れていたはずの自警団が動きを止めている。十数人がこちらを振りかえり、無言で見つめている。

魅入られたように、彼らは辰樹を凝視していた。

ああ、そうだ――。

港人は内心で歯噛みした。いつだってそうだ。降谷辰樹はその声音で、目線で、自在に人の注目を集める。誰もが彼に目を吸い寄せられ、彼の声に聞き惚れた。誰も、彼を無視できなかった。

――辰樹さんの、お兄さんさえ生きていたなら。

港人は運命を呪った。

搗屋の長男が跡を継ぎ、辰樹が予定どおり進学できていたなら、この〝今夜〟はなかったはずだ。そして村に残ったのが敦人のほうだったら。もしくは敦人と辰樹、二人とも上京できていたなら。きっと、暴動は起きなかったはずだ。

だがもう遅い。

ことは起こってしまった。誰にも時間は巻き戻せないのだ。

港人は、泣きたいような思いで辰樹を見つめた。

群を抜いて秀でた人だった。本来なら、こんな村でくすぶる男ではなかった。港人にとっても、降谷辰樹は憧れの先輩だった。

「……おまえは兄貴そっくりだ。二人揃って、裏切り者だ」

謳うように辰樹が言う。

「敦人は村を捨てた裏切り者だった。おまえは今夜、村を裏切った。血は争えんな。おまえら兄弟は、村がどうなろうと知ったことじゃないんだ。自分、自分、自分——大事なのは、いつだって自分だ。だがそんな料簡じゃあ、世の中は渡って行けんぞ。得手勝手な考えばかりじゃ、いつかしっぺ返しを食うってもんだ」

群衆から高い口笛が湧いた。

いまや団員のほぼ全員が、辰樹と港人を注視していた。歌うのをやめ、踏み鳴らしていた足を止め、薄ら笑いを浮かべて二人を見守っている。

「——その〝いつか〟がいまだ」

おごそかに辰樹は告げた。

歓声が湧いた。団員たちは手に手に斧や松明を振りかざし、賛意の笑みを顔に貼りつけていた。無邪気な、幼児的とすら言っていい笑顔だった。

港人の膝が震えだす。胃が恐怖で固く縮こまる。

言われるがままに投降してしまったことを、はじめて後悔した。殴る蹴るのリンチは覚悟していた。だがまさか殺しはすまいと、心のどこかで甘く見ていた。

――でも、いまは違う。

こいつらは異常だ。まともじゃない。しかし辰樹に踊らされている団員たちが、正気を失いつつあるのは確かだった。彼らは楽しんでいた。己の振るう力に、暴力の味に酔いしれていた。

港人は生まれてはじめて、「死」を近しいものとして感じた。

――怖い。

こんなところで死にたくない。逃げだしたい。

これは嘘だ、と胸の奥で誰かが叫ぶ。だって、あまりに非現実的だ。映画を観ているかのようだ。こんなことが起こるはずがない。布団の中で目を覚ませば、きっとまたいつもの日常がはじまるのだ。

皆、幼い頃から親しく付き合ってきた人たちだ。すれ違ったら笑顔で挨拶し、冗談を交わし、狭い村内で身を寄せあうようにして生きてきた。

見わたす限り、慣れ親しんできた顔が並んでいる。名前を知っている。学年も、生まれた干支も知っている。本人だけでなく親兄弟、親類縁者にいたるまで把握している。向こうだって、おれが誰か知っている。煙草屋の次男坊の降谷港人だと、心得ている。

なのに、ああ、あの冷ややかな眼――。

港人の視線が、一点で止まった。

「どうした」

辰樹が短く問う。

港人の目線は辰樹を通り越し、はるか後方の闇に向いていた。

辰樹がせせら笑った。

「もう心的遁走(フーグ)に入ったんか、港人。だらしねえぞ。音を上げるのが早ぇ。今夜という夜は、まだ――」

まだはじまったばかり、と言いかけ、はっと辰樹は振りかえった。

近づくエンジン音が、彼にも聞こえたらしい。タイヤが砂利道を嚙んで迫る。排気臭が漂う。

闇の中から現れたヘッドライトのまぶしさに、一同は顔をしかめた。

吉見医師のコニー３６０であった。ガソリン節約のため、孤立以後は往診に使っていなかった中古のライトバンだ。

コニー３６０が停まった。

人影が降りてくる。一人――いや、二人だ。

そのうち一人は、すぐさま地面にくずおれた。もう一人がかがみこみ、地面から拡声器を拾いあげる。ヘッドライトを背にして立っており、どちらの顔も見えない。

数秒後、拡声器から男の声が響きわたった。

「聞け――聞け、聞いてくれ――」

割鐘のような声だった。派手なハウリングが群衆の耳をつんざく。

コニー360のヘッドライトが、ふつりと消えた。

「降谷敬一を殺した犯人を、いまここで引き渡す――。全員聞け、皆こっちを見ろ――」

その瞬間、港人はようやく男の正体に気づいた。

――岩森さんだ。

そして、もう一人は。

団員の間から「西尾さん！」と高い声があがった。

「うんだ、西尾さんだ」

「なんでこんげなところに」

「刺されて、怪我ぁしたんでねがったか」

次々に怪訝そうな問いが洩れる。

すでに一同の目は、降谷辰樹から離れていた。全員が拡声器を持った岩森明と、地に尻を付けてライトバンにもたれる西尾健治に注目していた。

自警団だけではなかった。ひざまずかせられている矢萩衆や、大助も見ていた。その中に矢萩廉太郎もいた。

目のいい港人は、数秒ヘッドライトに照らされた群衆の中から、いち早く相棒を見分けた。廉太郎と視線を合わせる。無言でうなずき合う。

西尾健治は傷口がひらいたのか、腹の包帯を真っ赤に染めていた。顔は土気いろで、上下の歯をこまかく打ち鳴らしている。どう見ても、診療所のベッドから動かせる容態ではなかった。

「――聞け！」

拡声器を最大ボリュームにして、岩森は怒鳴った。

「降谷敬一を殺したのは、ここにいる西尾健治だ！」

場に、静寂が広がった。

全員が口をなかば開け、棒立ちだった。しわぶきひとつない。

岩森は拡声器を下げ、

「言うんだ」

と西尾の肩を押した。

「いまのうちに、言いたいことを全部ぶちまけてしまえ。――死んじまったら、なにひとつ弁明できないんだぞ。いまわの際に悔やんでも遅い。意識があるうちに、自分の言葉で自分の思いを語っておくんだ」

西尾のまぶたが震えた。

白くなった唇は乾いて、けば立っていた。喘ぐような呼吸が洩れた。

岩森は西尾の口に拡声器を近づけた。再度、その肩を揺する。

「言え。ほんとうに怒りをぶつけたい相手は、べつにいるんだろう。敬一くんよりもっと憎い、罵ってやりたい相手がだ。自分の口でぶちまける最後のチャンスだぞ、言え！」

再度の沈黙が落ちた。

数時間にも思える沈黙であった。

やがて、西尾の唇がひらいた。

「……後悔は、してねえ……」

西尾は上体をライトバンにあずけ、呻くように言った。

「……殺すしかなかった、とも言わねぇ……。だども、ああしてよかったと思うとる。刺したかったから、刺したんだ。殺したかったから、殺したんだ……そんだけだ……」

「なぜだ」

辰樹が言った。

西尾に向けられた質問ではなかった。彼は、岩森を見据えて問うた。

「——なぜ、わかった」


「おい」

耳もとでささやかれ、驚いて廉太郎は声の主を見やった。

矢萩大助であった。

ひどい顔だ。まぶたは腫れてふさがり、鼻骨は砕け、ちぎれた下唇が顎まで垂れ下がっている。歯も何本か折れているのか、発音が不明瞭だった。

その大助が、血まみれの顔を廉太郎に押しつけてくる。

「そこに、ビール瓶の破片が落ちとるろうよ」

廉太郎は地面に目を落とした。大助の言うとおり、ビール瓶の大きな破片が自分の近くにある。

「拾え。拾って、そいつでおれの縄ぁ切れ。おれは腕が短こうて届かねえすけ、おまえがやれ」

「え……」

廉太郎は迷った。

後ろ手とはいえ、体の向きを変えれば拾うのは難しくない。それにいまは皆の視線が西尾と岩森に集まっている。縄を切るには、確かに絶好のチャンスだ。

――でも自分の縄を切るのはいいとして、大助のは。

なおも廉太郎がためらっていると、大助が低く唸った。

「……せめて最後に大暴れしてやる。くそ、くそったれが……。糞ガキども……」

獣そのものの唸り声だった。

廉太郎はまじまじと大助を見つめた。

矢萩大助は、満身創痍だった。顔面は腫れあがり、血に染まっている。数日前の怪我に加え、新たな傷を全身に負っていた。

肋骨をはじめ、骨が何本か折れているはずだ。左肩の関節はおそらくはずれていた。

寝間着で、おまけに裸足だった。

しかしその全身には、いまだ怒気と精気が満ちていた。ひざまずかされている男たちがとうに失った闘争心を、毛穴から湯気のように立ちのぼらせていた。

廉太郎は心を決めた。

体勢をずらし、彼は後ろ手にガラス片を拾った。

13

「……気づいたきっかけは、たわいもないことさ」

岩森はかぶりを振った。

「西尾くんは『マリンカ』で、〝どす黒い血が点々と敬一の服に散って〟いたのが忘れられないと言った。だが彼は、診療所に駆けつけたとき、はじめて敬一くんの死体を見たはずなんだ。吉見先生が傷口の具合を見るため、血のついたウインドブレーカーは死体から脱がしてあった。おまけに診療所に寝かせられた敬一くんは、胸下まで毛布をかぶせられていた。血が服に散っている彼の姿を、西尾くんが目撃できたわけがない」

そもそも違和感は以前からあったんだ――。

岩森はつづけた。

「しかしその違和感がなんなのか、はっきり知覚できずにいた。おれはあまり頭がよろしくないんでね。古い記憶とやっと繫がったのは、同じデザインのウインドブレーカーを幾度か目にしてからさ」

「……古い、記憶？」

西尾が唸る。岩森はうなずいた。

「村の住人には、酒癖の悪いやつがいるんだ。酔っては泣きながら、自分の患者の秘密をべらべらしゃべっちまうやつがな。——残念ながら、その中に西尾くん、きみたちの出生にまつわる秘密もあった」

西尾の体が、目に見えて強張った。

岩森は再度首を振った。

「とはいえ、そんなことはずっと忘れていた。おれは村内のゴシップに、さほど興味がなかったからね。だがウインドブレーカーの血に思いいたり、『託児所の後家さん』こと、邦枝さんのきみに対する微妙な反応を思いだしたとき、やっと頭の中で回路が直結した。きみが敬一くんを殺した動機が、わかった気がしたんだ」

あとは自分の言葉で言ってくれ——。

岩森は、拡声器を西尾に手渡した。

紫いろになった唇を、西尾がゆがめる。自嘲の笑みとも、泣き顔ともとれる表情だった。

もはや手に力が入らないらしい。彼は拡声器を腹に置いた姿勢で、

「……敬一とおれぁ、腹違いの兄弟だ」

最後の声を振り絞るように、言った。

「うちの親父の女癖についちゃぁ、知っとるやつも沢山おろうよ。親父は、おれがおふくろの腹ん中にいるとき、旦那を亡くしたばっかの、あの後家さんに手ぇ付けたんだ……。敬一の生まれ月が、旦那の死期と照らし合わせて、不自然だったんだか自然だったんか、おれぁ知らねえ。だども、この村のやつらぁ、見て見ぬふりをするのがお上手らすけな……。たいした問題には、ならねがったんだな……」

苦しげに喉で笑った。

「後家さんがなんで託児所をはじめたか、おまえら、知ってっか？　……おれぁな、あそこの家にあずけらった子供の、第一号なんだ。親父は、おれの託児料金を払うのを名目に、後家さんに〝月々のお手当て〟を渡してたんさ。それが、あの託児所のはじまりさぁ……」

あたりは静まりかえっていた。

西尾のしわがれた声だけが、夜闇に響いた。

「信じられっか？　妾に本妻の子の面倒みさせて、何食わぬ顔で、子供同士仲良くさせとったんだ。……おれぁな、敬一のことを弟みたいに思うとったんらて。……それがまさか、本物の弟だったとは……」

彼は言葉を切り、数度咳きこんだ。力ない咳だった。

「……親父はな、今年中に敬一のやつを、正式に認知するって、あいつに約束しとった。……なんのこたぁない。敬一のほうは、以前から知っとった。知った上で、成人前に認知しろと親父に迫っとった。こむずかしげな書類も、とっくに用意されとったわね。知らねがったんは、おれとおふくろたちだけだ――」

西尾の目じりから、透明な雫がひとすじ落ちた。

「敬一のやつぁ、悪びれもせんで、わざわざ訪ねて来よって……。これで本物の兄弟になれるって、嬉しげなツラぁして……ご丁寧に、揃いのウインドブレーカーまで着込んどった。『これは辰樹さんの真似でねえ。母さんは勘違いしとるども、健ちゃんと揃いのつもりで買うたんだ』って……。おれぁ、目の前が真っ暗んなった」

語尾が涙で滲んだ。

「ふざけんなて。……うちのおふくろに、そんげ事言えるか……。認知されたとなれば当然、相続にも、敬一は噛んでくるでねか。親父の女癖にさんざん泣かさって、苦労してきたおふくろに……今度は遺産まで、横からかすめ取られるなんて……そんげ話、聞かせられるわけねぇねっか、なあ……」

――鬼子母神ってのは、自分の子供だけが大事ってな神様だろう。

岩森の鼓膜の奥で、吉見の声がよみがえる。

自分の子だけが大事。生物としては、当然のことだ。群れを乗っ取った雄ライオンは、迷いなく先代ボスの落とし胤を噛み殺す。カッコウは托卵の際、巣主の卵を巣から蹴り落としてしまう。

だが。

――だがその大事な雛が、ほかの巣にも潜んでいたならどうだ。

親の側は「わが子ならば、どの子も等しく可愛い」とうそぶいて済ませるかもしれない。しかし、子の側はどうなる。

子供たちの感情はそれでおさまるのか。

われこそが愛を受けた子、鬼子母神にとっての嬪伽羅ではなかったのかと戸惑い、憤る気持ちは――どうおさめればいいというのか。

「考えて、考えて……。おれぁ、夜に敬一を呼びだした」

西尾が言った。

「認知なんぞさせる前に、カタぁ付けねばならねがった。おふくろにも、ばあちゃんにも、知られるわけいかねえ。知ったらばあちゃんは、また嫁いびりの種にするに決まっとる。『いたらねぇ嫁だから浮気なぞされるんだ』と、きゃんきゃん喚きたてるろうよ……。だすけ、できるだけ早く、終わらせてしまいたかった……」

うつろな目で、西尾は語りつづけた。

呼びだしに応じた敬一がやはりあのウインドブレーカーを着ていたこと。刺された瞬間も、なぜ刺されなければいけないのか、まるでわかっていない様子だったこと。匕首を引き抜いたとき、ウインドブレーカーに血が飛び散ったこと。死体の目をつぶらせようとしたが、なぜか二度もまぶたが開いてしまったこと――。

そういえば西尾はやけに敬一の死に顔を気にしていた、と岩森は思いだした。

――敬一は、目をつぶって死んでましたか。……目を開けて、苦しんだ顔で、死んでなかったですか。

そう尋ねてきた。

彼も大人の都合にふりまわされた被害者なのだ。岩森は目を伏せた。やりきれなかった。

しかし、殺人は容認できない。その後の隠蔽や、他人に罪をなすりつけようとした工作も含めてだ。西尾は誰より声高に「犯人は大助だ」と誘導していた。意図的に罪をなすりつけようと目論み、今夜の暴動を煽っていた。

「秀夫くんを後ろから殴って、『ざまあみろ』と言ったのもきみか。全部、大助の仕業だと思わせたかったんだな？」

「ああ」

西尾は素直に肯定した。

「……だども、大助には悪りいとは、さほど思ってねえ。良心も痛まねえ。……なんでかは、あんただってわかってんろう？　なあ？」

岩森は答えられなかった。

西尾が呟きこみながら、

「長く隠してらんねえのは、わかっとった。……白鳥に、疑われとることもな。あいつぁ気味の悪い宇宙人だが、馬鹿でねぇ。だすけ、ちょっとの間でも疑いをそらせるよう……おれぁ納屋に隠れて、自作自演で、己の腹を傷つけようとした」

「そこへ、おれが入って行っちまったんだな」

静かに辰樹が言った。

西尾が首を縦に振る。

「そんだ。……驚いて……手もとが狂った。見つけたんが、よりによって辰っちゃんではな……、ほかのやつらなら、ごまかせる自信はあったさ。だども、辰っちゃんでは……。白鳥より、ずっと早くおれのこと疑っとったもの。そうだろう?」

「ああ。だが、誰にも言う気はなかったぞ」

「違う」

辰樹の言葉を、西尾はさえぎった。

「違う……。辰っちゃんが、皆にばらすかと、怖かったんでねえ。……おれぁ、あんたに嫌われるのが、怖かった……。あんたにだけは軽蔑、されたくねがった」

西尾の目に、ふたたび涙が溜まった。

その頃、エツ子は電話機のダイヤルをまわしていた。人差し指が痛みはじめたため、指を中指に替えてまわしつづけた。

愛子と廉太郎が心配だった。岩森はどうしているだろう。港人は無事だろうか。湧きあがる不安と焦燥が、黒雲のように胸をふさいだ。だが押し殺し、ダイヤルに集中した。

電話はやはり混線しているようだった。発信音に、複数の声が混じり込んでいる。蜂の羽音めいて、耳もとを這うように重なって響く。

ふいに、その音が止んだ。

空白の数秒ののち、

「……ちら、一一九番」と明瞭な声がした。

若い男だ。疲労と喉の酷使でしわがれてはいるが、力強い声だった。

エツ子は息を呑んだ。

おそるおそる、呼びかける。

「もしもし――あの、そ……そちらは、一一九番ですか？」

「はい。こちら一一九番。災害対策本部および消防本部です。……火事ですか、救急ですか？　お名前とご住所をお願いします」

14

辰樹は、岩森と西尾、そして自警団の若者たちを交互に眺めやった。

「白鳥より先に気づいていただろう」という西尾の指摘は、図星であった。

はっきりと確信があったわけではない。薄々察していた程度に過ぎない。だがそうと心得た上で、辰樹は西尾を自警団のナンバーツーから動かさなかった。

西尾は、自警団になくてはならない存在だった。若者たちを熱くアジり、大助という格好の〝黒い羊〟を執拗に罵ってくれる好都合な男だった。西尾がいなければ、短期間で団にこれほどの狂熱をもたらすことは難しかっただろう。

そして当の団員たちはいま、西尾の告白に一様に戸惑っていた。

ある者は立ちすくんでいた。ある者は表情を失った。ある者は体を小刻みに揺すっていた。反応はさまざまだったが、落胆の面持(おもも)ちだけは共通していた。

これで終わりか――？と彼らは目で語っていた。

誰が誰を殺したかなど、もはやどうでもよかった。発端など忘れかけていた。それより、こんな中途半端な幕切れで〝今夜〟は終わってしまうのか？　いや、終わって欲しくない。不完全燃焼だ。こんなんじゃ、足りない。

西尾というピースは欠けてしまった。だがまだほかに火種があるはずだ。もっと熱が欲しい。もっと新たな熱源、新たな起爆剤。新たな火が。

欲しい。もっと欲しい。まだ足りない――。

その刹那、絶叫が空気を裂いた。

「大根田の米蔵、破ったぞう！」

声の主は見えなかった。

ひび割れて耳障りな、しかしよく通る声だった。

「おまえら早(は)よう来(け)ぇ！　米だ、米だ！　沢山(ふっとつ)あるぞ、遅れたら、取りっぱぐれるぞ！」

一拍置いて、うわぁっと歓声が湧いた。

夜気が震動した。消えかけていた若者たちの導火線に、ふたたび火が点(とも)った。新たな目標が、獲物が定まった。

腕を振りあげ、若者たちは走り出した。


ガラス片で、大助の縄が切れた。同時に大助が、無言で駆け出す。

数秒遅れて、廉太郎も立ちあがった。大助のあとを追う。彼の縄を切りながら、交互にこっそり自分の縄も切っておいたのだ。

闇を走る彼らに気づく者はなかった。全員が、西尾と辰樹を見比べて棒立ちのままだ。

だがそのとき、前を走る大助が叫んだ。

「大根田の米蔵、破ったぞう！」

廉太郎はぎょっとした。

大助がさらに喚く。

「おまえら早よう来ぇ！　米だ、米だ！　沢山あるぞ、遅れたら、取りっぱぐれるぞ！」

廉太郎は耳を疑った。

こいつ、またパニックを起こさせる気か――。混乱に乗じて逃げるつもりか。もしや逃げるのではなく、闇と人にまぎれて復讐に打って出るのか。

縄を切ってやったのを、いまさらながら後悔した。だがまさか、西尾があんな告白をするとは予想だにしなかったのだ。

廉太郎は奥歯を嚙みしめた。走りながら前傾姿勢になる。腰に力を溜める。

素足でガラス片でも踏んだのか、大助が鋭い声をはなった。目に見えてスピードがにぶる。その背中めがけ、廉太郎は思いきり両腕で組みついた。

もつれるように、二人は地面へ倒れた。

若者たちの歓声と、地響きのような足音が近づいてきた。

港人は見ていた。縄を切ったらしい大助が走り、そのあとを廉太郎が追って走るのを見届けた。

しかし、港人は立ちつくしていた。足が動かなかった。彼らを追うべきか、そうでないのか――。思考ごと、体が麻痺していた。

西尾が敬一を殺したという事実が、まだ実感として迫ってこない。

二人とも、子供の頃からよく知っている相手だ。

西尾は、兄とも辰樹とも仲がよかった。頼りがいのある明るい先輩だった。一方、敬一は気のいい親類のお兄ちゃんだった。要領はよくないが、誰に対しても当たりのやわらかい男だった。

——まさか、異母兄弟だったとは。

誰かが叫んでいた。

よく聞こえなかった。「米だ」と聞こえた気がした。

自警団が、勝ち鬨(どき)のような声をあげる。まるで雄たけびだ。動物の夜叫とも聞きまごう、凄まじい絶叫であった。

彼らの眼にふたたび狂気が宿るのを、港人は呆然と眺めた。

団員の顔つきが、見る間に尖っていく。消えかけた獣性を取り戻していく。まだこの夜は終わっていない、終わらせたくないと、どの顔も等しく物語っていた。

先頭を切って駆けだしたのは、タカシだった。

次いでノブオが走った。従兄の忠司があとを追った。あとはもう、誰が誰とも判別はつかなかった。一塊の黒い群れとなって、彼らは闇を走った。

これこそ暴徒だ——。港人は思った。

皮肉なことにその瞬間、はじめて若者たちは完全に結束した。ひとつの意志を共有する、多頭の獣と化した。純粋な破壊衝動が彼らを支配し、突き動かしていた。

群れの数メートル先を大助が走っている。その後方に廉太郎がいる。

大助がつまずき、前へ傾いだ。その腰に、なぜか廉太郎が組み付いた。

二人が地面に倒れる。

——駄目だ。

港人は心中で叫んだ。

いかん、早よう立て。後ろから暴徒が来るぞ。踏みつぶされるぞ。早ようせえ。立ちあがれ。

廉太郎が、四つん這いでもがいている。新たな怪我でも負ったのか、二人とも立ちあがれずにいた。港人は目を凝らした。違う、と胸中で叫ぶ。

立ちあがれないのではない。大助が地面に這ったまま、廉太郎の脚を両手で抱えこんでいるのだ。

大助の顔が、笑みにゆがんでいるのを港人は見た。

浮かんでいるのは悪意だった。個人的な憎しみや怒りではなかった。ただ誰でもいいから巻き添えにしてやる。死なばもろとも、おれ一人で死ぬものかという——理不尽な、それだけに純粋な悪意であった。

若者たちの足が、二人に追いつきつつある。大助も廉太郎も這ったままだ。

箍(たが)のはずれた咆哮が響く。口笛。怒号。

黒い一団の無数の足が、二人の姿を覆いつくした。

港人は悲鳴をはなった。

15

「――終わりだ」

残された岩森は、眼前の辰樹に言った。

西尾は気力が尽きたらしく、ライトバンにもたれて目を閉じている。永くないとは、素人目にもあきらかだった。

この傷で、出血量で、連れまわすべきではなかった。わかっている。だが岩森は、後悔していなかった。西尾自身の口から言わせるべき真相であった。

「大根田の、米蔵かぁ」

辰樹が奇妙な抑揚を付けて言った。

「大助のやつぁ、まさか知っとったわけでもあるまいにな。もしやあいつの野性の勘ってやつか。……なあ、西尾？」

しかし西尾は反応しなかった。

辰樹は代わりのように岩森を見て、

「吉朗の倉庫から、盗まれた物資の件さ。あれぁ西尾と白鳥に命じて、おれが盗ませたんだ。そして大根田の米蔵に隠しておいた。評判と違って、ちゃちな錠前だったよ。だども、絶好の隠し場所だった。村のやつらは大根田の名を恐れて、なかなかあの蔵に近づこうとしねがったからな」

と笑う。

ひざまずかされていた矢萩の男たちが、一人、また一人と立ちあがるのがシルエットで見えた。

先頭は矢萩康平だった。よろめきながら逃げ去っていく。伸平と勝利が、その背を追った。つづいて全員が立った。どの男も脚を引きずり、ふらついていた。しかし、なかばで倒れる者はいなかった。

「終わりだ、辰樹くん」

いま一度岩森は言った。

「ああ、そうだな。自警団ごっこはもう終わりだ」

辰樹は首を縦にした。

「――だども、おれは逃げ切らせてもらう」

岩森を見据えたまま、彼は軽トラのドアを開けた。

一瞬岩森は、辰樹がその軽トラで逃走をはかる気なのだと思った。だが違った。辰樹は奥のシートへ片腕を伸ばし、毛布に包まれたものを引きずり出した。

荷物――？　岩森は目を細めた。

いや、物ではない。二本の脚が見える。人だ。大きさからして成人ではない――。

岩森は愕然とした。

信じられなかった。しかし現実だった。彼は絶叫した。

「愛子！」

娘の愛子だ。

手首を縛られ、猿轡を噛まされている。意識がないのか、ぐったりと首を垂れていた。

「人質は、子供に限る」

辰樹が薄く笑った。

「自衛隊や警察が到着したとしても、この子がいる限り、誰もおれには手を出せん。こんな年端もいかない子供になにかあっちゃ、大ごとだからな。誰だって子供殺しの責任なぞ負いたくない。おれに不用意に手を出して、もしこの子が死んだら――そいつは一生、良心の呵責を背負うことになる。そうだろう？」

「その子を、離せ」

岩森は無意識に、一歩前へ踏みだしかけた。しかし辰樹に目で制された。慌てて動きを止める。

愛子はぴくりとも動かない。

己の全身から、脂汗が滲み出すのを岩森は感じた。

もしや娘はとうに死んでいるのでは、と恐慌がせりあがる。外傷は見えなかった。どこにも血は付いていない。頬も腫れていないようだ。だが傷がないからといって、無事だとは限らない。

「や――、やめてくれ」

すがるように岩森は言った。

頼むから、その子にだけは手を出さないでくれ。おれの娘だ。なにものにも替えがたい、たった一人の娘だ。おれになにをしてもいい。でも、愛子だけは。

ひざまずいて許しを乞いたかった。無様に膝が震えた。

「お、おれが人質になる。警察がもし来たら、おれからも説得する。きみが逃げおおせられるように協力するから、だから――」

形勢が、完全に逆転していた。岩森は哀願した。

辰樹が鼻で笑う。

「残念ながら、あんたじゃ人質の価値は半減する。その図体じゃあ〝持ち運び〟にも不便だしな」

くっくっと笑いで喉を鳴らす。

「当初の予定じゃあ、暴動の混乱に乗じて親父を殺すつもりだった。だが肝心の親父は、どこへ逃げちまったか見当たらん。……いまさら捜す気も起こらんよ。萎えちまった。親父がなにより可愛がっていた叔父を、間接的に殺せたのだけが救いかな」

それほどまでにか。岩森は思った。

村を、父親を、きみはそこまで憎んでいたのか。

でも、頼む。愛子だけはやめてくれ。巻き添えにしないでくれ。おれの命ならくれてやる。だから、お願いだから愛子だけは――。

辰樹の腕の中で、愛子がかすかに身じろぎした。

――生きている。

岩森の胸に、どっと安堵がこみあげた。

ああ、無事だ。生きているのだ。全身の力が抜けそうになり、あやうく踏みとどまる。

手の指をひらき、握る。拳に力がこもるか確かめた。

――待ってろ愛子、いま、お父さんが助けてやるからな。

辰樹は左腕で愛子を抱えていた。じりじりと横へ動く。あいた利き腕を、なにかへ伸ばそうとしている。その意図に気づき、岩森は短く叫んだ。

斧だった。薪割り用の手斧だ。

岩森の視界が赤く染まった。憤怒が突きあげる。甲高い耳鳴りが鼓膜をふさいだ。すべての思考が吹き飛んだ。

岩森は、辰樹に突進した。

16

暴徒の一団が駆けさったあと、港人はその場に立ちすくんでいた。蹴立てられた泥撥ねで、しばし視界がくらんだ。

——廉太郎はどこだ。

口に入った泥を吐き出し、港人は目を擦った。なにかが、地面にうつ伏せに倒れている。泥と血にまみれ、ぼろきれ同然だ。

——いや違う。あれは人間だ。

もと人間だったものだ。頭蓋が割れて、白いものがこぼれている。頭を踏み割られたのだ。何十人もの暴徒たちに蹴転がされ、容赦なく踏みつぶされた。

矢萩大助だった。近づくまでもなく、死んでいるとわかった。

港人は、よろめきながら歩いた。廉太郎を捜した。

もつれるように大助と倒れた親友を、あの瞬間、確かに目にした。大助の近くにいるはずだ。なのに姿が見えない。

——もしや、暴徒たちに捕まって引きずられていったのか。

「れ、廉太郎——」

呼びかけてみた。弱々しい声が、風にかき消える。

「廉太郎、どこだ、廉太郎」

呼びかけながらも、港人は心のどこかであきらめていた。胸に押し寄せるのは悔恨ばかりだ。

ああちくしょう。こんなことになるんなら、もっと早くあいつを連れ出せばよかった。空き家の農機具小屋にでも、早いうちにかくまっておくべきだった。

まさか、と思っていたのだ。まさか辰樹も忠司たちも、そこまではやるまいと。おれは馬鹿だった。安全圏で手をこまねいていた。兄貴だったら、もっとうまくやれただろうか。もっと早くに辰樹を止め、廉太郎を助けてやれただろうか。

涙が滲んだ。視界がぼやける。

拳で目を拭ったとき、鼓膜を低い呻きがかすめた。

「……なと、……」

港人は振りかえった。

「港人、ここだ……港人……」

呻きは、側溝から聞こえてきた。

港人は駆け寄ろうとした。膝が震えた。がくがくと崩れそうな足を操りながら、声の方向へとゆっくり歩んだ。

廉太郎がいた。側溝に体をねじこんでいる。片脚が妙な方向へ曲がっていた。鼻骨が折れ、鼻血で顔じゅうが真っ赤だ。

しかし、生きていた。意識もある。どうやら暴徒に踏みつぶされる前に、大助を振り払って側溝へもぐりこんだらしい。

「……泣くな……。おれぁ、生きとるぞ。まあ、そうとう踏まれた、がな……」

廉太郎が力なく笑う。

「うちの親は……どうした……」

つかえながら、港人は答えた。

「み、見たぞ。さっき、矢萩康平の後ろにいるのを見た。一緒に、逃げてった。ちっと怪我はしとるかもしれんが、無事だ。両の脚で、走っていったて」

「そうか、よかった……」

「それよりおまえだ。待ってろ、すぐ手当てして――いや、吉見先生はいま、隆也さんを診とるはずだな。おれが背負って、あの家まで運ぶすけ……」

だが廉太郎は「いい」とかぶりを振った。

「おれは、後まわしでいい。それより、後ろ……」

「え？」港人は背後を見やった。

十数メートル向こうに、岩森と辰樹がいた。真っ向から対峙している。辰樹の左腕に、なぜか愛子が抱えられている。

しばしの間、港人は事態が把握できなかった。

なぜ辰樹さんが愛子ちゃんを？　なんのつもりだ。この期に及んで辰樹さんは、いったいなにを企んでる？

辰樹が、斧に手を伸ばすのが見えた。岩森が彼に飛びかかる。

ほぼ同時に、港人の視界を黒い影がかすめた。

影は岩森に向かって走った。ヒロユキだ。まだ唯一この場に残っていた、辰樹の熱狂的信徒であった。

港人は反射的に声をあげ、ヒロユキを追った。体が勝手に動いた。

あらん限りの力で、港人はヒロユキに体当たりした。

17

岩森は、辰樹に突進した。

彼の顔がやけにくっきり見えた。辰樹の端整な面は汗ばみ、脂じみた髪が額に貼りついていた。

岩森は辰樹の腰に組み付いた。力まかせに、後ろへ押し倒そうとはかる。だがその前に、辰樹の肘が背へ打ちおろされた。

岩森は呻き、腕の力を緩めた。

つづけざま、みぞおちに辰樹の膝がめり込む。酸い胃液が喉もとまでこみあげた。地に膝を突きそうになったが、あやうくこらえた。

一瞬だが触れた辰樹の体は、以前とは別人だった。肉体労働で培われた、硬い筋肉に覆われていた。肘や膝を叩きこむ動作にも、いっさいの躊躇がなかった。

真上から、辰樹が拳を振りおろしてくる。

岩森は体をひねって避けた。避けながら、低い体勢で両腕を伸ばす。今度は腰でなく、膝裏を狙った。柔道の双手刈りだ。左手の狙いははずれたが、右手が辰樹の左膝裏を摑んだ。

辰樹がバランスを崩す。抱えた愛子ごと、がくりと体が落ちる。

愛子が首をもたげた。衝撃で目が覚めたらしい。

岩森は愛子を受けとめようとした。しかし、辰樹の蹴りが飛んできた。地面を横に転がって逃げる。

距離をとってから起きあがり、辰樹に再度飛びかかった。

殴りかかったが、避けられた。逆に右の拳が飛んでくる。岩森は避けず、頭を前へ突き出した。

悲鳴をあげたのは辰樹のほうだった。

拳を額で受けたのだ。かつて兄相手に使った手である。額骨は、拳よりはるかに硬い。骨折とはいかずとも、辰樹は関節を傷めたに違いない。

愛子が地面に落下し、転がる。岩森は娘に駆け寄ろうとした。

だが辰樹は、隙を見逃さなかった。素早く体勢を立てなおし、拳を岩森の頰に見舞った。負傷した右拳を、あえて叩きつけてきた。

岩森はよろめき、その場でたたらを踏んだ。視界の端で、辰樹が斧に左手を伸ばすのが見えた。だが反応できなかった。

次の刹那、左の肩が熱くなった。

——熱い。痺れる。

感覚がない。

なんだ。おれはいったい、なにをされた。

手斧の刃が肩に食いこんだのだと気づくまでに、数秒かかった。手が、指がぬるつく。地面に鮮血がしたたっている。大量だ。まさかあれは、おれの血か。

愛子の声がする。

愛子、愛子どうした。気がついたのか。

いい子だ、泣くんじゃない。大丈夫だ。お父さんはここだ。

抱き寄せたかったが、体がふらついた。意識が遠のく。平衡感覚がおかしい。あの子がどこにいるのか、どの方向から声がするのかわからない。

辰樹の顔が視界に入った。

岩森の意識が、はっと覚醒した。

利き手で、咄嗟に辰樹の頭を摑んだ。指を頭皮に食い込ませる。あらん限りの握力で頭蓋を締めあげる。辰樹の悲鳴が聞こえた。

砂利に刃の当たる、にぶい音がした。手斧が辰樹の手から落ちたのだ。

頭蓋を締められながら、辰樹が左腕をもたげる。彼は岩森の、血まみれの左肩を狙って摑みしめた。

岩森は絶叫した。傷を指で抉られた痛みが、脳天まで突き抜けた。

しかし手は離さなかった。辰樹の頭を摑んだまま、逆に顔を寄せた。岩森は躊躇なく、辰樹の耳に噛みついた。

歯の間で、皮膚と軟骨がちぎれる感触がした。辰樹が長い悲鳴をはなっている。身をもがいている。岩森はぎりぎりと歯を食いしばり、思いきり頭を振った。

肉が引き剝がれる感触がした。熱い血が噴き出し、顔に降りかかる。噛み切った肉片を、岩森は道端へ吐き出した。

よろめきながら、顔を上げる。辰樹は地面に片膝を突き、憎悪をたたえた目で岩森を睨んでいた。左の耳は半分がた失われていた。顔の片側が血まみれだ。

だがおれのほうがずっと深手だ。岩森は思った。

肩の肉を、斧の刃で削がれたらしい。出血がひどい。せめて太い動脈は無事であるように、と祈るほかなかった。

意識を失わぬうちに、愛子を取り戻さなければならない。どこだ、とあたりを見まわした。だが足がもつれた。

愛子の姿は見えなかった。代わりに見えたのは辰樹だった。地を蹴って、岩森に躍りかかってくる。応戦したかった。しかし足が言うことを聞かない。世界が揺れる。

辰樹の顔が迫った。

近づく。ああ、駄目だ、避けられない。

顎に衝撃を感じた。痛みはなかった。膝が崩れるのがわかった。

岩森は、意識を失った。

18

どこかで愛子が泣いていた。

「お父さん、お父さんお父さん……」

どうした、なぜ泣いているんだ。岩森はいぶかしんだ。

節子、愛子が泣いてるぞ。抱いてやってくれ。

声をかけたが、妻は見あたらない。ああそうか、仕事でいないのか。待ってろ愛子。お父さんがいま抱っこしてやるぞ。

しかし、体は動かなかった。手も足もやけに重い。指一本動かせそうにない。

「やだぁああ、お父さぁああん」

愛子。愛子どうした。いまお父さんが行くからな。泣くんじゃない、可愛い子。おれの、たった一人の大事な娘。大事な、大切な。

――娘。

彼は目を見ひらいた。

意識が急激に覚醒する。

同時に、耐えがたい痛みが襲った。わななく手で左腕に触れる。ぬるりと指がすべった。血だ。ああそうか、おれは辰樹に、斧で。

数メートル先に、辰樹の背中があった。

ばたつく愛子の脚が見える。愛子が泣いている。

岩森は膝で這った。立てる気はしなかった。だが、立たねばならなかった。胸中で妻の名を呼んだ。

――節子。

節子、頼む。おれを助けてくれ。おれを不甲斐ない、弱い父にさせないでくれ。あの子を守る力を、いまだけでいいからおれにくれ。

気力を奮い立たせ、立ちあがった。膝がいまにも崩れそうだ。視界が狭い。目で斧を探した。二メートルほど前方に落ちている。落とした衝撃でか、柄から刃が抜けていた。岩森はよろめきながら、柄を拾った。どのみち、重い刃ごと持ちあげる自信はなかった。

右手を傷めた辰樹が、暴れる愛子をもてあましている。好機だった。岩森は走った。走ったつもりだったが、足が前に出てくれない。つんのめるように、辰樹へ向かった。

握りしめた柄を、咆哮とともに岩森は前へ突き出した。

先端が、辰樹の背中へ深ぶかと刺さる。腎臓を狙った。掌に、肉と内臓が抉れる感触がはっきり伝わった。

高い声をあげ、辰樹がのけぞる。体勢が大きく崩れた。

急所だ、急所を狙え――。岩森は己に言い聞かせた。かつて兄と渡りあった戦術を、体は覚えているはずだ。二回りも体格の違う長兄の手から、あの頃どうやって逃れたのかを思い出せ。

振りむきざま、辰樹が腕を振りまわした。拳が岩森の頬に当たる。だが右拳だった。傷めたほうの手だ。体重の乗りきらない殴打だった。

岩森は首を縮め、辰樹の腕をかいくぐった。足払いを放つ。

辰樹は倒れなかった。しかし腎臓を抉られたダメージか、反撃が遅れた。

指で、岩森は辰樹の眼球を狙った。辰樹が右掌で払う。

岩森が待ちかまえていた動作だった。逆に、辰樹の中指を握る。思いきり逆方向へ捻じ曲げた。手ごたえがあった。折れた、とわかった。

辰樹が叫び、身をよじる。

指は神経の束だ。脳天に響く激痛のはずだ。次いで薬指を狙ったが、摑めたのは小指だった。かまわず捻じ折った。

辰樹の悲鳴が尾を引いた。利き手は、これで完全に使えまい。

しかし辰樹はひるまなかった。岩森の腰へ組みついてきた。

岩森はよろめいた。体が揺れた拍子に、めまいが襲う。血が足りない。頭が朦朧とする。

組みついた両腕で、辰樹が背骨を締めあげてきた。骨ごと体が軋む。岩森は呻いた。内臓が圧迫されて、息ができない。

呻きながら、岩森は右拳を握った。耳の後ろは急所のひとつだ。狙って拳を振りおろす。力ない一撃だった。しかし辰樹の腕が、わずかに緩んだ。

岩森は手をひらき、辰樹のちぎれかけた耳を摑んだ。力をこめて捻じる。辰樹が叫んで手を離した。岩森から逃れようと、反射的に腰を引いて脚を広げる。予想された動きだった。

岩森は金的を蹴りあげた。

辰樹が、声にならぬ声をあげる。一歩退き、よろめいてその場に膝を突いた。

岩森は二撃、三撃をさらに見舞った。辰樹は、白目を剝きかけていた。唇の端にこまかい泡が溜まっていく。

その肩を、岩森は摑んだ。押し倒そうとしたが、その前に辰樹が首をもたげた。口を開け、彼は岩森の左肩に嚙みついた。

岩森は絶叫した。

露出した肉と神経線維に、犬歯が喰いこむ。雷に打たれたような痛みだった。激痛が、全身の動きを奪う。気が遠くなる。

だが愛子の泣き声が、意識の糸を繫ぎとめた。

「お父さん、お父さぁあああん」

愛子。愛子。待ってろ、いまお父さんが行くからな。

岩森は拳を握った。残る力のすべてを右拳にこめた。辰樹のこめかみ目がけ、拳を叩きこむ。二撃目で、辰樹の歯が緩んだ。もう一発叩きこんだ。

ようやく顔が離れた。ろくに動かぬ左手で、岩森は辰樹の髪を摑んで仰向かせた。

鼻柱目がけ、右肘を打ちおろす。

ぐしゃりと不快な感触がした。鼻骨が砕けた、とわかった。

いまだ――。いましかない。岩森は息を吸いこんだ。反動を付け、砕けた鼻骨に渾身の頭突きを見舞った。

辰樹の体が、大きく後ろへ傾ぐ。

ともに倒れこむように、岩森は辰樹へのしかかった。

かろうじて、馬乗りになった。力が尽きかけている。この好機を逃したら終わりだ。体が動くうちに、こいつを――。

――こいつの息の根を、止めてしまわなくては。

もはや拳を振るう余力はなかった。腕が上がらない。代わりに岩森は辰樹の喉に前腕を当て、全体重を乗せた。

気道をふさがれ、辰樹がもがく。血まみれの顔が、見る間に膨れていく。なかばひらいた口から、不気味な角度で舌が突き出している。

岩森は彼の喉を絞めつづけた。

もはや、怒りや憎悪は超えていた。殺さなければ、という思いだけがあった。己の呼吸がふいごのように大きく、荒く聞こえた。耳鳴りが聴覚を奪う。

辰樹の手が、足が、地面を激しく打った。彼の意思ではなかった。全身の細胞が、本能で死に抗っていた。

――エイキチが。

辰樹が痙攣している。唇から覗く舌が、紫になりかけている。

目の前が暗い、と岩森は気づいた。

周囲の音が遠い。聞こえるのは己の呼吸と鼓動と、ハウリングのような耳鳴りだけだ。

喉の奥がいがらっぽく苦い。折れた歯が、口中で不快にざらつく。

――エイキチが、来ているよ。

死が来る。狂気と暴力をともない、やって来る。

いや――来るのではない。あれは〝在る〟のだ。己の内部に誰もがエイキチを、狂気を飼っている。

辰樹が死にかけていた。自分の腕の下で、命の火が消えようとしている。痛いほど伝わってきた。しかし岩森は腕を緩めなかった。

終わる、と思った。

終わる。これで終わる。この瞬間ですべて、なにもかも――。

だが。

「岩森さん！」

背後から右肩を掴まれた。

「岩森さん、もういいて！　それ以上したら死ぬ！　死んでしまう！」

死ぬ？　誰が？　岩森はいぶかった。

ああそうだ、辰樹が死ぬんだ。もうじき死ぬ。その証拠にほら、この顔いろ——。

「岩森さん、駄目だ、やめれ！　愛子ちゃんが見てる、愛子ちゃんの目の前で、人殺しになりてぇんか！」

岩森ははっとした。その言葉は、どんな叱咤より効いた。

——愛子。

岩森は、辰樹の喉から腕をどけた。

たったそれだけの動作が、いまはおそろしく負担だった。上体を起こす。体が大きく泳いだ。右半身を、誰かに受けとめられるのがわかった。

閉じかけていたまぶたを上げる。

降谷港人だった。

港人の背後に、なぜかヒロユキが倒れていた。はるか後方に廉太郎もいた。地面に横たわった廉太郎に、愛子がしがみついているのが見えた。

——愛子。

全身から力が抜けた。

同時に、激痛の感覚が戻ってきた。左肩だ。脈打つように痛む。失神してしまいたかったが、頬の内側を噛んでこらえた。

港人が岩森を、辰樹から引き剝がす。

その半身を支えながら、港人は唸るように言った。

「……なんで」

岩森に向けた問いではなかった。

港人の視線は、いまだ地面に転がる辰樹に向いていた。

「なんで、こんげなこと……。辰樹さん、本気だったんですか。本気で、逃げられると思うてたんですか。愛子ちゃんを人質に、岩森さんを……こ、殺して」

辰樹は数分の間、喘ぎ、咳きこんでいた。

やがて、しわがれた声を発した。

「おれも……西尾と同じ、なのさ」

「え?」

「――白鳥は……、和巳は、おれの……異母弟だ」

港人も岩森も、咄嗟に意味が摑めなかった。

辰樹が喘ぎながら言葉を継ぐ。

「白鳥の親父は……、晩婚だった。長男をこさえるので、精一杯だったのさ。……しかし子供一人だけでは、もしものことがあったとき、家は絶える。スペアの次男が欲しいと、やつは思ったんだ。たとえそれが、不義の子でもいい……と、な」

「不義の、子?」

港人が問いかえす。辰樹は目を細めた。

「おまえはまだ、ガキだ。ガキには、わからんだろうな。外ヅラのいい好色な男と、年寄りの亭主に不満たらたらの女。……かけ合わせると、けっこうな確率で、間違いが起こるもんなのさ。……西尾の親父に女遊びを教えたんは、村の消防団だ……。そして二十数年前、団の若頭をやっとったんは、うちの親父。婦人会長は、白鳥のおふくろだった」

辰樹は咳きこみながら笑った。

「……もうわかったろう。白鳥の生物学上の父は、おれの親父だ。――叔父の直樹もだ。叔父は、おれの親父が最初に作った子だ。おれの、長兄だ」

咳まじりの笑いは止まらなかった。

「まったく――なにが、歳の離れた可愛い末弟、だ。てめえの子だったたんじゃねえか。よその女に産ませた、カッコウの雛――。ちくしょう……」

辰樹は首を曲げ、岩森を見上げた。

「なあ、あんたも知ってのとおり、この村には酔うと口が軽くなる、ろくでもない先生がいるすけな……。おれが知ったのも、二十歳過ぎて、あの先生の酒の相手ができるように、なってからだ。くそったれ……。つくづく、思うぜ。進学してすぐに、村を出ときゃあよかった、とな……」

岩森は思いだした。秀夫の家で石段に座る白鳥の背を、辰樹と見間違えた日のことを。

夜でもないのになぜ間違えたのか、自分でも不思議だった。だが異母兄弟なら、どこかしら似ていて当然だ。

白鳥の母の、次男に対する冷ややかさをも岩森は思いかえした。

あの態度は、産みたくて産んだ子ではない、という意識のあらわれか。両親に、兄に、白鳥和巳はどんな扱いを受けながら育ったのか。

「まあ、白鳥の親父の考えも、あながち的はずれじゃなかった、さ……」

苦しげに辰樹が言う。

「現に――長男が死んで、スペアが必要になった家が、あった。親父に従順な兄貴が、機械に挟まれて圧死してな。反抗的な次男が、進学をあきらめて、継がなきゃならんかった、家が……。そうさ、そ、そんげなときのために……親は代わりの子を、用意しとかんば、なんねぇ……」

辰樹自身のことだ。岩森はまぶたを伏せた。

――鬼子母神ってのは、自分の子供だけが大事ってな神様だろう。

そう言った吉見の言葉が思いだされる。

ほかの雄の子供を嫌い、嚙み殺してしまうというライオン。托卵するカッコウ。自分の子だけを大事と思い、遺伝子を残そうと努めるのは、どの動物とて同じだ。だがそこに打算はない。純粋な本能でしかない。

人間だけが、その本能へ異なった意味合いを含ませ、ゆがませる。

望んだ子。望まれぬ子。偏った愛情。与えられぬ愛情。家のため。己の老後のため。見栄のため。そのひずみが、次代へと繋がる悲劇を生んでいく。

「な？　この村は腐っとる……だろう？」

辰樹は岩森を見上げ、にやりと唇を曲げた。

「だが、おれも充分に腐っとる。……この村から、逃げたかった。ほんとうは、もっとでかい火を起こして、和巳を焼け跡にでもぶちこんで……。おれの死体に見せかけて、行方をくらますつもりだった。おれもあいつも、歯のたちはいいすけ、歯医者にかかったことはねえ……。歯型じゃ、死体の身元はわからねえ。背格好だってよう似とる。……おれが死んで、あいつが逃げたと、見せかけるつもりだった。——途中まではな」

でもそれも、終わりだ。辰樹がつぶやく。

そうだ、終わりだ——。

岩森は思った。身を震わせる。寒い。やけに寒い。血が足りないせいだろう。

目を上げた。かたわらに、愛子が立っていた。

愛子は真っ赤な顔をくしゃくしゃにし、両手を握りしめていた。

——ごめんな。

岩森は、胸中でつぶやいた。

ごめんな愛子。お父さんが怖かったか。エイキチに、あやうく心ごとさらわれてしまうところだった。あんな恐ろしいお父さんを、おまえに見せてしまってごめん。お父さんが怖いか。お父さんをもう、嫌いになったか――。

次の瞬間、愛子はわっと泣き出した。両手を伸ばし、岩森の首にしがみつく。火のついたような泣き声だった。

岩森は、自由のきく右手で娘を抱きとめた。

愛子が地団駄を踏むように身をよじった。暴れながらも、父に抱きついて離れなかった。まさしく幼児そのものの泣き方だった。

懐かしい、と岩森は目を閉じた。

節子が死んでから、愛子はこんなふうに感情を爆発させるのをやめた。聞きわけのいい子であろうとしていた。その枷が、数年ぶりにはずれていた。

「よしよし、愛子。愛子……」

岩森は娘の髪に顔を埋めた。

「お父さんはここにいるぞ、ずっとおまえといる」

娘の髪は懐かしく、愛おしい匂いがした。夢中で頬ずりした。

「絶対に、おまえを置いて死んだりしない。約束する。お父さんは、おまえを一人にしないぞ。おまえは、お父さんの宝物だ。愛子――……」

抱き合う岩森と愛子から目をそらし、港人はゆっくりと振りかえった。いまだライトバンにもたれている西尾健治の首に、そっと手をあてる。

脈はなかった。すでに、肌が冷えかけていた。

「……辰樹さん」

港人は顔を上げ、辰樹にいま一度問うた。

「ほんとうに、本気だったんですか。本心から、岩森さんを殺す気だったんですか？」

「ああ。……本気、さ」

いまだ地面に仰向いたまま、辰樹は笑った。

片耳はちぎれ、利き手の指が二本折れていた。顔面は血にまみれ、酸欠で青黒く膨れている。息をするのもやっとに見えた。

「もちろん、本気だった。……殺したかったし……、殺されたかった」

くっ、と喉を鳴らす。

「だが、そうもいかんか……。あんな歳の娘がいる、父親だしな。長い裁判も、刑務所暮らしも……おれの都合で押しつけるのは、酷な話か」

それでも、命のやりとりをする相手くらいは選びたかったのさ――。

そう言うと、辰樹は億劫そうに左腕を持ち上げた。ウインドブレーカーの内ポケットへ手を入れる。取りだされたのは封筒だった。

港人は目を見ひらいた。

「すまんな。勝手に持ってきた」

辰樹が微笑む。封筒の差出人は、『降谷敦人』だった。

兄の敦人が、上京してはじめて送ってきた封書だ。港人自身、何度も繰りかえし読んだ手紙である。内容はとうに暗記してしまっていた。

「拝啓
美濃部都知事は『東京に青空が戻った』と言ったそうだ。えらい自惚れだ。東京の濁った空は、故郷とは比べものにならん色です。おまえの見ている青が、こちらに届かないのが恨めしい。

ところで、辰樹は元気か。いささかおれが先を越したが、きっとあいつも近々上京するだろう。

やつはおれなんかより何倍も出来のいい、優秀な男だ。田舎でくすぶっているような男じゃない。うかうかしていると数年のビハインドごとき、すぐに追い抜かれちまうだろう。

同封のキイホルダー、辰樹に渡してくれ。『スター・ウォーズ』の続編、再来年公開だそうだ。その頃にはあいつもこっちにいるはずだ。

早く来いと伝言したいところだが、急かすようで良くない。おれからだとは言わず、西尾経由にして渡せ。

じゃあな。風邪ひかぬよう元気で。父さん母さんによろしく。

おまえや辰樹の見ている青を、こちらでも見たいものです。

敬具

四月十八日　敦人」

気づけば、空の端が明るんでいた。

人気のない通りの向こうから、白く光る一対の目玉が近づいてきた。

ジープのヘッドライトだ。

いや一対ではない。港人は目を凝らした。何台も何台も、連なって近づいてくる。

先頭のジープが停まった。

わらわらと降りてきた男たちは、迷彩柄の服を――自衛隊の制服をまとっていた。

仰向いた姿勢で、辰樹は声を上げて笑った。

澄んだ声だった。

ジーパンのベルトループに提げていた『スター・ウォーズ』のキイホルダーを、彼は手探りで外した。

「……ひとつ、頼まれてくれるか」

港人にキイホルダーを差しだす。白い歯をわずかに覗かせる。

「おれの代わりに、敦人に謝っておいてくれ。……手紙の返事を書けんで、すまなかった、と」

＊　＊

鵜頭川村事件（うずかわむらじけん）は、1979年（昭和54年）6月に、X県北神洞郡鵜頭川村（現・X県Z市北神区）で発生した内乱事件。

当時鵜頭川村の人口は約900人。世帯数は250から300戸。内乱を扇動したとみられる自警団は、15歳から24歳の若者が中心であった。

発端はX県全域で起こった大水害による土砂崩れのため、山間部に在った鵜頭川村が数日間にわたって孤立したことである。

自警団は当初、混乱に乗じての窃盗や暴行等の防止を目的として結成された。しかし災害の不安の中、住民との衝突が相次ぎ、やがて内乱へと発展した。

結果、一夜のうちに3名が死亡、78名が重軽傷を負う大事件となった。

事件の発端［編集］

・１９７９年（昭和54年）６月17日未明、気象台はＸ県全域に大雨洪水警報を発令した。午前5時から8時にかけての３時間の降水量が２００ミリを超える大雨を記録。県内各地に豪雨による冠水、土砂崩れ、河川の氾濫、堤防の決壊、橋の崩壊等の被害をもたらした。山中にある鵜頭川村もそのひとつで、17日の朝に土砂崩れが起こったことにより、停電および断水をともなう孤立状態となった。

事件の概要［編集］

・17日、警察と消防が救援部隊を結成するも、堤防の決壊などで緊急性の高い区域に多く人員が割かれた。鵜頭川村にも救援部隊は派遣されたが、大規模な地盤の緩みにより救援活動は遅々として進まなかった。

・18日、若者を中心とする住民で自警団が結成された。

・20日、自警団と、自警団に反発する住民らの間で諍いが勃発した。災害による不自由が続き、鬱憤が溜まっていたことなどから大規模な内乱に発展。暴力をともなう騒乱となった。

・６月22日早朝、救援部隊到着。前述の内乱による死亡を含む死者４名、および78名の重軽傷者が発見され、住民とともに保護された。

影響・その後［編集］

・　事件発生から1ヶ月の間に主犯のF、ならびに従犯12名が逮捕。そのうち5名が19歳未満の少年だった。
・　事件の規模に反して、当時ニュース等では暴動についてほとんど報道されなかった。水害の規模の大きさに紛れた、またはウィーンでの米ソ首脳会談および東京サミットの話題でかき消されたという説が有力だが、真偽は不明である。
・　いくつかの週刊誌が記事にしたものの、書籍として一冊に取りまとめ刊行する出版社がなかったこともあり、現在でも詳細に謎が多い。

参考文献［編集］
『鵜頭川村騒動の顚末』　越信新聞　1980年7月3日版
『鵜頭川村は、いま』　ニュース21　1987年9月30日、10月1日版
『X県警察史』　X県警察史編纂委員会　1989年

――Wikipedia

解説――傍観者が感じる歪み、当事者が感じる怖さ

村上貴史

■昭和五十四年、事件は起きた。

人口約九百人の鵜頭川村は、折からの長雨のなか、県全域を襲った水害によって数日間孤立した。その孤立のなか、死者が出た。それも一人ではなく、複数の……。

昭和五十四年六月、X県北神洞郡鵜頭川村における出来事である。

■平成三十年、事件は描かれた。

読み応えのある小説である。

『鵜頭川村事件』のストーリーは、前述のように雨による土砂崩れで孤立した村の数日間を描くという、実にシンプルなものである。しかしながら、物語としては実に豊かだ。

綴られる村の人々の存在感は際立っており、また、老若男女問わず、彼等の心の動きが繊細に語られている。それぞれに一人の人間として読者の前で〝生きている〟のだ。

彼等は語る。食べる。飲む。眠る。怒る。怯える。そして、変化する。

その様が、極めてナチュラルに——好感も嫌悪感もひっくるめて——読み手の胸にしみこんでくるのだ。その一人ひとりの生々しさがまずは本書の特徴であり魅力なのだが、この小説に描かれているのは、それだけではない。

著者は、そうした一人ひとりの集合体である鵜頭川村全体も、同等の重さで描いているのだ。本書に登場する一人ひとりの思考や言動が、やがて、村を呑み込む大きなうねりとなっていく様子を、そう、櫛木理宇は丹念に、しかも冷静な計算の上で描いているのである。誰と誰が共鳴し、誰と誰が衝突するのか。約九百人／三百世帯のコミュニティに如何にしてうねりが生じ、そしてそのうねりはコミュニティを如何に変化させるのか。それらが躍動感たっぷりに描かれているのである。おそらく、著者の意識のなかで、村は決して背景ではないのだろう。むしろ、村こそを主役と位置付けているのではないかとさえ思ってしまう。それほどの存在感を、鵜頭川村は放っているのだ。

人と村。

個と全体。

その両者が極めてハイレベルで造形され、お互いに不可欠な存在として物語を構成している。しかもそれらが設計図のまま提示されるのではなく、血肉を備えた人間もしくはその集合として読者の目の前に登場し、心の奥に語りかけてくるのだ。それが本書『鵜頭川村事件』であり、本書の読み応えの本質なのである。

という具合にいささか抽象度高く『鵜頭川村事件』について語ってきたが、もう少し具体的に紹介するとしよう。

本書で主人公を務めるのは、岩森明二十九歳。妻である節子を病で亡くし、現在は娘の愛子と二人で暮らしている。昭和五十四年六月、岩森は妻の墓参りのために、彼女の故郷である鵜頭川村を娘とともに訪ねた。当初は一泊の予定だったが、土砂崩れで孤立した村に封じ込められることになった……。

なんとも絶妙な主人公設定だ。妻は鵜頭川村の出身者であるが、岩森本人はそうではない。一時は妻とともに鵜頭川村で暮らし、そこから県庁所在地の職場まで車で通ったこともあるが、現在では村の外で暮らす〝よそ者〟だ。それ故に、彼は傍観者として冷静に村の人々を観察できるし、また、元村民としてのセンスで、全くのよそ者よりはずっと敏感に村の人々の空気を読むことができる。個と全体を語る人物として、まさに最適なのである。

この立ち位置から岩森が観察し、感じるのは、村内における対立構造の変化である。約三百世帯の鵜頭川村において、矢萩の姓はおよそ一割を占める。矢萩一族は、昭和二十年代に農地を手放し、村長一族の会社の下請けとなる建設会社を興して成功し、この三十年間、村民たちの雇用主として支配的な立場を維持してきた。この基本的な村の構造が近年、揺らぎ始めていたのである。それを象徴するのが、矢萩一族が推進する道路拡張工事だった。着工はしたものの、村の全世帯の四割を占める降谷家の人々が反対に回り、その勢力は、次の選挙で再選を狙う村長も無視できないものとなっていた。また、昭和五十一年に田中角栄元首相が逮捕されたロッキード事件によって、村の人々の賄賂に対する意識が変化したことも、従来型の支配関係の維持を困難にしていた。つまり、村の勢力関係は、まさに変化の際にあったのである。そんな状況での長雨であり、土砂災害であった。矢萩家が推進していた道路拡張工事による木の伐採が土砂災害を加速させ、村の孤立を招いたことから、矢萩家の旗色はさらに悪化し、そしてそのまま矢萩も降谷もみな封じ込められてしまったのだ。爆ぜるのに十分なエネルギーを蓄えたまま、密閉容器のなかにガスを詰め込んだようなものである。

この容器のなかで、さらに新たに対立構造が生じた（表面化した）ことに岩森は気づく。若者と年長者の対立である。村が封じ込められる直前に発生したと思われる殺人事件の被害者が若者であったこと、犯人と思われる人物に関する年長者たちの甘過ぎる処遇などを引き金として、オレたちと非オレたちという対立構造が先鋭化していくのだ。それも熱狂的に。

こうした対立は連鎖し、次なる対立を生んでいく。男女の対立である。なにしろ昭和の時代の閉鎖的な村のことだ。男女平等などとは無縁の人間関係が生活の基盤にあった。それはそれで（現代の視点から見ると問題が多々ある歪なものではあれど）安定していたのだが、支配関係が揺らぎ、村が孤立してしまって日々の生活に揺らぎが生じると、現状／現実をどう受け止めるかで男女の差が顕著になってくる。一人また一人と、現実を重視した女性たちが、古い価値観に縛られたままの（絡ったままの）男性たちを尻目に、それまでとは異なる行動を開始するのだ。

かくして、この密閉された鶏頭川村のなかで、従来は村を牛耳っていた年長の男性たちと、その支配から逃れるべく行動を起こした若者や女性が火花を散らすことになるのである。いつ大爆発を起こすともしれぬ火花を……。

この強烈なサスペンスの一部に、著者は岩森明を巧みに組み込んでいる。彼もやはりこの密閉環境の一部であり、事態が進展するにつれ、傍観者ではいられなくなるのだ。娘の愛子がこの対立構造に巻き込まれてしまうのである。結果として、彼もまた当事者として行動しなければならなくなるのだ。つまり『鶏頭川村事件』という小説の後半では、彼は状況の語り手であると同時に、まさに正真正銘の主人公として行動することになり、読者は加速度的に感情移入して〝自分の物語〟として本書を読み進むことになる。実に巧みに造られた小説なのである。

小説の造りが巧みなだけではなく、不快感を読者に体験させる書き方もまた、巧みだ。例えば長雨。これを丁寧に書くことで、読み手の心には、それこそ皮膚感覚として湿気を伴った不快感が徐々に蓄積されていくことになる。さらに、いらつかせる音もある。目上の酔漢が岩森に言葉で絡むなか、テーブルをとんとんとんとんと指で叩く。とんとんとんとん。これが繰り返されるのだ。岩森のいらつく心を、説明されずとも読者は感じるだろう。聴覚と視覚で。しかも酔漢はニコチンと酒の匂いも振りまいており、嗅覚からも不快感は侵入してくる。なんたる責めだ。さらに、職場の同僚が岩森に重い荷物を村に持って行くよう強制したことも、それを断れなかったという負い目も手伝って岩森を苛つかせ、読者を苛つかせる。櫛木理宇は、読者の五感に、あるいは心に様々な手法で働きかけて、雨の降りしきる鵜頭川村や、そこに暮らす人々を体感させるのだ。物語の後半では斧が腕に食い込む場面や肩の肉を削ぐ描写もあり、痛みをそれこそ〝痛感〟させられる（ちなみに本書は「別冊文藝春秋」連載時は斧を意味する「ＡＸ」というタイトルであった）。この描写力と、前述の物語構造が、本書では両立しているのだから堪らない。読み手としては、不快感すらもはや快感なのである。

さらにいえば、そうした村と人々の物語を邪魔しないかたちで、殺人事件を巡るストーリーも織り込まれている。誰が何故彼を殺したのか。その動機を含め、ミステリとして愉しめる仕掛けも施されているのだ。これまた見事なお手並みである。

そのうえで、だ。櫛木理宇は客観的な視座を失っていないし、また、読者にもそうした冷静さを要請している。各章の冒頭には、新聞記事やWikipediaなどからの引用というスタイルの文章が、一～二ページほど置かれている。ここで著者は、読者を現在に引き戻し、村での出来事を客観的に意識させるのである。これは同時に、従来型の価値観が破壊され、人が斧を振るい、死者すらも出ている騒動が、村の外からはどう見られているかを認識する行為でもある。新聞記事やWikipediaの文体で淡々と記された文章は、村の内外の温度差を強調し、村の人々の争いを愚かな内輪もめという〝小さな出来事〟にさえ見せてしまう。著者は、登場人物たちに対してなんと冷酷であることか。しかしながらこの冷酷さは、読み手にリアルを強く感じさせる効果も持っている。そうしたクールさに加えて、櫛木理宇の筆力である。客観的記述でたしかに我に返りはするのだが、そこから再び鵜頭川村の内部の記述に戻り、数ページも読み進めば、読み手はまたどっぷりと村のなかに入り込んで、対立の熱や雨や酔いの不快感に全身全霊で囚われることになるのである。

冷静と熱狂をコントロールする櫛木理宇の手腕は、さながら卓越した刀鍛冶のよう。炎と水で刀を鍛え、その刀で読者の心を貫き通すのである。

■令和X年、事件は映像化される。

櫛木理宇は、二〇一二年に『ホーンテッド・キャンパス』で第十九回日本ホラー小説大賞読者賞を受賞してデビューした。彼女は、その賞の結果が出る前にも小説を書き、別の賞に応募していた。その『赤と白』も第二十五回小説すばる新人賞を獲得。櫛木理宇は、二つの新人賞を獲得した作家として記憶されることになったのである。

キャラクター重視の青春ホラー小説である『ホーンテッド・キャンパス』はその後シ

リーズ化され、本稿を執筆している二〇二〇年現在、第十七作まで続いている。百四十万部とも百六十万部ともいわれるほどの人気シリーズで、本書とはだいぶテイストの異なる作品だが、櫛木理宇の重要な柱の一つである。本書の読者にも読んでみて戴きたい。時折ぞくりとする恐怖を味わえたりもして、なかなかに満足度は高い。このシリーズは、作中の時間の流れからしてもまだまだ続きそうだが、著者本人としては、シリーズの締めくくり方は考えているそうだ。

櫛木理宇は、『赤と白』の舞台に降る重い雪を指して、〝イライラさせる用小道具〟と述べている。本書における雨もそうであり、『避雷針の夏』（一四年）で描かれる不快指数が九十以上にも及ぶ蒸し暑さもそうだ。作家活動の初期段階から、櫛木理宇は〝不快を体感させること〟を得意としていたのである。著者はその後、その技術を読み手に生理的嫌悪感を催させる書きっぷりとして磨き上げてきた。『侵蝕　壊される家族の記録』（一四年の『寄居虫女』を一六年の文庫化の際に改題）では家族の間に侵入してくる嫌な人を描き、少女がリンチで殺される『少女葬』（一六年の『FEED』を一九年の文庫化に際して改題）では、シェアハウスに暮らす人々を通して嫌な心を描いた。『虜囚の犬』（二〇年）は、唾棄すべき誘拐監禁事件を描いたが、この作品に関しては、著者として読者層を意識して『ホーンテッド・キャンパス』で培った技法を利用し、陰惨さが読み手の心に与える影響を和らげたという。そうした匙加減もできる作家なのだ。本書でその才能を体感した方は、他のノンシリーズ作品に手を伸ばしてみると、嬉しいことに、かなりの確率でイライラや不快感／嫌悪感を愉しむことができるだろう。

こうした描写を得意とする櫛木理宇だが、もちろんそれだけを書きたいわけではない（愉しんで書いているのは事実らしいが）。彼女は犯罪に至る社会的心理に興味を持っており、書きたいのは〝犯罪という形で結実したそれぞれの社会病理〟なのだそうだ。そして、自分の小説のなかでその社会の病理が最も濃厚に出た一冊が、本書『鵜頭川村事件』なのだという。さらに、『鵜頭川村事件』には、幼いころに雑誌で見た連合赤軍リンチ事件の死体写真の記憶や、その後、連合赤軍メンバーが〝総括〟という名の大量殺人を経てあさま山荘事件へと到る様を描いた高木彬光の『神曲地獄篇』から受けた衝撃が影響しているとも語っている。そうした社会病理、あるいは連合赤軍事件を意識して本書を読むと、また一つ、味わいが深くなるだろう。お試しあれ。

最後に朗報を一つ。『鵜頭川村事件』はドラマ化が進んでいるのだという。この濃密な物語がいったいどんな映像になり、映像ならではの手法を如何に用いて不快感を募らせてくれるかと考えると、怖いもの見たさのワクワクが募る。ちなみに櫛木作品の映像化としては、過去には、『ホーンテッド・キャンパス』（一六年）があったが、『鵜頭川村事件』に加え、『死刑にいたる病』（一五年の『チェインドッグ』を一七年の文庫化に際して改題）の映画化も進行しているそうだ。二十四件の殺人の疑いで逮捕され、九件について立件された死刑囚が、そのうち一件だけについては冤罪を主張しているというミステリであり、小説としての魅力がどう映像化されるか、こちらも愉しみである。

今日の日本は、感染症によって従来の価値観や生活様式を否応なしに変えていかねばならない状況に置かれている。人も社会も、変化しなければならないのだ。そんな折だからこそ、二〇一八年の親本刊行時よりもさらに、鵜頭川村の物語は読み手の心に強く響くだろう。

令和二年、事件は読まれる。

（ミステリ書評家）

引用・参考文献

『昭和二万日の全記録　第十六巻　日本株式会社の素顔　昭和五十一年―五十四年』　講談社
『1億人の昭和史9　金権が生んだ汚職列島』　毎日新聞社
『地獄の観光船』　小林信彦　集英社文庫
『土』　長塚節　新潮文庫
『7・23長崎大水害農林災害の記録』　長崎県農林部
『精霊船が駆け抜けた！　7・23・長崎大水害・国道34号復旧奮戦記』　記念誌編集会編　長崎文献社
『災害ストレス――直接被災と報道被害』　保坂隆編著　角川oneテーマ21
『六〇年安保闘争の真実――あの闘争は何だったのか』　保阪正康　中公文庫
『安田講堂　1968―1969』　島泰三　中公新書
『連合赤軍27年目の証言』　植垣康博　彩流社
『語られざる連合赤軍――浅間山荘から30年』　高橋檀　彩流社

初出　「別冊文藝春秋」二〇一六年五月号〜二〇一七年七月号
連載時のタイトル「ＡＸ」から改題

単行本　平成三十年六月　文藝春秋刊

ＤＴＰ制作　エヴリ・シンク

文春文庫

鵜頭川村事件（うずかわむらじけん）

定価はカバーに
表示してあります

2020年11月10日　第1刷
2022年6月20日　第3刷

著者　櫛木理宇（くしきりう）

発行者　花田朋子
発行所　株式会社 文藝春秋

東京都千代田区紀尾井町 3-23　〒102-8008
TEL 03・3265・1211㈹
文藝春秋ホームページ　http://www.bunshun.co.jp

落丁、乱丁本は、お手数ですが小社製作部宛お送り下さい。送料小社負担でお取替致します。

印刷・萩原印刷　製本・加藤製本
Printed in Japan
ISBN978-4-16-791545-2

（　）内は解説者。品切の節はご容赦下さい。

丸山正樹
デフ・ヴォイス　法廷の手話通訳士
荒井尚人は生活のため手話通訳士になる。彼の法廷通訳ぶりを目にし、福祉団体の若く美しい女性が接近してきた。知られざろう者の世界を描く感動の社会派ミステリ。（三宮麻由子）
ま-34-1

宮部みゆき
我らが隣人の犯罪
僕たち一家の悩みは隣家の犬の鳴き声。そこでワナをしかけたのだが、予想もつかぬ展開に……。他に豪華絢爛「この子誰の子」「祝・殺人」などユーモア推理の名篇四作の競演。（北村　薫）
み-17-1

宮部みゆき
とり残されて
婚約者を自動車事故で喪った女性教師は「あそぼ」とささやく子供の幻にあう。そしてプールに変死体が……。他に「いつも二人で」「囁く」など心にしみいるミステリー全七篇。（北上次郎）
み-17-2

宮部みゆき
人質カノン
深夜のコンビニにピストル強盗！　そのとき、犯人が落とした意外な物とは？　街の片隅の小さな大事件と都会人の孤独な肖像を描いたよりすぐりの都市ミステリー七篇。（西上心太）
み-17-4

宮部みゆき
誰か Somebody
事故死した平凡な運転手の過去をたどり始めた男が行き当たった、意外な人生の情景とは——。稀代のストーリーテラーが丁寧に紡ぎだした、心を揺るがす傑作ミステリー。（杉江松恋）
み-17-6

宮部みゆき
名もなき毒
トラブルメーカーとして解雇されたアルバイト女性の連絡窓口になった杉村。折しも街では連続毒殺事件が注目を集めていた。人の心の陥穽を描く吉川英治文学賞受賞作。（杉江松恋）
み-17-9

宮部みゆき
ペテロの葬列（上下）
「皆さん、お静かに」。拳銃を持った老人が企てたバスジャック。呆気なく解決したと思われたその事件は、巨大な闇への入り口にすぎなかった——。杉村シリーズ第三作。（杉江松恋）
み-17-10

（　）内は解説者。品切の節はご容赦下さい。

宮部みゆき
希望荘
離婚した杉村三郎は探偵事務所を設立。ある日、亡き父が生前に残した「昔、人を殺した」という告白の真偽について調査依頼が――。3・11の震災前後を描くシリーズ第四弾。（杉江松恋）
み-17-14

宮部みゆき
楽園（上下）
フリーライター・滋子のもとに舞い込んだ、奇妙な調査依頼。それは十六年前に起きた少女殺人事件へと繫がっていく。進化し続ける作家、宮部みゆきの最高到達点がここに。（東　雅夫）
み-17-7

宮部みゆき
蒲生邸事件（上下）
予備校受験で上京した孝史はホテルで火災に遭遇。時間旅行の能力を持つという男に間一髪で救われるも気づくと昭和十一年二月二十六日、雪降りしきる帝都・東京にいた。（末國善己）
み-17-12

道尾秀介
ソロモンの犬
飼い犬が引き起こした少年の事故死に疑問を感じた秋内は動物生態学に詳しい間宮助教授に相談する。そして予想不可能の結末が！　道尾ファン必読の傑作青春ミステリー。（瀧井朝世）
み-38-1

湊　かなえ
花の鎖
元英語講師の梨花、結婚後に子供ができずに悩む美雪、絵画講師の紗月。彼女たちの人生に影を落とす謎の男K……。三人の女性たちを結ぶものとは？　感動の傑作ミステリ。（加藤　泉）
み-44-1

湊　かなえ
望郷
島に生まれ育った私たちが抱える故郷への愛、憎しみ、そして憧憬……屈折した心が生む六つの事件。日本推理作家協会賞・短編部門を受賞した「海の星」ほか全六編を収める短編集。（光原百合）
み-44-2

三津田信三
黒面の狐
敗戦に志を折られた青年・物理波矢多が炭鉱で起きる連続怪死事件に挑む！　密室の変死体、落盤事故、黒い狐面の女……。ホラーミステリーの名手による新シリーズ開幕。（辻　真先）
み-58-1

文春文庫　最新刊

狂う潮 新・酔いどれ小籐次（二十三）　佐伯泰英
小籐次親子は参勤交代に同道。瀬戸内を渡る船で事件が

美しき愚かものたちのタブロー　原田マハ
「日本に美術館を創る」。"松方コレクション"誕生秘話！

偽りの捜査線 警察小説アンソロジー　誉田哲也 大門剛明 堂場瞬一 鳴神響一 長岡弘樹 沢村鐵 今野敏
刑事、公安、警察犬――人気作家による警察小説最前線

耳袋秘帖 **南町奉行と餓舎髑髏**　風野真知雄
海産物問屋で大量殺人が発生。現場の壁には血文字が…

仕立屋お竜　岡本さとる
腕の良い仕立屋には、裏の顔が…痛快時代小説の誕生！

武士の流儀（七）　稲葉稔
清兵衛は賭場で借金を作ったという町人家族と出会い…

飛雲のごとく　あさのあつこ
元服した林弥は当主に。江戸からはあの男が帰ってきて

将軍の子　佐藤巖太郎
稀代の名君となった保科正之。その数奇な運命を描く

震雷の人　千葉ともこ
唐代、言葉の力を信じて戦った兄妹。松本清張賞受賞作

紀勢本線殺人事件〈新装版〉十津川警部クラシックス　西村京太郎
21歳、イニシアルY・HのOLばかりがなぜ狙われる？

あれは閃光、ぼくらの心中　竹宮ゆゆこ
ピアノ一筋15歳の嶋が家出。25歳ホストの弥勒と出会う

拾われた男　松尾諭
航空券を拾ったら芸能事務所に拾われた。自伝風エッセイ

風の行方 上下　佐藤愛子
64歳の妻の意識改革を機に、大庭家に風が吹きわたり…

パンチパーマの猫〈新装版〉　群ようこ
日常で出会った変な人、妙な癖。爆笑必至の諺エッセイ

読書の森で寝転んで　葉室麟
作家・葉室麟を作った本、人との出会いを綴るエッセイ

文学者と哲学者と聖者 吉満義彦コレクション〈学藝ライブラリー〉　若松英輔編
日本最初期のカトリック哲学者の論考・随筆・詩を精選